LES SIGNES DU DESTIN

LA GUERRE DES CLANS

Cycle IV – Livre I

La quatrième apprentie

Justine B.

L'auteur

Pour écrire *La guerre des Clans*, **Erin Hunter** puise son inspiration dans son amour des chats et du monde sauvage. Elle est une fidèle protectrice de la nature. Elle aime par-dessus tout expliquer le comportement animal grâce aux mythologies, à l'astrologie et aux pierres levées. Erin Hunter est également l'auteur de la série *La quête des ours*, dans la même collection.

Erin Hunter

LES SIGNES DU DESTIN

LA GUERRE DES CLANS

Cycle IV – Livre I

La quatrième apprentie

Traduit de l'anglais par Aude Carlier

POCKET JEUNESSE
PKJ·

Titre original :
The Fourth Apprentice

Loi n° 49956 du 16 juillet 1949 sur les publications
destinées à la jeunesse : octobre 2014.

La série « La guerre des Clans » a été créée
par Working Partners Ltd, Londres.
ISBN : 978-2-266-24384-1

Remerciements tout particuliers
à Cherith Baldry.

CLANS

CLAN DU TONNERRE

CHEF

ÉTOILE DE FEU – mâle au beau pelage roux.

LIEUTENANT

GRIFFE DE RONCE – chat au pelage sombre et tacheté, aux yeux ambrés.

GUÉRISSEUR

ŒIL DE GEAI – mâle gris tigré.

GUERRIERS

(MÂLES ET FEMELLES SANS PETITS)

PLUME GRISE – chat gris plutôt massif à poil long.

PELAGE DE POUSSIÈRE – mâle au pelage moucheté brun foncé.

TEMPÊTE DE SABLE – chatte roux pâle.

POIL DE FOUGÈRE – mâle brun doré.

POIL DE CHÂTAIGNE – chatte blanc et écaille aux yeux ambrés.

FLOCON DE NEIGE – chat blanc à poil long,

FILS DE PRINCESSE, NEVEU D'ÉTOILE DE FEU.

CŒUR BLANC – chatte blanche au pelage constellé de taches rousses.

CŒUR D'ÉPINES – matou tacheté au poil brun doré.

APPRENTIE: NUAGE D'ÉGLANTINE

POIL D'ÉCUREUIL – chatte roux foncé aux yeux verts.

FEUILLE DE LUNE – chatte brun pâle tigrée, aux yeux ambrés et aux pattes blanches, ancienne guérisseuse.

PATTE D'ARAIGNÉE – chat noir haut sur pattes, au ventre brun et aux yeux ambrés.

BOIS DE FRÊNE – mâle au pelage brun clair tigré.

TRUFFE DE SUREAU – matou au pelage crème.

PLUME DE NOISETTE – petite chatte au poil gris et blanc.

APPRENTIE : NUAGE DE PÉTALES

PATTE DE MULOT – chat gris et blanc.

APPRENTI : NUAGE DE BOURDON

CŒUR CENDRÉ – femelle grise.

PELAGE DE LION – mâle au pelage doré et aux yeux ambrés.

PATTE DE RENARD – mâle tigré tirant sur le roux.

BRUME DE GIVRE – femelle blanche.

ŒIL DE CRAPAUD – mâle noir et blanc.

PÉTALE DE ROSE – chatte au pelage crème foncé.

APPRENTIS

(ÂGÉS D'AU MOINS SIX LUNES, INITIÉS POUR DEVENIR DES GUERRIERS)

NUAGE DE D'ÉGLANTINE – femelle au pelage brun sombre.

NUAGE DE PÉTALES – chatte au pelage écaille et blanc.

NUAGE DE BOURDON – mâle au pelage gris perle zébré de noir

REINES

(FEMELLES PLEINES OU EN TRAIN D'ALLAITER)

FLEUR DE BRUYÈRE – chatte aux yeux verts et à la fourrure gris perle constellée de taches plus foncées.

CHIPIE – femelle au long pelage crème venant du territoire des chevaux.

AILE BLANCHE – chatte blanche aux yeux verts. Mère des petits de Bois de Frêne : Petite Colombe (femelle grise) et Petit Lis (femelle blanche et tigrée).

PAVOT GELÉ – femelle au pelage blanc et écaille qui attend les petits de Truffe de Sureau.

ANCIENS — (GUERRIERS ET REINES ÂGÉS)

LONGUE PLUME – chat crème rayé de brun.

POIL DE SOURIS – petite chatte brun foncé.

ISIDORE – matou tigré dodu au museau grisonnant (ancien solitaire).

CLAN DE L'OMBRE

CHEF — **ÉTOILE DE JAIS** – grand mâle blanc aux larges pattes noires.

LIEUTENANT — **FEUILLE ROUSSE** – femelle roux sombre.

GUÉRISSEUR — **PETIT ORAGE** – chat tigré très menu.
APPRENTI : PLUME DE FLAMME.

GUERRIERS — **BOIS DE CHÊNE** – matou brun de petite taille.
APPRENTI : NUAGE DE FURET.

PELAGE FAUVE – chat roux.

PELAGE DE FUMÉE – mâle gris foncé.

PATTE DE CRAPAUD – mâle au pelage brun sombre.

PELAGE POMMELÉ – chatte au pelage brun avec des nuances plus claires.

CORBEAU GIVRÉ – mâle noir et blanc.

DOS BALAFRÉ – matou brun avec une longue cicatrice sur le dos.
APPRENTIE : NUAGE DE PIN.

OISEAU DE NEIGE – chatte à la robe blanche immaculée.

PELAGE D'OR – chatte écaille aux yeux verts.
APPRENTI : NUAGE D'ÉTOURNEAU.

MUSEAU OLIVE – chatte écaille.

GRIFFE DE CHOUETTE – chat au poil brun clair.

PATTE DE MUSARAIGNE – femelle grise au bout des pattes noir.

PELAGE CHARBONNEUX – mâle au poil gris sombre.

SAULE ROUGE – mâle au poil brun et roux.

CŒUR DE TIGRE – chat tacheté brun sombre.

AUBE CLAIRE – femelle crème.

REINES

PELAGE HIRSUTE – femelle tigrée aux longs poils ébouriffés.

PLUME DE LIERRE – femelle au pelage noir, blanc et écaille.

ANCIENS

CŒUR DE CÈDRE – mâle gris foncé.

FLEUR DE PAVOT – chatte tachetée brun clair haute sur pattes.

QUEUE DE SERPENT – mâle brun sombre à la queue tigrée.

EAU BLANCHE – femelle borgne, à poils longs.

CLAN DU VENT

CHEF

ÉTOILE SOLITAIRE – mâle brun tacheté.

LIEUTENANT

PATTE CENDRÉE – chatte au pelage gris.

GUÉRISSEUR

PLUME DE CRÉCERELLE – matou gris pommelé.

GUERRIERS

PLUME DE JAIS – mâle gris foncé, presque noir, aux yeux bleus.

PLUME DE HIBOU – mâle au pelage brun clair tigré.

APPRENTI : NUAGE CLAIR.

AILE ROUSSE – petite chatte blanche.

BELLE-DE-NUIT – chatte noire.

PLUME DE JONC – chatte à la fourrure gris et blanc très pâle et aux yeux bleus.

POIL DE BELETTE – matou au pelage fauve et aux pattes blanches.

POIL DE LIÈVRE – mâle brun et blanc.

PLUME DE FEUILLES – mâle au poil sombre et tigré, aux yeux ambrés.

PELAGE DE FOURMI – mâle brun avec une oreille noire.

PATTE DE BRAISE – mâle gris avec deux pattes plus sombres.

ŒIL DE MYOSOTIS – chatte au pelage brun clair et aux yeux bleus.
APPRENTIE : NUAGE DE ROMARIN.

PELAGE DE BRUME – mâle noir aux yeux ambrés.

APPRENTI : NUAGE DE ROC.

FLEUR D'AJONCS – femelle au pelage brun clair tigré.

AILE D'HIRONDELLE – chatte gris sombre.

RAYON DE SOLEIL – chatte écaille avec une grande tache blanche sur le front.

ANCIENS

PLUME NOIRE – matou gris foncé au poil moucheté.

OREILLE BALAFRÉE – chat moucheté.

CLAN DE LA RIVIÈRE

CHEF

ÉTOILE DU LÉOPARD – chatte au poil doré tacheté de noir.

LIEUTENANT

PATTE DE BRUME – chatte gris-bleu foncé aux yeux bleus.

GUÉRISSEUSE

PAPILLON – jolie chatte au pelage doré et aux yeux ambrés.
APPRENTIE : FEUILLE DE SAULE.

GUERRIERS

CŒUR DE ROSEAU – mâle noir.
APPRENTI : NUAGE CREUX.

PELAGE D'ÉCUME – mâle gris sombre.

BRUME GRISE – chatte gris perle.
APPRENTIE : NUAGE DE TRUITE.

POIL DE MENTHE – mâle tigré au poil gris clair.

PLUME DE GIVRE – chatte blanche aux yeux bleus.

ÉCAILLE D'ANGUILLE – chatte gris sombre.
APPRENTIE : NUAGE MOUSSEUX.

PATTE DE GRAVIER – chat gris pommelé.
APPRENTIE : NUAGE DE JONC.

POIL D'HIBISCUS – matou tigré brun clair.

CŒUR DE LOUTRE – chatte brun sombre.
APPRENTI : NUAGE DE BRISE.

AILE DE ROUGE-GORGE – matou blanc et écaille.

PATTE DE SCARABÉE – mâle rayé blanc et brun.

BOUTON DE ROSE – chatte au poil gris et blanc.

PLUME D'HERBE – chat brun clair.

PLUIE D'ORAGE – mâle au pelage gris-bleu pommelé.

REINES

PELAGE DE CRÉPUSCULE – chatte à la robe brune tigrée.

PELAGE DE MOUSSE – reine écaille-de-tortue aux yeux bleus.

ANCIENS

GRIFFE NOIRE – mâle au pelage charbonneux.

POIL DE CAMPAGNOL – petit chat brun et tigré.

FLEUR DE L'AUBE – chatte gris perle.

MUSEAU POMMELÉ – chatte grise.

PATTE DE GRENOUILLE – mâle roux et blanc.

DIVERS

MILLIE – ancienne chatte domestique au pelage argenté et tigré, mère de Nuage d'Églantine, Nuage de Pétales, Nuage de Bourdon, compagne de Plume Grise.

PACHA – mâle musculeux gris et blanc qui vit dans une grange près du territoire des chevaux.

CÂLINE – petite chatte au pelage gris et blanc vivant avec Pacha.

MINUIT – blaireau vivant près de la mer, qui s'adonne à la contemplation des étoiles.

Territoire des Bipèdes à la saison des feuilles vertes
Nid de Bipèdes
Sentier de Bipèdes
Clairière
Sentier de Bipèdes
Camp de l'Ombre
Demi-pont
Petit Chemin du Tonnerre
Territoire des Bipèdes à la saison des feuilles vertes
Demi-pont
Ruisseau
Île
Camp de la Rivière

Nid de Bipèdes abandonné
Ancien Chemin du Tonnerre
Source de Lune
Camp du Tonnerre
Vieux Chêne
Lac
Camp du Vent
Demi-pont brisé
Territoire des Bipèdes
Territoire des chevaux
Chemin du Tonnerre
Clan du Tonnerre
Clan de la Rivière
Clan de l'Ombre
Clan du Vent
Clan des Étoiles

Camping du Lièvre
Chalet du Sanctuaire
Bois de Sadler
Route de Petitpin
Base nautique de Petitpin
Île de Petitpin
Alba
Route de Blanche-Église

Entrepôt abandonné
Route de la Carrière
Source cristalline
Carrière
Bois de la Motte-aux-Lièvres
Motte-aux-Lièvres
Lac du Sanctuaire
Haras de la Motte-aux-Lièvres
Route de la Motte-aux-Lièvres
Bosquet du Chevalier
Bois à feuilles caduques
Pinède
Marécages
Lac
Sentiers
Nord

PROLOGUE

LES EAUX DE LA CASCADE se jetaient dans un gouffre profond où elles explosaient en soulevant un tourbillon d'écume. À travers la bruine, les rayons du soleil couchant se muaient en une myriade d'arcs-en-ciel irisés.

Trois félins étaient assis au bord de la rivière, en amont de la chute d'eau. Un quatrième, une chatte gris-bleu, approchait gracieusement sur la mousse épaisse qui couvrait la berge. De la poussière d'étoiles scintillait sur sa fourrure et au bout de ses pattes.

La nouvelle venue fit halte et gratifia les trois autres d'un regard glacial.

« Par tous les Clans ! Pourquoi se réunir ici ? demanda-t-elle en secouant une patte, agacée. C'est bien trop humide, et si bruyant que je ne m'entends plus penser. »

Une autre chatte, au pelage gris et négligé, soutint son regard sans fléchir.

« Arrête de râler, Étoile Bleue. J'ai choisi cet endroit à dessein. Personne d'autre que vous ne doit entendre ce que je vais vous dire. »

Un matou au pelage doré et tigré agita la queue en miaulant.

«Viens t'asseoir à côté de moi, Étoile Bleue. Il y a un petit coin sec.»

L'ancienne meneuse s'approcha de lui et s'installa dans un reniflement de mépris.

«Si ça, c'est sec, Cœur de Lion, je veux bien être changée en souris. Très bien, Croc Jaune... Qu'y a-t-il?

— La prophétie n'est toujours pas accomplie. Même si les Trois sont enfin réunis, les deux premiers ne reconnaîtront peut-être pas la troisième.

— Vous êtes certains de ne pas vous être trompés, cette fois-ci? la rabroua la chatte gris-bleu.

— Tu sais bien que oui, lui répondit la jolie femelle au pelage blanc et écaille, qui s'inclina devant son ancienne meneuse. N'avons-nous pas tous fait le même rêve la nuit où la troisième est née?

— Tu as peut-être raison, Petite Feuille. Tout a si mal tourné qu'il est difficile de croire en quoi que ce soit, à présent.

— Bien sûr, qu'elle a raison, renchérit Croc Jaune. Mais si Œil de Geai et Pelage de Lion ne reconnaissent pas la troisième, il pourrait encore y avoir du grabuge. Je veux leur adresser un signe.

— Quoi?» s'indigna Étoile Bleue en se levant d'un bond. Elle agitait farouchement sa queue comme si elle possédait encore la moindre autorité sur la vieille guérisseuse. «Croc Jaune, as-tu oublié que cette prophétie n'est même pas la nôtre? Il pourrait être dangereux de s'en mêler.

— Dangereux? s'étonna Petite Feuille.

— Croyez-vous qu'il soit bon que certains guerriers détiennent plus de pouvoirs que les étoiles ? leur lança-t-elle en les regardant tour à tour. Plus que nous, leurs ancêtres ? Qu'adviendra-t-il du Clan du Tonnerre si…

— Aie la foi, Étoile Bleue, la coupa doucement Cœur de Lion. Ce sont de bons et loyaux félins.

— C'est ce qu'on pensait de Feuille de Houx ! répliqua-t-elle.

— Nous ne nous tromperons plus, miaula Croc Jaune. D'où que vienne la prophétie, nous devons nous y fier. Et nous devons faire confiance à nos camarades qui vivent autour du lac. »

Petite Feuille s'apprêtait à répondre lorsqu'un bruit la fit sursauter. Elle se tourna vivement vers les taillis, qui bruissaient sur le passage d'un félin, à quelques longueurs de renard en amont. Une chatte au pelage argenté apparut et courut vers eux.

« Jolie Plume ! s'écria Étoile Bleue. Que fais-tu là ? Tu nous espionnes ?

— Nous sommes tous camarades, à présent, lui rappela l'ancienne guerrière du Clan de la Rivière. J'ai deviné que vous vous retrouviez et…

— Ce sont les affaires du Clan du Tonnerre, lui fit remarquer Croc Jaune.

— Pas du tout ! protesta la nouvelle venue. Œil de Geai et Pelage de Lion descendent pour moitié du Clan du Vent – ils sont les fils de Plume de Jais. Je tiens à eux. Je *dois* veiller sur eux. Et le destin de Feuille de Houx m'attriste tout autant que vous. »

Petite Feuille posa le bout de sa queue sur son épaule avant de déclarer :

« Elle a raison. Elle peut rester. »

Croc Jaune haussa les épaules.

« Ce ne sont pas tes fils, Jolie Plume, lui rappela la vieille chatte avec une gentillesse inhabituelle. Nous pouvons les prévenir et les guider mais, en définitive, ils traceront leur propre chemin.

— Comme tous nos fils et filles, Croc Jaune », soupira Étoile Bleue.

L'espace d'un instant, Croc Jaune se rembrunit, le regard dans le lointain, comme si elle voyait d'innombrables souvenirs douloureux y défiler. Le soleil disparaissait à l'horizon et le ciel rose orangé virait à l'indigo.

« Et maintenant ? les pressa Cœur de Lion. On leur envoie un signe, c'est ça ?

— Je persiste à croire que nous ne devrions pas nous en mêler, le coupa Étoile Bleue avant que Croc Jaune puisse répondre. La troisième élue est déjà forte et intelligente, même si nous ne connaissons pas encore la nature de ses pouvoirs. Si c'est bien elle, ne découvrira-t-elle pas tout par elle-même ?

— Nous ne pouvons pas rester là sans rien faire ! protesta Jolie Plume. Ces jeunes félins ont besoin de nous.

— Je le pense aussi, renchérit Cœur de Lion. Si nous nous étions investis davantage… » Il glissa un coup d'œil vers Étoile Bleue avant de conclure : « …nous n'aurions peut-être pas perdu Feuille de Houx.

— Feuille de Houx a choisi son destin, se défendit l'ancienne meneuse, les poils hérissés. Et ces trois-là aussi devront vivre leur vie. Personne ne peut le faire à leur place.

— Certes, mais nous pouvons les guider, insista Petite Feuille. Je suis d'accord avec Croc Jaune. Nous devrions leur envoyer un signe.

— Bon, je vois que vous êtes tous décidés, soupira Étoile Bleue. Très bien, faites comme il vous plaira.

— Je vais envoyer un Augure... » Croc Jaune baissa la tête. À cet instant, les autres aperçurent, par-delà son pelage négligé et ses manières brusques, la profonde sagesse de l'ancienne guérisseuse. « ...Un Augure des Étoiles.

— À qui vas-tu l'envoyer? voulut savoir Étoile Bleue. Pelage de Lion ou Œil de Geai?»

Les yeux de la vieille chatte brillèrent dans les derniers rayons du soleil lorsqu'elle se tourna vers son ancien chef.

«Ni l'un ni l'autre. Je l'enverrai à la troisième.»

Chapitre 1

Le disque de la lune brillait dans le ciel dégagé et projetait sur l'île des ombres noires. Les feuilles du Grand Chêne frémissaient sous une brise chaude. Tapi entre Poil de Châtaigne et Plume Grise, Pelage de Lion avait la sensation de suffoquer.

« On aurait pu croire qu'il ferait plus frais, la nuit, grommela-t-il.

— Tu l'as dit, soupira Plume Grise, qui se dandinait, mal à l'aise, sur la terre sèche. Cette saison se fait de plus en plus chaude. Je ne me souviens même plus à quand remonte la dernière pluie. »

Pelage de Lion tendit le cou pour voir, par-dessus les têtes des autres guerriers, son frère installé avec les guérisseurs. Étoile Solitaire venait d'annoncer la mort d'Écorce de Chêne. Plume de Crécerelle, qui était désormais l'unique guérisseur du Clan du Vent, semblait nerveux de devoir représenter son Clan seul pour la première fois.

« Œil de Geai m'a affirmé que le Clan des Étoiles ne l'avait pas prévenu, pour la sécheresse, glissa Pelage de Lion à l'oreille de Plume Grise. Je me demande si les autres guérisseurs... »

Il s'interrompit lorsque Étoile de Feu se leva.

« Comme tous les autres Clans, le Clan du Tonnerre souffre de la chaleur, déclara-t-il. Mais nous nous en sortons bien. Deux de nos apprentis ont reçu leurs noms de guerriers : Œil de Crapaud et Pétale de Rose. »

Pelage de Lion se leva d'un bond pour les acclamer :

« Œil de Crapaud ! Pétale de Rose ! »

Le reste de son Clan se joignit à lui, ainsi que les guerriers des Clans du Vent et de l'Ombre. En revanche, le Clan de la Rivière garda le silence et les foudroya du regard.

Quel est leur problème ? Il était inhabituel qu'un Clan tout entier refuse d'accueillir un nouveau guerrier lors d'une Assemblée. Pelage de Lion se promit de ne pas oublier cette mesquinerie.

Les deux nouveaux guerriers du Clan du Tonnerre s'inclinèrent, intimidés, mais leurs yeux brillaient de plaisir. Flocon de Neige, l'ancien mentor d'Œil de Crapaud, avait relevé fièrement la tête, tandis que Poil d'Écureuil, qui avait formé Pétale de Rose, couvait sa protégée du regard.

« Je m'étonne encore qu'Étoile de Feu ait permis à Poil d'Écureuil d'être mentor, marmonna Pelage de Lion pour lui-même. Après tous ses mensonges...

— Étoile de Feu sait ce qu'il fait, rétorqua Plume Grise, qui l'avait entendu. Il a confiance en elle et il voulait prouver à tous qu'elle est toujours une bonne guerrière et un élément de valeur pour notre Clan.

— Tu as sans doute raison... »

Pelage de Lion soupira, ému. Il avait tant aimé et respecté Poil d'Écureuil lorsqu'il pensait qu'elle était sa mère… À présent, il ne ressentait plus que froideur à son égard. Elle les avait trahis, lui, son frère et sa sœur, et c'était trop grave pour qu'il lui pardonne un jour.

« Si tu as terminé… miaula Étoile du Léopard pour couvrir les derniers vivats tout en toisant Étoile de Feu. Le Clan de la Rivière a lui aussi une annonce à faire. »

Le chef du Clan du Tonnerre s'inclina poliment.

La meneuse était la dernière à s'exprimer. Pelage de Lion avait remarqué son agitation, pendant qu'elle attendait son tour. Elle parcourut d'un regard perçant l'assistance et ses poils se hérissèrent soudain.

« Bande de voleurs de proies ! cracha-t-elle.

— Quoi ? » s'étrangla Pelage de Lion, dont le feulement indigné se perdit dans un flot de protestations venu des trois autres Clans.

Étoile du Léopard les observait tous avec dédain, montrant les crocs, sans faire mine d'apaiser le tumulte. Instinctivement, Pelage de Lion leva la tête vers le ciel, mais aucun nuage ne venait voiler la lune. Cette accusation scandaleuse ne contrariait pas le Clan des Étoiles. *Comme si les autres Clans voudraient de leurs sales poissons puants et gluants !*

Il remarqua alors la maigreur de la meneuse du Clan de la Rivière, dont les os saillaient sous la fourrure. En examinant l'assistance, il constata que tous les guerriers de la Rivière étaient maigres, plus que ses propres camarades et que les membres du Clan de l'Ombre – plus décharnés encore que les chats du Clan du Vent, qui paraissaient toujours squelettiques même lorsqu'ils mangeaient à leur faim.

« Ils sont affamés… murmura-t-il.

— Comme nous tous », rétorqua Plume Grise.

Pelage de Lion soupira. Le Clan du Tonnerre était obligé de chasser et de s'entraîner à l'aube et au crépuscule pour éviter la chaleur accablante de la journée. Autour de midi, les félins se rassemblaient à l'ombre providentielle des parois de la combe rocheuse. Mais pour une fois, les Clans vivaient en paix. Pelage de Lion se disait qu'ils étaient sans doute trop faibles pour se quereller et que le gibier ne valait pas une guerre.

Étoile de Feu se releva et, d'un mouvement de la queue, demanda le silence. Les miaulements cessèrent progressivement.

« Je suis certain que tu as de bonnes raisons de nous accuser de la sorte, cracha Étoile de Feu lorsqu'il put se faire entendre. Explique-nous, tu veux bien ?

— Vous tous, vous prenez les poissons du lac ! feula-t-elle. Et ces poissons appartiennent au Clan de la Rivière.

— C'est faux, protesta Étoile de Jais en sortant le museau du feuillage. Le lac borde tous nos territoires. Nous avons autant que vous le droit d'y pêcher.

— Surtout en ce moment, renchérit Étoile Solitaire. La sécheresse nous affecte tous. Le gibier se fait rare. Si nous ne pouvons pas manger de poisson, nous mourrons de faim. »

Pelage de Lion n'en revenait pas. Les Clans de l'Ombre et du Vent étaient si affamés qu'ils s'étaient mis à pêcher ? Leur situation devait *vraiment* être désespérée.

« Mais c'est pire encore pour nous, insista la meneuse. Comme le Clan de la Rivière ne mange pas d'autres sortes de gibier, tous les poissons devraient nous revenir.

— C'est une idée de cervelle de souris ! s'indigna Poil d'Écureuil. Tu veux nous faire croire que vous ne pouvez manger que du poisson ? Tu admets que tes guerriers sont si incompétents qu'ils ne sauraient attraper une souris ?

— Poil d'Écureuil… », gronda Griffe de Ronce. Il s'était perché avec les autres lieutenants sur la racine du chêne. « Tu n'es pas invitée à t'exprimer. Cela dit, reprit-il en se tournant vers Étoile du Léopard, elle n'a pas tort. »

Poil d'Écureuil se rassit, tête basse, comme une apprentie réprimandée en public par son mentor. Six lunes – deux saisons entières ! – s'étaient écoulées depuis que la vérité avait éclaté au grand jour, cependant Griffe de Ronce ne lui avait toujours pas pardonné de lui avoir fait croire que les petits de Feuille de Lune étaient les leurs. Ils ne se parlaient presque plus et, même si Griffe de Ronce ne sanctionnait jamais sa compagne, il s'arrangeait pour que leurs chemins ne se croisent pas.

Découvrir le mensonge de Poil d'Écureuil avait déjà été horrible en soi – Pelage de Lion en avait encore le tournis lorsqu'il y repensait. Mais, ensuite, tout avait été de mal en pis. Feuille de Houx avait tué Pelage de Granit pour l'empêcher de parler, puis elle avait disparu dans un éboulement alors qu'elle tentait de s'enfuir par les tunnels. À présent, les deux frères devaient accepter d'être des Clan-mêlés dont le père – Plume de Jais – ne voulait pas entendre parler. Et, pour ne rien arranger, leurs propres camarades se méfiaient d'eux.

Comme si, soudainement, nous allions les trahir parce que nous avions découvert que notre père est un guerrier du Clan du Vent ! Qui voudrait rejoindre ces mangeurs de lapins tout maigres ?

Pelage de Lion observait Œil de Geai en se demandant s'il pensait à la même chose. Les yeux bleus aveugles de son frère étaient tournés vers Griffe de Ronce et ses oreilles étaient dressées, mais il était difficile de savoir ce qui lui passait par la tête.

« Les poissons du lac appartiennent au Clan de la Rivière, poursuivit Étoile du Léopard de sa voix aiguë, qui évoquait le vent dans les roseaux. Quiconque essaiera de nous les prendre sentira le feu de nos griffes. Dorénavant, j'ordonnerai à mes patrouilles frontalières de contrôler tout le pourtour du lac.

— Tu ne peux pas décréter une chose pareille ! protesta Étoile de Jais. Les territoires n'ont jamais inclus le lac lui-même. »

Pelage de Lion repensa au lac tel qu'il était avant, à ses vaguelettes qui léchaient doucement les côtes verdoyantes où l'on ne devinait, ici et là, que quelques bandes de sable et de galets. À présent, l'eau s'était retirée en son milieu, laissant de larges étendues de boue, laquelle avait fini par sécher et s'était craquelée sous le soleil impitoyable de cette horrible saison des feuilles vertes. Étoile du Léopard ne comptait tout de même pas revendiquer ces zones stériles ?

« Si une patrouille du Clan de la Rivière s'avise de poser la patte sur *notre* territoire, gronda Étoile Solitaire, elle le regrettera.

— Écoute, Étoile du Léopard..., reprit Étoile de Feu. Si tu persistes dans cette voie, tu vas déclencher une guerre entre les Clans. Des chats seront blessés. N'avons-nous pas suffisamment de problèmes ?

— Étoile de Feu a raison, murmura Poil de Châtaigne à l'oreille de Pelage de Lion. Nous devrions nous entraider, pas nous menacer. »

Étoile du Léopard se ramassa sur elle-même en feulant et en sortant les griffes, comme si elle s'apprêtait à attaquer les autres chefs.

Elle oublie la trêve ! s'offusqua Pelage de Lion, les yeux écarquillés. *Un chef de Clan qui en attaque un autre pendant une Assemblée ? C'est impossible !*

Étoile de Feu contractait ses muscles, comme s'il anticipait l'attaque d'Étoile du Léopard. Au lieu de quoi, la meneuse sauta au sol en crachant et, d'un mouvement de la queue, elle fit signe à ses guerriers de se rassembler autour d'elle.

« Ne vous approchez pas de nos poissons ! » feula-t-elle avant d'entraîner son Clan dans les buissons qui cernaient la clairière.

Ses guerriers la suivirent en jetant des regards mauvais aux membres des autres Clans. Des murmures s'élevèrent aussitôt dans l'Assemblée, mais la voix autoritaire d'Étoile de Feu les couvrit :

« L'Assemblée est terminée ! Nous devons regagner nos territoires et y rester jusqu'à la prochaine pleine lune. Que le Clan des Étoiles illumine votre chemin ! »

Pelage de Lion cheminait le long de la rive. L'eau du lac était à peine visible, faible lueur argentée au loin. Le pâle clair de lune se reflétait sur la boue encore humide. Le guerrier doré fronça la truffe, écœuré par l'odeur de poisson pourri.

Si ses proies puent autant, le Clan de la Rivière peut bien se les garder !

Devant lui, Griffe de Ronce demanda à Étoile de Feu :

« Que va-t-on faire ? Étoile du Léopard tiendra parole. Que se passera-t-il si nous trouvons une de ses patrouilles sur notre territoire ?

— Nous devrons agir avec prudence, répondit le meneur dans un frémissement d'oreilles. Est-ce que le fond du lac nous appartient ? Nous n'aurions jamais eu l'idée de le revendiquer comme nôtre lorsqu'il était encore sous l'eau.

— Si de la terre sèche borde notre territoire, elle est à nous, rétorqua Pelage de Poussière. Le Clan de la Rivière n'a pas le droit d'y chasser ni d'y patrouiller.

— Mais ils sont affamés, leur rappela Fleur de Bruyère d'une voix douce. Et le Clan du Tonnerre n'a jamais pêché dans le lac, de toute façon. Pourquoi ne pas les laisser faire ? »

Du bout de la truffe, Pelage de Poussière effleura l'oreille de sa compagne.

« Le gibier est rare pour nous aussi.

— Nous n'attaquerons pas les patrouilleurs du Clan de la Rivière, annonça Étoile de Feu. À moins qu'ils ne franchissent notre marquage, à trois longueurs de queue de l'ancienne rive. Griffe de Ronce, assure-toi que les patrouilles le comprennent quand tu les répartiras demain.

— Entendu, Étoile de Feu. »

Pelage de Lion frissonna. Même s'il respectait cette décision, le jeune guerrier n'était pas certain que son chef ait raison. *Le Clan de la Rivière ne pensera-t-il pas que nous sommes faibles, si nous le laissons venir de notre côté du lac ?*

Il sursauta lorsqu'il sentit une queue lui fouetter l'arrière-train et se tourna vivement. Œil de Geai l'avait rattrapé.

« Étoile du Léopard a des abeilles dans la tête, lâcha le guérisseur. Elle ne s'en tirera pas comme ça. Tôt ou tard, il y aura des blessés.

— Je sais... Pendant l'Assemblée, j'ai entendu des guerriers du Clan de l'Ombre dire qu'Étoile du Léopard avait perdu deux vies, récemment. C'est vrai ?

— Oui.

— Elle ne l'a jamais annoncé. »

Œil de Geai s'arrêta net et se tourna si brusquement vers lui que Pelage de Lion eut l'impression que les yeux bleus brillants de son frère le voyaient.

« Allons, Pelage de Lion, depuis quand les chefs admettent-ils avoir perdu des vies ? Ils auraient l'air faibles. Les guerriers ne savent pas nécessairement combien de vies possède encore leur propre chef.

— C'est vrai... reconnut Pelage de Lion en se remettant en route.

— Étoile du Léopard a perdu une vie car une simple écorchure s'était infectée. Ensuite, elle a attrapé une espèce de maladie qui l'a affaiblie et lui a donné très soif. Elle ne pouvait même plus marcher jusqu'au ruisseau pour aller boire.

— C'est Papillon et Feuille de Saule qui te l'ont dit ?

— Peu importe comment je le sais. Je le sais, c'est tout. »

Pelage de Lion fut parcouru d'un frisson. Il avait beau savoir que les pouvoirs de son frère venaient de la prophétie, il n'arrivait pas à s'habituer au fait qu'il suivait une voie que personne, ni aucun autre guérisseur, n'avait empruntée avant lui. Œil de Geai *savait* des choses sans qu'on les lui dise – sans même que le Clan des Étoiles les lui dise. Il pouvait arpenter les rêves des autres et apprendre leurs secrets les plus enfouis.

« J'imagine que c'est pour ça qu'Étoile du Léopard fait tant d'histoires pour les poissons, murmura Pelage de Lion. Elle veut prouver à son Clan qu'elle est encore forte.

— Alors elle s'y prend à l'envers. Elle devrait savoir qu'elle ne peut pas forcer les autres Clans à obéir à ses ordres. Au final, la situation du Clan de la Rivière sera pire que s'ils avaient lutté contre la sécheresse en se cantonnant à leur propre territoire comme nous tous. »

Ils approchaient du torrent qui marquait la frontière entre le Clan du Vent et le Clan du Tonnerre. Le cours d'eau, qui se jetait naguère dans le lac en formant une gerbe d'écume, s'était réduit à un étroit filet boueux que l'on pouvait franchir d'un bond. Pelage de Lion soupira de soulagement lorsqu'il plongea dans les broussailles de l'autre côté, sous les arbres familiers de son territoire.

« La situation va s'arranger, miaula-t-il avec espoir. Étoile du Léopard peut retrouver la raison si elle réfléchit aux paroles des autres chefs.

— Quand les merles auront des dents ! Non, Pelage de Lion, une seule chose pourrait régler tous nos problèmes : il faudrait que le lac se remplisse de nouveau. »

Pelage de Lion avançait dans l'herbe haute et grasse, les pattes dans l'eau. Une brise fraîche ébouriffait sa fourrure. À tout instant, il pouvait baisser la tête et boire à satiété pour soulager la soif qui lui brûlait la gorge. Un campagnol surgit des roseaux devant lui, mais, avant que le guerrier puisse lui sauter dessus, une chose dure lui rentra dans les côtes. Il se réveilla alors dans son nid, au milieu de la tanière des guerriers, la tête de Flocon de Neige au-dessus de lui. Sa fourrure était poisseuse et l'air sentait la poussière.

« Lève-toi, lui murmura le matou blanc en le secouant de plus belle. Tu te prends pour un loir ?

— Tu étais vraiment obligé de me réveiller ? Je faisais un rêve super…

— Et maintenant tu vas pouvoir faire une patrouille super », rétorqua son camarade.

Depuis que les ruisseaux qui alimentaient le lac s'étaient asséchés, leur seule source d'eau était la mare saumâtre qui persistait au milieu du lac. En plus des patrouilles habituelles, des guerriers s'y rendaient plusieurs fois par jour pour y tremper des morceaux de mousse et rapporter de l'eau au Clan. Les nuits déjà courtes de la belle saison leur semblaient minuscules tant ils étaient fatigués par leur travail supplémentaire.

Pelage de Lion bâilla à s'en décrocher la mâchoire.

« J'arrive. »

Il suivit Flocon de Neige dans la clairière et s'ébroua pour faire tomber quelques brins de mousse collés à sa fourrure. Le ciel commençait à pâlir. Le soleil ne s'était pas encore levé, mais il faisait déjà chaud et lourd. Pelage de Lion gémit intérieurement à l'idée de cette nouvelle journée de canicule.

Plume de Noisette et son apprentie, Nuage de Pétales, attendaient assises devant la tanière avec Truffe de Sureau et Brume de Givre. Ils se levèrent tous lorsque Flocon de Neige et Pelage de Lion sortirent à leur tour. Même si aucun d'entre eux n'avait été à l'Assemblée la veille, Pelage de Lion devinait à la crispation ambiante qu'ils avaient tous eu vent des menaces d'Étoile du Léopard.

«Allons-y», ordonna Flocon de Neige, la queue tendue vers le tunnel de ronces.

Alors que Pelage de Lion traversait la forêt derrière le guerrier blanc, il entendit Truffe de Sureau se vanter auprès de Brume de Givre.

«Le Clan de la Rivière ferait mieux de nous laisser prendre de l'eau sans faire d'histoire. Sinon je lui donnerai une bonne leçon.»

La guerrière murmura une réponse que Pelage de Lion ne comprit pas. *Truffe de Sureau se prend vraiment pour le meilleur… Mais il faudrait être une cervelle de souris pour chercher des ennuis alors qu'aucun de nous n'est en état de se battre.*

Flocon de Neige les conduisit jusqu'à un grand chêne et leur ordonna de ramasser des plaques de mousse qu'ils devraient tremper dans le lac. Pelage de Lion s'en réjouit: Truffe de Sureau ne pourrait plus fanfaronner une fois qu'il aurait la gueule pleine de mousse.

Lorsqu'ils arrivèrent sur la berge, Flocon de Neige s'arrêta un instant pour scruter ce qu'il restait du lac. Le pourtour en était sec et craquelé. Tandis que Pelage de Lion se demandait où s'arrêtait la boue et où commençait l'eau, il aperçut au loin quatre fines silhouettes. L'odeur ténue du Clan de la Rivière glissa jusqu'à lui, mêlée à la puanteur désormais familière des poissons pourris.

« Maintenant, écoutez-moi bien, miaula Flocon de Neige après avoir déposé sa mousse. Le Clan de la Rivière ne peut pas nous empêcher de prendre de l'eau et Étoile de Feu nous a bien dit qu'il ne voulait pas de bagarres. Tu as compris, Truffe de Sureau ?

— Ouais, lâcha l'intéressé à contrecœur.

— Bien. Ne l'oublie pas. »

Après avoir toisé une dernière fois le jeune guerrier, Flocon de Neige entraîna sa patrouille dans la gadoue, vers la mare.

Au début, la croûte de boue était sèche mais, à mesure qu'ils s'approchaient de la mare, Pelage de Lion se rendit compte qu'il s'enfonçait.

« C'est dégoûtant, marmonna-t-il en secouant ses pattes engluées. Je n'arriverai jamais à me nettoyer ! »

Alors qu'ils touchaient enfin l'eau, il aperçut des guerriers du Clan de la Rivière rassemblés sur leur chemin. Ils leur bloquaient le passage. Il y avait là Cœur de Roseau et Brume Grise, ainsi que Cœur de Loutre et son apprenti, Nuage de Brise. Ils semblaient tous amaigris et épuisés, mais leur regard était hostile et leur fourrure dressée comme s'ils attendaient le moindre prétexte pour foncer au combat.

Cœur de Roseau fit un pas en avant.

« Avez-vous donc oublié les paroles d'Étoile du Léopard ? Les poissons du lac appartiennent au Clan de la Rivière.

— Nous ne sommes pas là pour les poissons, miaula calmement Flocon de Neige en déposant sa mousse. Juste pour l'eau. Tu ne peux pas nous refuser ça.

— Il n'y a pas de ruisseau, sur votre territoire? lança Brume Grise.

— Ils sont tous asséchés, comme tu le sais très bien.»

Le guerrier blanc avait répondu en remuant légèrement le bout de la queue – signe qu'il avait du mal à contenir sa colère.

«Nous devons prendre l'eau du lac.

— Et nous le ferons, que cela vous plaise ou non», ajouta Truffe de Sureau avant de faire un pas en avant.

Aussitôt, les quatre patrouilleurs du Clan de la Rivière sortirent leurs griffes.

«Le lac nous appartient», cracha Cœur de Loutre.

Nuage de Pétales écarquilla les yeux et Plume de Noisette vint se placer devant son apprentie. Paré à tout, Pelage de Lion sortit les griffes à son tour.

Flocon de Neige se tourna brusquement vers sa patrouille.

«Ferme-la! ordonna-t-il à Truffe de Sureau.

— Tu vas les laisser nous parler comme ça? Contrairement à toi, je n'ai pas peur d'eux.»

Le guerrier blanc alla coller sa truffe à celle du jeune matou, ses yeux réduits à des fentes.

«Un mot de plus et tu passeras la prochaine lune à chercher les tiques des anciens, compris?»

La réaction de Flocon de Neige choqua Pelage de Lion. Le guerrier blanc était parfois brusque mais jamais il ne s'était autant emporté contre l'un de ses camarades. Rapporter de l'eau devenait pour lui la chose la plus importante au monde – ce qui était peut-être le cas, à voir le Clan de plus en plus affaibli par la soif.

Sans attendre la réponse de Truffe de Sureau, Flocon de Neige se retourna vers la patrouille du Clan de la Rivière.

« Veuillez excuser mon guerrier, miaula-t-il d'une voix éraillée, prenant sur lui pour rester poli. Il a dû attraper une insolation. Maintenant, j'apprécierais que vous nous laissiez prendre de l'eau. »

Cœur de Roseau réfléchit un instant, et Pelage de Lion dut se retenir de bondir au combat. Flocon de Neige les avait prévenus qu'ils étaient trop faibles pour se battre, mais il ignorait que Pelage de Lion était l'un des Trois et qu'il avait le pouvoir de se sortir des pires batailles sans une égratignure. *Je sais cependant que nous avons suffisamment de problèmes pour ne pas, en plus, nous affronter.*

Cœur de Roseau finit par reculer et, d'un signe de la queue, il ordonna à sa patrouille de faire de même.

« Prenez de l'eau, mais pas de poissons », gronda-t-il.

On n'en veut pas, de vos poissons puants ! Combien de fois faudra-t-il vous le dire ?

« Merci », lâcha Flocon de Neige. Il s'inclina et s'avança à pas feutrés vers l'eau.

Pelage de Lion le suivit malgré les regards hostiles de la patrouille rivale qui guettait le moindre de ses gestes. La colère monta de nouveau en lui. *C'est complètement idiot ! Ils pensent que je peux cacher un poisson sous ma fourrure ?*

Il voyait bien que ses camarades étaient tout aussi furieux. La queue de Flocon de Neige s'agitait nerveusement et les yeux de Truffe de Sureau lançaient des éclairs. Plume de Noisette et Nuage de Pétales avaient hérissé leur fourrure et, en passant devant les membres du Clan de la Rivière, elles les foudroyèrent du regard.

Pelage de Lion plongea sa mousse dans la mare et but quelques gorgées. L'eau tiède, au goût de terre et d'herbe, n'étancha pas sa soif. Il se força à l'avaler et grimaça lorsque l'épais liquide glissa dans sa gorge. Le soleil s'était levé. Ses rayons fendaient la cime des arbres et il n'y avait pas le moindre nuage à l'horizon.

Combien de temps pourrons-nous encore supporter cela ?

CHAPITRE 2

♣

DANS SA TANIÈRE, Œil de Geai tâtait les remèdes au fond de la fissure. Les feuilles et les tiges étaient sèches et cassantes, et leurs fragrances éventées. *Je devrais faire des réserves pour la saison des feuilles mortes. Comment m'y prendre, puisque plus rien ne pousse ?*

Depuis qu'il était l'unique guérisseur du Clan du Tonnerre, le poids de ses responsabilités l'accablait. Même s'il se souvenait de toutes les fois où il avait ronchonné parce que Feuille de Lune lui donnait des ordres, il regrettait sa présence. Il aurait de loin préféré qu'elle ne renonce pas à sa fonction, qu'elle n'ait pas rejoint la tanière des guerriers. *Qu'est-ce que ça peut faire, qu'elle ait eu des petits ? Elle connaît encore les propriétés des herbes médicinales et les gestes pour soigner un blessé.*

Il frémit en se rappelant le moment où, quelques jours plus tôt, Nuage d'Églantine avait déboulé dans le camp et s'était arrêtée net devant la tanière de l'aveugle.

« Œil de Geai ! avait-elle haleté. Viens vite ! Étoile de Feu est blessé !

— Quoi ? Où ça ?

— Un renard l'a attaqué ! avait-elle expliqué d'une voix chevrotante. Sur la frontière du Clan de l'Ombre, près de l'arbre mort.

— J'arrive. » Même s'il avait été tout aussi terrifié que la novice, il s'était forcé à répondre d'un ton confiant. « Va avertir Feuille de Lune. »

Nuage d'Églantine avait hoqueté, mais Œil de Geai n'y avait pas prêté attention. Il avait détalé ventre à terre vers la frontière en emportant quelques prêles. À mi-chemin, il s'était soudain rappelé que Feuille de Lune n'était plus guérisseuse.

L'odeur du sang l'avait guidé jusqu'à son chef. Étoile de Feu gisait sur le flanc dans les fougères, le souffle court. Tempête de Sable et Plume Grise étaient tapis près de lui tandis que Cœur d'Épines montait la garde sur une souche.

« Que le Clan des Étoiles soit loué ! s'était écriée Tempête de Sable à l'arrivée d'Œil de Geai. Étoile de Feu, Œil de Geai est là. Tiens bon.

— Que s'est-il passé ? » avait demandé le guérisseur en faisant doucement progresser ses pattes sur le flanc de son chef.

Son cœur s'était serré lorsqu'il avait senti une profonde entaille d'où le sang jaillissait encore.

« Nous faisions notre patrouille lorsqu'un renard nous a attaqués, avait expliqué Plume Grise. Nous l'avons chassé et... »

Le guerrier gris ardoise avait été incapable de poursuivre.

« Trouvez-moi des toiles d'araignée », avait ordonné Œil de Geai avant de mâcher les prêles pour en concocter un cataplasme.

Où est Feuille de Lune? s'était-il demandé, désespéré. *Je ne sais pas si je m'y prends bien.*

Il avait appliqué l'emplâtre sur la blessure qu'il avait bandée avec les toiles d'araignée que Plume Grise lui avait collées sur les pattes. Cependant la respiration d'Étoile de Feu s'était ralentie pour s'arrêter tout à fait.

«Il est en train de perdre une vie», avait murmuré Tempête de Sable.

Œil de Geai avait continué machinalement à panser la blessure pour que, lorsque leur chef reviendrait, il ne perde plus de sang. Le temps avait semblé s'étirer et Œil de Geai avait réfléchi à toute allure pour essayer de se rappeler le nombre de vies qu'il restait au meneur.

Ce n'est pas sa dernière, n'est-ce pas? Non, c'est impossible!

Il avait abandonné tout espoir, cependant Étoile de Feu avait fini par toussoter puis respirer de nouveau.

«Merci, Œil de Geai, avait-il murmuré en relevant la tête. Ne t'inquiète pas, ça ira mieux dans un instant.»

Tandis qu'Étoile de Feu rejoignait le camp, encadré par Plume Grise et par Tempête de Sable, Œil de Geai avait ruminé. *J'avais besoin de Feuille de Lune et elle n'était pas là.* Son ancien mentor n'était arrivé qu'au moment où ils approchaient de la combe. Elle était partie chasser sur la frontière du Clan du Vent et Nuage d'Églantine avait mis du temps à la retrouver.

«Tu as fait de ton mieux, lui avait-elle assuré. Parfois, cela ne suffit pas.»

Mais Œil de Geai était sûr que Feuille de Lune, à sa place, aurait réussi à sauver Étoile de Feu.

Il finit de ranger les remèdes, prit une bouchée de séneçon et partit pour la tanière des anciens. Lorsqu'il se glissa dans le noisetier, il découvrit Poil de Souris près du tronc, en train de ronfler doucement, tandis que Longue Plume et Isidore, le vieux solitaire, discutaient assis côte à côte.

« J'disais donc, ce blaireau, il traînait dans les parages, et je l'ai pisté... Tiens ! s'écria Isidore en avisant Œil de Geai. Bonjour, mon petit ! Qu'est-ce qu'on peut faire pour toi ?

— Mangez ces herbes, répondit le guérisseur après avoir lâché son fardeau, qu'il divisa en trois parts égales. Ces séneçons vous redonneront des forces. »

Il entendit la respiration poussive du vieux solitaire quand celui-ci s'approcha pour écarter les remèdes de la patte.

« Ce machin-là ? Ça m'a l'air bizarre.

— Peu importe, rétorqua Œil de Geai sans desserrer les dents. Contente-toi de l'avaler. Et toi aussi, Longue Plume.

— D'accord. » Le vieil aveugle obtempéra aussitôt. « Allez, Isidore, l'encouragea-t-il, la bouche pleine. Tu sais que ça te fera du bien. »

Sa voix était rauque et il chancelait. Œil de Geai s'inquiétait particulièrement pour lui. Si tout le Clan souffrait de la faim et de la soif, Longue Plume en était le plus affaibli. Œil de Geai le soupçonnait de donner sa ration d'eau et de nourriture à Poil de Souris.

Si j'arrive à en parler seul à seul avec Isidore, je lui demanderai ce qu'il en est.

Isidore grommela mais Œil de Geai l'entendit tout de même avaler les herbes.

« C'est répugnant. »

Le guérisseur ramassa ce qui restait et s'approcha de l'ancienne. Celle-ci commençait à s'agiter, sans doute dérangée par leurs voix.

« Qu'est-ce que tu veux ? On ne peut pas dormir tranquille, ici ? »

Elle semblait d'aussi mauvaise humeur que d'habitude, ce qui rassura Œil de Geai. *Le jour où elle me parlera gentiment, je m'inquiéterai pour de bon !*

« Des séneçons, expliqua-t-il. Tu dois les manger.

— J'imagine que tu me harcèleras jusqu'à ce que je les avale, répondit la chatte en soupirant. Autant en finir tout de suite. Pendant ce temps, tu peux me raconter ce qui s'est passé à l'Assemblée hier soir. »

Œil de Geai attendit qu'elle commence à grignoter les herbes puis lui rapporta les événements de la veille.

« Quoi ? s'étrangla-t-elle lorsqu'il arriva aux déclarations d'Étoile du Léopard. Elle ne peut pas faire ça !

— Et pourtant, si. Elle prétend que le poisson n'appartient qu'au Clan de la Rivière car il ne peut pas manger autre chose.

— Et le Clan des Étoiles n'a pas réagi ? Les nuages n'ont pas voilé la lune ?

— Si cela avait été le cas, l'Assemblée aurait pris fin.

— À quoi pensent donc nos ancêtres ? Comment ont-ils pu la laisser faire ? »

Œil de Geai ne sut que répondre. Depuis le début de la canicule, il n'avait pas reçu le moindre signe des guerriers de jadis.

Œil de Geai laissa Poil de Souris grogner dans son coin et regagna la clairière. Devant la tanière des apprentis, il flaira deux odeurs qui le surprirent.

« Qu'est-ce qui se passe encore ? » miaula-t-il, agacé.

Il glissa la tête à l'intérieur de la tanière et entendit des murmures mêlés à des craquements de mousse et de fougères.

« Petite Colombe ! Petit Lis ! gronda-t-il. Sortez d'ici, vous n'êtes pas encore apprenties. »

Les deux chatons déguerpirent des nids en poussant des ronrons amusés et s'arrêtèrent devant lui.

« Nous ne faisions que regarder ! protesta Petite Colombe. Nous serons apprenties d'un jour à l'autre, alors nous voulions choisir un bon coin pour nos litières.

— Oui, nous voulons être l'une à côté de l'autre. Nous ferons tout notre apprentissage ensemble.

— C'est vrai ! Nous ne patrouillerons avec personne d'autre ! »

Œil de Geai renifla, à moitié amusé, à moitié agacé.

« Dans vos rêves, les petites. Ce sont les autres apprentis qui vous diront où vous dormirez. Et vos mentors vous enverront en patrouille quand ils le décideront, et ils choisiront avec qui. »

Les deux petites chattes restèrent un instant silencieuses. Puis Petite Colombe s'écria :

« On s'en fiche ! Viens, Petit Lis, on va dire à Aile Blanche qu'on est entrées dans la tanière ! »

Œil de Geai demeura immobile tandis qu'elles se précipitaient vers la pouponnière. Il se rappelait avec nostalgie son enfance, cette époque où il était persuadé d'avoir une mère. À présent, il n'avait plus que Feuille de Lune.

Comme si penser à elle l'avait fait apparaître, le parfum de l'ancienne guérisseuse l'enveloppa ; elle sortait du tunnel de ronces avec le reste de la patrouille de chasse. Il sut aux odeurs qui lui parvenaient que Pelage de Poussière, Poil de Fougère et même l'apprenti Nuage de Bourdon rapportaient du gibier. Seule Feuille de Lune rentrait bredouille.

Elle n'est bonne qu'à attraper des puces ! C'est une guérisseuse, pas une guerrière. Elle devrait m'aider, au lieu de faire comme si tout son passé s'était effacé le jour où la vérité a été révélée à tous.

La sentant s'approcher, il tourna la tête pour l'ignorer. Il perçut sa tristesse lorsqu'elle passa devant lui. Le guérisseur ressentit sa solitude, son impression d'échec comme si elles étaient siennes.

Œil de Geai percevait également le malaise des autres membres de la patrouille, qui ne savaient plus comment considérer Feuille de Lune. Elle avait été pendant si longtemps leur guérisseuse de confiance ! Ils ne voulaient pas la punir pour s'être brièvement éprise d'un guerrier du Clan du Vent. Pourtant, ils étaient incapables de la traiter comme une camarade précieuse et loyale.

Tandis que les chasseurs allaient déposer leurs prises sur le tas de gibier, Cœur Blanc apparut à son tour à l'embouchure du tunnel. Œil de Geai flaira le parfum de la mille-feuille qu'elle rapportait.

« C'est formidable, Cœur Blanc, lui lança-t-il. Je n'étais pas certain que tu en trouverais, et nous n'en avons plus du tout.

— Il en reste quelques plants près du nid de Bipèdes abandonné », marmonna la guerrière, la gueule pleine, tout en se dirigeant vers la tanière d'Œil de Geai.

Bien des saisons plus tôt, quand Museau Cendré était encore guérisseuse, Cœur Blanc avait appris les propriétés les plus simples des plantes et les traitements contre les blessures et maladies bénignes.

Depuis qu'Œil de Geai était le seul guérisseur, Cœur Blanc l'aidait en allant récolter des remèdes et en s'occupant des petits bobos des leurs. Elle n'était pas apprentie guérisseuse – elle était plus âgée que lui et ne souhaitait pas renoncer à son rôle de guerrière –, mais il lui était reconnaissant pour son aide.

De plus, je n'ai pas encore besoin de choisir un apprenti. Ça, c'était bon pour les guérisseurs plus âgés. Il savait qu'une infinité de lunes s'étiraient devant lui, vibrant sous ses pattes comme les empreintes des guerriers des temps révolus qu'il foulait chaque fois qu'il se rendait à la Source de Lune. Et, bien sûr, avant de rejoindre le Clan des Étoiles il lui faudrait aussi accomplir la prophétie. «Ils seront trois... à détenir le pouvoir des étoiles entre leurs pattes.»

Le soleil s'était élevé bien au-dessus des arbres et sa chaleur était si accablante qu'Œil de Geai avait l'impression que son pelage était en feu. *Je sens presque une odeur de fumée!*

Soudain, sa truffe frémit. L'odeur âcre qui lui chatouillait les narines était bel et bien réelle. Le poil hérissé par la peur, il inspira profondément et localisa l'origine de l'odeur au bord de la clairière, près de la tanière des anciens.

«Au feu!» hurla-t-il en se précipitant vers la fumée.

Presque au même instant, il trébucha car Petite Colombe filait devant lui, vers le centre de la clairière.

«Au feu! s'époumonait-elle. Il y a le feu dans le camp!»

Œil de Geai fut impressionné qu'elle ait repéré le feu en même temps que lui. *Je pensais avoir le meilleur odorat du Clan!* Ce n'était pas le moment d'y songer.

Il devait trouver le foyer naissant et l'éteindre avant que l'incendie se propage.

D'autres miaulements retentirent derrière lui tandis qu'il se précipitait vers le noisetier. Dès qu'il flaira la présence de Poil de Fougère, il ordonna :

« Fais sortir les anciens de leur tanière ! »

Le guerrier obliqua vers l'entrée du buisson tandis qu'Œil de Geai passait devant sans s'arrêter, guidé par l'odeur de fumée. En s'approchant de la paroi rocheuse, il entendit le crépitement des flammes. Une vague de chaleur roula vers lui et il dut s'arrêter. Parce qu'il était aveugle, il ne savait pas par quel côté attaquer l'incendie.

Puis un autre chat l'écarta – c'était Plume Grise, accompagné d'Étoile de Feu et de Poil d'Écureuil.

« Il nous faut de l'eau, annonça le chef d'un ton sec. Œil de Geai, trouve quelques guerriers pour descendre au lac.

— Ce sera trop long, gémit Plume Grise. Il faut jeter de la terre sur les flammes, vite ! »

Ils grattèrent furieusement le sol mais le feu ne mourait pas. Le guérisseur se détourna, prêt à obéir aux ordres de son chef. C'est alors que d'autres chats se précipitèrent vers eux.

« Flocon de Neige ! Pelage de Lion ! s'écria Étoile de Feu. Que le Clan des Étoiles soit loué ! »

Œil de Geai reconnut l'odeur de la mousse imbibée d'eau quand son frère et les autres passèrent devant lui. Il entendit un grand « pscchhh », puis l'odeur de fumée s'accentua. Elle le prit à la gorge et il dut reculer en toussant.

Peu après, Pelage de Lion le rejoignit.

« C'était moins une, haleta le guerrier. Si nous n'étions pas arrivés à temps, tout le camp aurait pu brûler.

— Tu es certain qu'il est bien éteint ? s'inquiéta Œil de Geai en clignant des yeux à cause de la fumée.

— Étoile de Feu s'en assure, soupira son frère. Et maintenant, j'imagine qu'on va devoir retourner chercher de l'eau. J'espère que le Clan de la Rivière sera parti.

— Le Clan de la Rivière ?

— Oui, il y avait une patrouille, à notre arrivée. On a presque dû se battre pour quelques gorgées d'eau. Si elle y est toujours, nous ne serons guère les bienvenus. »

Œil de Geai laissa retomber sa queue dans les restes fumants de l'incendie. Tout autour de lui, les guerriers commençaient à sortir les bouts de bois calcinés du camp. L'odeur irritante le fit tousser de plus belle.

Est-ce que les Clans vont disparaître comme le lac ? De façon si banale, et frustrante, et... horriblement lente ?

Du bout de la truffe, Pelage de Lion frôla l'épaule de son frère.

« N'oublie pas que nous serons bientôt de nouveau trois, murmura-t-il. Les petites d'Aile Blanche sont aussi les descendantes d'Étoile de Feu.

— Comment être sûrs que la troisième est l'une d'elles ? Pourquoi le Clan des Étoiles ne nous a-t-il pas envoyé de signe ?

— Nous ne savons pas si la prophétie vient d'eux, à l'origine, lui rappela son frère.

— Sauf qu'ils... »

Un miaulement sonore venu du bout de la clairière l'interrompit.

« Hé, Œil de Geai ! »

Les moustaches du guérisseur frémirent lorsqu'il reconnut la voix du plus horripilant des membres du Clan du Tonnerre.

« Qu'est-ce qu'il y a, Truffe de Sureau ? » lança-t-il en soupirant.

Lorsque le guerrier s'approcha, Œil de Geai repéra l'odeur de Pavot Gelé à sa suite.

« Pavot Gelé va avoir des petits, annonça-t-il. Mes petits.

— Félicitations.

— Je veux que tu lui dises de se reposer et de prendre soin d'elle. La mise bas peut être dangereuse, pas vrai ?

— Eh bien… parfois.

— J'ai entendu dire que les chatons peuvent arriver trop tôt, qu'ils peuvent être faibles ou…

— Truffe de Sureau, le coupa Pavot Gelé d'un ton agacé. Je suis certaine que tout ira bien.

— Ou alors, les chatons peuvent mettre du temps à sortir, conclut le guerrier comme si sa compagne n'avait rien dit.

— Il peut toujours y avoir des problèmes… reconnut le guérisseur avant d'aller renifler la guerrière. Mais elle est robuste et en bonne santé. Il n'y a pas de raison qu'elle ne puisse pas assumer ses tâches pour le moment.

— Quoi ? s'indigna le guerrier. Je ne suis pas d'accord ! Pavot Gelé, tu vas rejoindre la pouponnière tout de suite et laisser Fleur de Bruyère et Chipie prendre soin de toi.

— Vraiment, c'est inu… »

Truffe de Sureau la poussait déjà vers l'entrée de la pouponnière sans tenir compte de ses protestations.

Œil de Geai écouta le bruit de leurs pas s'éloigner. *Pourquoi demander l'avis d'un guérisseur si tu n'en tiens pas compte, cervelle de souris !*

Le matou gris tigré se sentit plus abattu que jamais. Quel intérêt de détenir le pouvoir des étoiles si même ses camarades de Clan ne l'écoutaient pas ?

« Je ne sais pas si nous pourrons y arriver tout seuls, se murmura-t-il. Que nous soyons deux ou trois... »

Chapitre 3

Petite Colombe se tortillait, tout excitée, tandis que sa mère lui donnait des coups de langue râpeux sur les oreilles et dans le cou.

« Tiens-toi tranquille, la gronda Aile Blanche. Tu ne peux pas aller à ta cérémonie d'apprentie en ayant l'air d'avoir traversé la barrière de ronces à reculons ! »

Tapie sur le seuil de la pouponnière, Petit Lis les observa un instant.

« Les guerriers sont en train de se rassembler, annonça-t-elle en trépignant d'impatience. Je crois que tout le Clan va venir nous voir ! »

Petite Colombe parvint à s'écarter de sa mère pour rejoindre sa sœur.

« Allons-y ! lança-t-elle.

— Ce n'est pas encore l'heure, répliqua la reine. Nous devons attendre qu'Étoile de Feu annonce l'assemblée.

— Ce ne sera plus long », ajouta Chipie.

Petite Colombe avait compris que Chipie, la gentille chatte venue du territoire des chevaux, ne serait jamais une guerrière. Fleur de Bruyère et elle restaient dans la pouponnière pour aider les autres reines et leurs petits.

Pavot Gelé les avait rejointes deux jours plus tôt. Son ventre s'arrondissait doucement. Truffe de Sureau, le père de ses petits à naître, était le fils de Chipie, si bien que les chatons seraient aussi les parents de celle-ci.

«Vous venez à la cérémonie? lança Petite Colombe aux chattes.

— Bien sûr, la rassura Pavot Gelé en se levant péniblement. Nous ne manquerions cela pour rien au monde.»

Petite Colombe se dandinait sur place, incapable de rester tranquille. Elle était si agitée qu'elle en oubliait la soif.

«Je me demande qui seront nos mentors», miaula-t-elle encore.

Alors que Petit Lis allait lui répondre, la silhouette rousse d'Étoile de Feu apparut sur la Corniche et sa voix retentit dans le camp:

«Que tous ceux qui sont en âge de chasser s'approchent de la Corniche pour une assemblée du Clan!»

Petite Colombe se leva d'un bond, prête à foncer dehors, mais sa mère l'entoura de sa queue pour la retenir.

«Pas tout de suite, murmura Aile Blanche. Et tu sortiras d'ici en *marchant* comme une apprentie raisonnable, pas comme un chaton qui ne sait pas se tenir.

— D'accord, d'accord, maugréa la petite chatte.

— Je crois que je vais vomir, annonça Petit Lis.

— Oh, non!» se récria Petite Colombe.

Que penseront nos camarades si Petit Lis est malade pendant sa cérémonie ?

« Ne vous inquiétez pas, les rassura Aile Blanche calmement. Vous vous conduirez comme il faut pour que je sois fière de vous. Ça y est, votre père est venu vous chercher. »

Bois de Frêne venait d'apparaître devant la pouponnière. Il contempla ses filles d'un œil brillant.

« Venez, le Clan vous attend. »

Petit Lis bondit tandis que Petite Colombe rentrait et sortait les griffes. Aile Blanche se donna quelques coups de langue et les suivit. Le Clan tout entier s'était rassemblé dans la clairière, sous la Corniche. Petite Colombe sentit tous les regards de ses camarades se tourner vers elle lorsqu'elle s'éloigna de la pouponnière avec sa sœur, suivie de leur mère et de leur père. Chipie, Fleur de Bruyère et Pavot Gelé sortirent en dernier.

Le cœur de Petite Colombe cognait si fort qu'elle avait l'impression qu'il allait éclater. Malgré tout, elle garda la tête et la queue hautes.

« Je vais oublier tout ce que je suis censée faire, lui marmonna Petit Lis à l'oreille.

— Tout ira bien », la rassura-t-elle en se frottant contre sa sœur.

Aile Blanche se glissa devant elles afin de les guider vers le cercle de félins, qui s'ouvrit pour les laisser passer. Petite Colombe se retrouva debout entre sa sœur et Poil d'Écureuil, qui l'encouragea d'un signe de tête.

« Je vous ai rassemblés pour l'un des événements les plus importants dans une vie de chat des Clans, déclara le meneur. Petite Colombe et Petit Lis ont atteint leur sixième lune et le temps est venu pour elles de devenir apprenties. Approchez-vous. »

Petite Colombe dut se retenir de faire un grand saut jusqu'au milieu de la clairière. Elle se souvint des paroles de sa mère et se força à marcher dignement au côté de sa sœur.

« Petite Colombe, à partir de maintenant et jusqu'au jour où tu recevras ton nom de guerrière, tu t'appelleras Nuage de Colombe.

— Nuage de Colombe ! » Les voix de ses camarades retentirent tout autour d'elle et lui donnèrent des frissons. « Nuage de Colombe !

— Clan des Étoiles, je te demande de guider cette nouvelle apprentie, poursuivit Étoile de Feu, les yeux levés vers la voûte bleue. Accompagne-la vers le sentier qu'elle devra suivre pour devenir une guerrière. »

Nuage de Colombe réprima un nouveau frisson en pensant à tous les esprits qui veillaient sur eux depuis le ciel, à l'instant même.

« Pelage de Lion, héla le meneur. Tu seras le mentor de Nuage de Colombe. Tu es un guerrier loyal et tes talents de combattant sont inégalés. Je sais que tu transmettras ces qualités à Nuage de Colombe. »

Pelage de Lion ! Le cœur de la nouvelle apprentie se serra lorsqu'elle regarda le matou assis près de l'éboulis. *C'est un valeureux guerrier, mais... et s'il ne m'appréciait pas ?*

Elle le rejoignit et leva les yeux vers les prunelles ambrées du matou. Elle fut étonnée et ravie de voir qu'il paraissait content lui aussi. Il se pencha pour lui frôler la truffe.

« Je travaillerai très dur, promit-elle dans un souffle.

— Moi aussi, répondit-il. Nous formerons une super équipe.»

Nuage de Colombe s'assit fièrement près de lui et écouta Étoile de Feu répéter la cérémonie pour sa sœur. Petit Lis garda courageusement la tête bien droite, sans quitter Étoile de Feu des yeux.

«Petit Lis, à partir de maintenant et jusqu'au jour où tu recevras ton nom de guerrière, tu t'appelleras Nuage de Lis. Que le Clan des Étoiles veille sur toi et te guide sur la voie du guerrier.» Il se tut un instant pour laisser le temps au Clan de l'acclamer puis reprit: «Cœur Cendré, tu as manifesté courage et endurance dans ton apprentissage, et je ne doute pas que tu montres l'exemple à Nuage de Lis.»

Des murmures approbateurs suivirent cette annonce et Nuage de Lis traversa la clairière à toute allure pour aller toucher la truffe de Cœur Cendré. Les yeux bleus de la guerrière pétillaient de joie.

«Nuage de Colombe! Nuage de Lis!» les loua le Clan.

Nuage de Colombe crut que son cœur allait éclater tant elle était heureuse de sentir ses camarades se presser autour d'elles pour les féliciter.

«Et qu'est-ce qu'on fait, maintenant? demanda-t-elle ensuite à Pelage de Lion.

— Rien de palpitant, j'en ai bien peur, soupira le matou doré en remuant les oreilles. Le Clan a besoin d'eau. Nous devons aller chercher de la mousse, puis descendre jusqu'au lac pour l'imbiber d'eau.

— Génial! s'écria Nuage de Colombe en sautant sur place. Je verrai notre territoire! Est-ce que Nuage de Lis et Cœur Cendré viennent aussi?

— Bien sûr, répondit la chatte grise en s'approchant. Cependant, nous devrons nous méfier des patrouilleurs du Clan de la Rivière. Ils pourraient nous chercher querelle.

— Je pensais qu'ils vivaient de l'autre côté du lac..., s'étonna Nuage de Lis, la tête penchée.

— Plus maintenant, gronda Pelage de Lion. Allons-y et je vous expliquerai tout en chemin. »

Il les entraîna dans le tunnel de ronces et se dirigea vers le lac. Nuage de Colombe ne s'était jamais éloignée à plus de quelques pas du camp, cependant le bonheur de partir en exploration fut un peu gâché par son indignation.

« Le Clan de la Rivière ne peut pas prendre tout le lac comme ça ! protesta-t-elle. Pas vrai ?

— Pourquoi Étoile de Feu ne se bat-il pas ? voulut savoir Nuage de Lis.

— Étoile de Feu n'aime pas créer des ennuis, expliqua Cœur Cendré. Il essaie toujours de trouver une solution qui évite la bagarre. C'est en partie pour cela qu'il est un si grand chef. »

Nuage de Colombe n'était pas certaine de comprendre. Même si elle n'était qu'une toute jeune apprentie, elle savait que les Clans n'avaient pas le droit de pénétrer sur les autres territoires. Cela faisait partie du code du guerrier !

« Restez tout près de moi et de Cœur Cendré, les prévint Pelage de Lion. Et, quoi qu'il arrive, ne provoquez pas le Clan de la Rivière. »

Tant qu'il ne nous provoque pas, Nuage de Lis et moi, songea Nuage de Colombe.

Leurs mentors les entraînèrent jusqu'au pied d'un grand chêne, où ils arrachèrent des plaques de mousse d'entre ses racines, et les conduisirent jusqu'au lac. Lorsqu'ils sortirent de l'ombre des arbres, sur la berge, Nuage de Colombe ouvrit la gueule de surprise et laissa tomber sa mousse.

« Je pensais que le lac était gigantesque ! hoqueta-t-elle. Je ne pensais pas que ce n'était qu'une petite mare. »

Elle était terriblement déçue. Pourquoi les guerriers faisaient-ils tant d'histoires pour ce plan d'eau à peine plus gros qu'une flaque ?

« En temps normal, le lac arrive jusqu'ici, où nous nous trouvons, lui apprit Pelage de Lion. Il s'est asséché à cause de la canicule.

— Par cette chaleur, il y a aussi moins de Bipèdes, intervint Cœur Cendré. La sécheresse n'a pas que des désavantages. »

On aurait dit qu'elle essayait de convaincre autant elle-même que les apprenties.

« Et si le lac disparaissait complètement ? demanda Nuage de Lis.

— Cela n'arrivera pas, lui assura Cœur Cendré, mais le coup d'œil qu'elle échangea avec Pelage de Lion apprit à Nuage de Colombe qu'elle n'en était pas persuadée. La pluie ne tardera plus.

— Puisque nous sommes là, autant que vous appreniez l'emplacement des différents territoires, reprit Pelage de Lion. Ici, nous sommes chez nous, naturellement et, là-bas – il pointa la queue en direction des collines –, c'est le domaine du Clan du Vent. »

Nuage de Colombe suivit son regard vers les pentes herbeuses qui montaient à l'assaut du ciel.

« Il n'y a pas beaucoup d'arbres, pour la chasse, fit-elle remarquer.

— C'est vrai. Le Clan du Vent préfère vivre au grand air, si bien que leur territoire leur est parfaitement adapté, expliqua Cœur Cendré. Comme le Clan de l'Ombre préfère la pinède, il a choisi de vivre de ce côté-là du lac. »

Les deux sœurs examinèrent les lignes sombres des pins qui bordaient le lac près du territoire du Clan du Tonnerre.

« Je suis contente de ne pas être née dans le Clan de l'Ombre », miaula Nuage de Lis.

Nuage de Colombe se concentra un instant pour tenter de mémoriser tout ce que le paysage pouvait lui apprendre. Elle voyait un groupe de chats du côté du Clan de l'Ombre, qui avançaient vers le lac lointain et elle inspira profondément pour mémoriser leurs odeurs. Du côté du Clan du Vent, des félins retournaient vers la rive et Nuage de Colombe les renifla eux aussi.

« Nuage de Lis, murmura-t-elle en donnant du bout de la queue une pichenette à sa sœur, tu devrais te concentrer sur les odeurs de ces matous, là-bas. C'est utile à savoir.

— Quoi ? » fit Nuage de Lis, déroutée.

Mais avant que Nuage de Colombe puisse s'expliquer, Pelage de Lion s'écria :

« Qu'est-ce qui se passe, encore ? »

Nuage de Colombe regarda l'horizon et vit des patrouilleurs du Clan du Tonnerre au bord de l'eau. Ils semblaient avoir des soucis : leurs dos étaient arrondis et leurs queues battaient furieusement l'air. Peu après, l'un des guerriers se mit à courir vers la rive. Lorsqu'il se rapprocha, l'apprentie reconnut Cœur d'Épines.

«Vous avez des problèmes? demanda Pelage de Lion.

— Truffe de Sureau et Patte d'Araignée sont tombés dans la bourbe, haleta le guerrier en s'arrêtant brièvement. J'ai besoin d'une branche pour les tirer de là.

— Nous allons vous aider, déclara Cœur Cendré en faisant signe aux deux apprenties. Venez, vous deux. Apportez votre mousse et regardez bien où vous posez les pattes.»

Tandis que la guerrière les entraînait dans la gadoue, Nuage de Colombe tourna la tête et vit Cœur d'Épines sortir un long bâton d'un buisson de sureau sur la berge. Au même instant, Œil de Geai surgit des broussailles, un paquet de feuilles dans la gueule.

«Hé, il est à moi! protesta le guérisseur en crachant ses remèdes. Remets-le où tu l'as pris!

— Tu as des abeilles dans la tête ou quoi? grommela Cœur d'Épines. J'en ai besoin. Ce n'est qu'un bâton.

— Il est à *moi*, insista Œil de Geai, dont l'attitude hostile étonna Nuage de Colombe. Si tu ne me le rapportes pas en un seul morceau, je… je…

— D'accord, je te le rendrai, ton stupide bâton. Pas la peine de te friser les moustaches.»

Il revint vers l'étendue boueuse ventre à terre, le bout de bois dans la gueule. Nuage de Colombe et Nuage de Lis avançaient plus doucement derrière leurs mentors. Nuage de Colombe essayait de relever les pattes dès qu'elles touchaient le sol brûlant. Ses coussinets seraient tout plissés avant même qu'elle atteigne l'eau.

« Tu crois que la chaleur a fait tourner la tête à Œil de Geai ? murmura Nuage de Lis. Cœur d'Épines a raison, ce n'est qu'un bâton.

— Va savoir, c'est peut-être un truc de guérisseur.

— Peut-être, mais qu'est-ce qui nous arriverait si notre guérisseur avait tout à coup des abeilles dans le cerveau ? »

Nuage de Colombe ne sut que dire. La rive n'était plus très loin et elle distinguait déjà les poissons morts luisants qui gisaient ici et là. L'odeur la fit presque vomir. Tout à coup, le sol dur disparut sous ses pattes, remplacé par une espèce de boue chaude et gluante qui collait à la fourrure. Elle s'enfonçait un peu plus à chaque pas et la surface frémissait comme si elle allait lui avaler les pattes.

« Restez là », lança Pelage de Lion sans se retourner.

Un limon marron-gris constellait sa fourrure et lui couvrait le ventre. Juste devant lui, Truffe de Sureau et Patte d'Araignée étaient enlisés jusqu'à la queue.

Les deux guerriers remuaient vainement, le pelage plaqué à leur corps par la boue. S'ils ne semblaient plus s'enfoncer, ils n'avaient aucune prise pour se sortir de là.

« Je suis bien contente qu'ils ne dorment pas dans notre tanière, chuchota Nuage de Colombe à l'oreille de Nuage de Lis. Ils vont puer la vase et le poisson pourri pendant une lune !

— C'est vrai. Je parie qu'ils ne dormiront pas non plus dans la tanière des guerriers jusqu'à ce qu'ils se soient débarrassés de cette pestilence ! » répondit sa sœur avant de faire quelques pas pour examiner un poisson mort.

Immobile, Nuage de Colombe regarda Cœur d'Épines s'approcher prudemment du trou boueux et tendre le bâton vers ses camarades. Truffe de Sureau y planta ses griffes et put remonter jusqu'à la terre ferme, où Pelage de Lion et Cœur Cendré l'aidèrent à se relever.

« C'est répugnant, ce truc ! » pesta-t-il en crachant de la boue.

Il s'ébroua si fort qu'il projeta des gouttelettes visqueuses partout autour de lui.

Nuage de Colombe recula d'un bond pour éviter la douche salissante. Patte d'Araignée s'aida à son tour du bâton pour regagner la berge, où il s'effondra, hors d'haleine.

« Merci, dit-il à Cœur d'Épines. Je ferai plus attention la prochaine fois.

— De rien. Vous feriez mieux de rentrer au camp et de vous laver. »

Les deux guerriers crotteux s'éloignèrent, tête et queue basses, en laissant derrière eux des traces brunes.

« Et maintenant, j'ai intérêt à rendre ce bâton à Œil de Geai, soupira Cœur d'Épines. Sinon, il risque d'être plus furieux qu'un renard en pétard. »

Il venait de se mettre en route lorsqu'un feulement féroce leur parvint. Nuage de Colombe leva la tête : un matou au pelage gris-bleu pommelé fonçait vers eux à toute allure. Les moustaches de l'apprentie frémirent lorsqu'elle flaira une odeur semblable à celle des poissons qui jonchaient le sol.

Ce doit être un guerrier du Clan de la Rivière.

Cœur d'Épines lâcha le bâton pour héler le matou : « Hé, Pluie d'Orage ! Qu'est-ce que tu veux ? »

Sans répondre, le guerrier rival passa devant lui puis devant les autres, qui s'étaient rassemblés à quelques longueurs de queue de la vase. Il fonçait droit vers Nuage de Lis ; celle-ci reniflait toujours un poisson mort.

« Voleuse de gibier ! hurla-t-il. Laisse ça ! Les poissons sont à nous ! »

Nuage de Lis se tourna brusquement, la fourrure en bataille et les yeux exorbités devant ce guerrier adulte ennemi qui la chargeait.

« Crotte de souris ! » cracha Cœur Cendré en sautant vers le matou pour l'intercepter avant qu'il n'attaque son apprentie.

Nuage de Colombe et Pelage de Lion s'élancèrent à sa suite.

Tout à coup, Pelage de Lion cria :

« Pluie d'Orage, attention ! »

Nuage de Colombe vit alors que le guerrier de la Rivière fonçait droit vers le trou plein de vase. Focalisé sur Nuage de Lis, il n'entendit pas la mise en garde de Pelage de Lion et glissa à son tour dans le limon en poussant un cri de surprise.

« À l'aide ! gémit-il, embourbé jusqu'au ventre. Sortez-moi de là !

— Bien fait, miaula Cœur Cendré, indignée, en arrivant au bord du trou. Tu ne vois pas que ce n'est qu'une apprentie ? C'est la première fois qu'elle sort du camp.

— Désolée, murmura Nuage de Lis. Je n'allais pas le manger, je le jure.

— Personne ne mangerait un truc pareil, renchérit Nuage de Colombe une fois arrivée près de sa sœur. Berk ! »

Pluie d'Orage ne dit rien. Il était tombé dans une partie si profonde que la vase lui montait jusqu'aux épaules. Ses gesticulations désespérées ne faisaient que l'engluer davantage.

« Ne bouge plus, lui ordonna Pelage de Lion. Nous allons te tirer de là. »

Cœur d'Épines rapporta le bâton et le fit glisser sur la boue pour que Pluie d'Orage puisse y planter ses griffes. Mais il s'était enfoncé si bas et s'était tant fatigué à force de s'agiter qu'il n'arrivait pas à se hisser. Nuage de Colombe se colla à sa sœur, angoissée. Même si ce matou avait failli attaquer Nuage de Lis, elle ne voulait pas le voir se noyer.

« Aidez… moi… supplia Pluie d'Orage en tendant le cou pour maintenir sa tête hors de la boue.

— Oh, pour l'amour du Clan des Étoiles… » marmonna Pelage de Lion.

Il rampa prudemment jusqu'au bord du trou et se pencha pour pouvoir attraper Pluie d'Orage par la peau du cou. Il se cambra de toutes ses forces et, dans un bruit de succion, le matou du Clan de la Rivière fut libéré du piège gluant. Il s'écroula sur le flanc, pantelant.

« T'as eu de la chance, lâcha Cœur d'Épines. Maintenant, déguerpis. Tu n'avais rien à faire de ce côté-ci du lac. »

Lorsque Pluie d'Orage tenta de se lever, ses pattes cédèrent sous son poids et il flancha.

« Qu'est-ce qu'on va faire de lui ? demanda Cœur Cendré. Il n'est pas en état de rentrer chez lui.

— Tout ça ne serait jamais arrivé si le Clan de la Rivière s'était montré raisonnable, soupira Pelage de Lion. Est-ce qu'il y a des camarades à lui, dans le coin ?

— Là-bas », répondit Cœur d'Épines, la queue tendue.

Nuage de Colombe repéra aussitôt au loin un groupe de guerriers du Clan de la Rivière, près du territoire du Clan de l'Ombre. Ils défiaient la patrouille qu'elle avait vue un peu plus tôt.

« Je refuse de me mêler de leurs affaires, déclara Cœur d'Épines. Si nous les rejoignons, nous nous retrouverons à affronter le Clan de l'Ombre *et* le Clan de la Rivière. Viens, ajouta-t-il avant de secouer Pluie d'Orage du bout de la patte. Tu peux nous suivre jusqu'à notre camp pour te reposer. C'est moins loin que ton propre territoire.

— Merci », hoqueta Pluie d'Orage en se relevant tant bien que mal.

Cette fois-ci, il parvint à rester sur ses pattes. Pelage de Lion lui offrit un appui sur son épaule.

« Cœur Cendré, tu veux bien surveiller les apprenties pendant qu'elles recueillent de l'eau ? lança le guerrier doré. Je vais aider Cœur d'Épines à ramener Pluie d'Orage au camp.

— Bien sûr. »

Nuage de Colombe regarda les trois matous s'éloigner vers la berge.

« Hé ! lança-t-elle à Cœur d'Épines. N'oublie pas le bâton d'Œil de Geai ! »

Le guerrier revint à toute allure.

« Je ne sais pas ce qui lui est passé par la tête », rouspéta-t-il. Il prit le bout de bois dans sa gueule et repartit.

« Ça va, Nuage de Lis ? s'inquiéta Cœur Cendré.

— Oui, merci. Pardon d'avoir été stupide. Si je ne m'étais pas approchée des poissons, Pluie d'Orage ne serait pas tombé dans la boue.

— Ce n'était pas ta faute! protesta Nuage de Colombe. Il allait t'attaquer sans raison.

— Je suis d'accord avec toi, Nuage de Colombe, confirma Cœur Cendré. Il n'avait pas besoin de débouler comme ça. Maintenant, ramassez votre mousse et nous irons ensemble chercher de l'eau. Je suis pressée de rentrer au camp pour savoir ce qu'Étoile de Feu pense de toute cette histoire. »

Chapitre 4

⚜

Pelage de Lion s'arrêta au milieu de la clairière et laissa Pluie d'Orage glisser jusqu'au sol où il s'étala sur le flanc, les pattes à peine repliées. Le matou du Clan de la Rivière faisait peine à voir : comme la boue lui plaquait la fourrure sur les côtes, sa maigreur était évidente et laissait penser qu'il n'avait pas eu le ventre plein depuis une lune. Pelage de Lion eut pitié de lui.

Le Clan de la Rivière doit avoir de gros problèmes pour faire tant d'histoires à cause d'un poisson mort.

Cœur d'Épines avait grimpé l'éboulis pour prévenir Étoile de Feu. Pelage de Lion se retrouva seul avec Pluie d'Orage et Œil de Geai, qui les avait suivis jusqu'au camp. Pelage de Lion avait mal à l'épaule, il avait porté Pluie d'Orage pendant longtemps ; et la soif lui asséchait la gorge. Il était presque midi et le soleil brûlant faisait onduler l'air dans la combe. La boue qui couvrait le pelage de Pluie d'Orage était déjà sèche.

Sans ce contretemps, nous serions déjà rentrés depuis longtemps avec notre eau, songea Pelage de Lion. *Par cette chaleur, nous devrions juste nous reposer.*

D'autres membres du Clan du Tonnerre sortirent la tête des tanières pour jeter des coups d'œil curieux au guerrier du Clan de la Rivière.

« Qu'est-ce qu'il fait là, celui-là ? s'étonna Nuage de Pétales, qui lâcha la boule de litière sale récoltée dans la tanière des anciens. C'est un prisonnier ?

— Non, il a eu un accident, expliqua Pelage de Lion. Il retournera chez lui dès qu'il se sera reposé.

— Je ne vois pas pourquoi il doit rester chez nous », protesta Poil de Souris.

L'ancienne avait suivi l'apprentie hors de la tanière en guidant Longue Plume, la queue posée sur son épaule. Isidore était juste derrière. La vieille chatte renifla Pluie d'Orage avec méfiance.

« Pouah ! Il pue autant qu'un poisson pourri !

— Et où est notre eau ? demanda Isidore.

— Est-ce que Pluie d'Orage est blessé ? s'inquiéta Cœur Blanc avec un peu plus de compassion que ses camarades. Œil de Geai, tu veux que j'aille chercher des remèdes ?

— Non, il est simplement à bout de forces », répondit le guérisseur.

Pelage de Lion leur expliqua alors ce qui s'était passé près du lac. Il omit de préciser que Pluie d'Orage avait foncé vers Nuage de Lis. Il espérait que le guerrier de la Rivière n'aurait pas osé blesser une apprentie si jeune et ne voyait pas l'intérêt d'aggraver l'hostilité de ses camarades.

« Il faudra que quelqu'un le surveille, miaula Griffe de Ronce lorsque Pelage de Lion eut terminé son récit. Nous ne pouvons pas le laisser fouiner dans le camp.

— Il n'a pas l'air en état de fouiner où que ce soit», lui fit remarquer Tempête de Sable.

Les chats se turent lorsque Étoile de Feu apparut au côté de Cœur d'Épines et se fraya un passage jusqu'à leur «invité». Pluie d'Orage s'assit péniblement – Pelage de Lion vit l'effort que cela lui coûtait.

Étoile de Feu salua le guerrier d'un signe de la tête poli mais froid.

«Salutations, Pluie d'Orage, miaula-t-il. Cœur d'Épines m'a raconté l'incident.

— Oui, je...» Pluie d'Orage hésita, comme si les mots restaient coincés dans sa gorge, puis finit: «Je remercie tes guerriers pour leur aide.

— Nous aidons toujours ceux qui sont en détresse, lui assura le meneur roux. Tu ferais mieux de rester ici jusqu'au coucher du soleil. Tu rentreras chez toi quand il fera plus frais. Griffe de Ronce va te montrer un coin tranquille où tu pourras dormir.

— Et je le surveillerai, ajouta le lieutenant.

— Bonne idée, miaula le chef tandis que plusieurs guerriers hochaient la tête.

— Est-ce qu'on peut lui donner un peu à manger? demanda Fleur de Bruyère en examinant Pluie d'Orage.

— Nous avons à peine assez pour nous-mêmes, répliqua Cœur d'Épines sans attendre que son chef ait répondu. Étoile de Feu, j'ai eu une idée en revenant du lac. Nous avons sauvé sa misérable vie, pas vrai? Pourquoi ne pas en tirer avantage?

— Comment cela?

— Eh bien, pourquoi ne pas envoyer un message à Étoile du Léopard pour lui faire savoir qu'elle ne récupérera son guerrier que si elle nous laisse prendre des poissons?

— Quoi? s'indigna Pluie d'Orage. Vous ne pouvez pas faire ça!

— Nous le pouvons, si nous le voulons, sac à puces! rétorqua le guerrier en sortant les griffes. Tu ne penses pas que nous avons mérité une récompense pour t'avoir aidé?

— C'est vrai! renchérit quelqu'un d'autre, au fond.

— Tu n'es qu'une cervelle de souris! s'emporta Œil de Geai en se tournant brusquement vers son camarade. Qu'est-ce qu'on ferait avec des poissons? Ils empestent!»

Pelage de Lion se rendit compte que, autour de lui, plusieurs de leurs camarades étaient d'accord avec Cœur d'Épines, malgré la remarque d'Œil de Geai. *Et pourquoi pas? Nous sommes affamés.* Mais l'idée de retenir un guerrier rival prisonnier lui fit dresser les poils sur l'échine.

«Qu'en penses-tu, Étoile de Feu?» demanda Tempête de Sable.

Le chef demeura un instant silencieux, tandis que Pluie d'Orage laissait son regard errer d'un guerrier à l'autre, anxieux de connaître son sort.

«Je crois que Cœur d'Épines a raison, lâcha Patte d'Araignée, le ventre encore couvert de boue sèche. Cela apprendrait peut-être au Clan de la Rivière à rester loin de notre rive.

— Et à cesser de dicter leur conduite aux autres Clans, ajouta Flocon de Neige. Étoile du Léopard prend la grosse tête.

— Non, son Clan est tout bonnement désespéré, contra Poil de Fougère. La chaleur…

— Il fait chaud de notre côté aussi», le coupa Poil de Souris.

Griffe de Ronce leva la queue pour faire taire l'assistance et se tourna vers son chef.

«Étoile de Feu, que devons-nous faire?»

Le meneur roux finit par secouer la tête.

«Désolé, Cœur d'Épines. Je sais que tu penses avant tout au bien du Clan et j'admets qu'il m'en coûte de renoncer à un moyen d'obtenir de la nourriture en plus… cependant, le code du guerrier ne nous permet pas de prendre en otage un guerrier adverse.

— C'est vrai, confirma Poil d'Écureuil en prenant place près de son père. Nous ne ferions qu'empirer les choses.»

Cœur d'Épines ouvrit la gueule comme pour protester puis la referma avant de hausser les épaules.

«Comme tu veux, Étoile de Feu, maugréa-t-il.

— Griffe de Ronce, conduis Pluie d'Orage à l'ombre, ordonna le chef. Ensuite, quand la fraîcheur sera retombée, tu l'escorteras avec une patrouille jusque chez lui.»

Pelage de Lion alla s'allonger à l'ombre d'un rocher et parvint à dormir. Ses rêves furent sombres et confus. À son réveil, il se sentit à peine reposé.

Des ombres allongées s'étendaient sur la clairière lorsqu'il s'approcha du tas de gibier ridicule. Des traînées pourpres zébraient le ciel. La chaleur accablante de midi s'était estompée, mais il faisait toujours chaud et lourd.

Je pourrais peut-être aller chasser avec la prochaine patrouille.

« Hé, Pelage de Lion ! »

Le jeune guerrier se tourna vers son lieutenant, qui s'approchait de lui avec Pluie d'Orage. Les pas de leur invité étaient plus sûrs, à présent, même s'il semblait toujours à bout de forces.

« J'emmène une patrouille pour raccompagner Pluie d'Orage, expliqua le lieutenant. Je voudrais que tu viennes.

— Bien sûr. Est-ce que Nuage de Colombe peut nous accompagner ? Ce serait une bonne expérience. »

Comme le matou tacheté acquiesça, Pelage de Lion chercha son apprentie du regard et la repéra devant sa nouvelle tanière, près de Nuage de Lis et de Cœur Cendré. Il leur fit signe d'un mouvement de queue et elles trottèrent vers lui.

De son côté, Griffe de Ronce plongea dans le gîte des guerriers et en ressortit avec Poil de Fougère et Poil de Châtaigne. Pelage de Lion nota que le lieutenant n'avait choisi aucun des guerriers qui avaient souhaité retenir leur visiteur en otage.

« Nous allons escorter Pluie d'Orage chez lui, annonça-t-il quand Nuage de Colombe s'approcha.

— Génial ! Je vais voir d'autres territoires.

— Est-ce qu'on peut y aller aussi ? demanda Nuage de Lis à Cœur Cendré.

— Non, je suis désolée, répondit la guerrière. Vous allez devoir vous habituer à faire vos corvées séparément, ajouta-t-elle à l'apprentie déçue. Nous irons nous entraîner dans la combe mousseuse et je t'enseignerai tes premières attaques.

— Super! se réjouit la petite chatte, les yeux brillants. Nuage de Colombe, je te ratatinerai à ton retour!

— Tu peux toujours essayer», rétorqua sa sœur en lui donnant, du bout de la queue, une pichenette sur la truffe.

Griffe de Ronce rassembla sa patrouille et se dirigea vers le tunnel de ronces. Dès qu'ils s'aventurèrent dans la forêt, Pelage de Lion remarqua que le lieutenant prenait la direction du territoire du Clan de l'Ombre.

«Ne serait-il pas plus sûr de passer de l'autre côté, par le territoire du Clan du Vent? s'enquit-il.

— Nous avons eu suffisamment de problèmes avec le Clan du Vent, ces derniers temps. Ce serait aussi plus long, et je ne sais pas combien de temps Pluie d'Orage pourra tenir. Si nous coupons par l'étendue boueuse, en restant entre l'ancienne rive du lac et le territoire du Clan de l'Ombre, nous devrions progresser sans encombre.

— J'espère que tu as raison.»

Ils sortirent des bois non loin de la rivière qui séparait leur territoire de celui du Clan de l'Ombre. Pelage de Lion retint un hoquet de surprise: la rivière n'était plus qu'une coulée de boue.

«Ce cours d'eau était plein à ras bord, expliqua-t-il à Nuage de Colombe, qui s'approcha et pencha la tête. Il se jetait en permanence dans le lac, mais il n'en reste presque plus rien.

— C'est pour ça que le lac a rétréci? s'enquit son apprentie.

— En partie.

— Mais pourquoi la rivière s'est-elle asséchée?

— Personne ne le sait. Ce doit être à cause de la chaleur. »

La jeune chatte suivit du regard le tracé de la rivière qui, un peu plus loin, disparaissait dans un méandre, cachée derrière des fougères fanées. Ses moustaches frémirent et elle sortit les griffes.

« Nous ne pouvons rien y faire, ajouta-t-il. Poursuivons. »

La jeune chatte sursauta comme s'il lui avait fait peur. À quoi pouvait-elle bien penser pour être si absorbée ?

« Qu'est-ce… »

Il n'eut pas le temps de l'interroger car un feulement le coupa :

« Pelage de Lion ! Tu fais vraiment partie de cette patrouille ? »

Griffe de Ronce avait déjà mené les autres au lac disparu, d'où il le toisait.

« Désolé ! »

Nuage de Colombe sur ses talons, le guerrier au pelage doré descendit sur la boue sèche à toute allure et rejoignit les siens.

« Reste près de moi, conseilla-t-il à son apprentie. Et si nous apercevons le moindre guerrier du Clan de l'Ombre, laisse Griffe de Ronce s'en charger.

— Et s'ils nous attaquent ? s'enquit la novice, plus excitée qu'apeurée.

— J'en doute. Dans le cas contraire, reste en dehors de la bataille. Tu n'es pas entraînée. Un guerrier te transformerait en chair à corbeau d'un seul coup de patte.

— C'est même pas vrai », marmonna Nuage de Colombe.

Pelage de Lion ne la gronda pas. Il se souvenait de ses lunes d'apprentissage, pendant lesquelles il désirait par-dessus tout prouver sa valeur et acquérir les compétences d'un guerrier. Il appréciait cette petite chatte, courageuse et curieuse, et il devinait qu'elle apprendrait vite.

Es-tu la troisième? se demanda-t-il en la fixant tandis qu'elle avançait sur la boue d'un pas décidé, tournant la tête de-ci de-là comme pour guetter l'incursion d'une patrouille ennemie. *Ou est-ce ta sœur? Si seulement le Clan des Étoiles pouvait nous envoyer un signe…*

À son grand soulagement, nulle patrouille ne se montra pendant leur traversée. Cependant, Pelage de Lion avait l'impression que des regards hostiles les fixaient depuis les broussailles de la berge.

Les derniers rayons du soleil avaient disparu et la lune s'était levée au-dessus des arbres lorsqu'ils atteignirent le territoire du Clan de la Rivière.

« Tu passes devant, maintenant, ordonna Griffe de Ronce à Pluie d'Orage. Mène-nous à ton camp.

— Vous n'avez pas besoin de vous approcher du camp, répliqua le rescapé d'un ton un peu plus agressif à présent qu'il se trouvait sur son propre domaine. Je pourrai me débrouiller seul.

— Je veux qu'Étoile du Léopard entende *notre* version de l'histoire, répondit Griffe de Ronce. Et si elle nous offre quelques poissons pour nous remercier de t'avoir sauvé, nous ne dirons pas non. »

À voir le bout de la queue du lieutenant s'agiter, Pelage de Lion comprit que ce dernier était agacé.

« Nous ne partageons pas notre nourriture avec d'autres Clans », répliqua Pluie d'Orage avant de prendre la tête du groupe et de grimper sur la berge.

Le Clan de la Rivière avait établi son camp sur une langue de terre entre deux cours d'eau – tous deux complètement asséchés, désormais. La végétation luxuriante qui les bordait avait fané et n'était plus qu'un amas rabougri ; elle laissait voir un sol de terre dur et craquelé par le soleil. La puanteur des feuilles pourrissantes et du poisson mort imprégnait l'air.

Le poil de Pelage de Lion se hérissa. Ils avaient pénétré sur un territoire ennemi et, même s'ils avaient de bonnes raisons, le Clan de la Rivière ne l'entendrait peut-être pas de cette oreille.

« Est-ce qu'ils vont nous chasser ? » demanda Nuage de Colombe dans un souffle.

Pelage de Lion sursauta. Il avait fait de son mieux pour dissimuler ses inquiétudes à son apprentie et il ne s'attendait pas qu'elle soit si perspicace.

« C'est possible, murmura-t-il. S'il y a du grabuge, reste près de moi. Et ouvre bien les yeux et les oreilles. »

Alors qu'ils cheminaient derrière Pluie d'Orage, une chatte au poil gris-bleu sortit des taillis. Pelage de Lion se tranquillisa un peu lorsqu'il reconnut Patte de Brume, le lieutenant du Clan de la Rivière. C'était une chatte raisonnable et elle s'était montrée amicale avec le Clan du Tonnerre par le passé.

Toutefois, son ton n'avait plus rien d'amical lorsqu'elle s'adressa à la patrouille.

« Que faites-vous ici ? Et qu'est-il arrivé à Pluie d'Orage ?

— Ces félins m'ont gardé dans leur camp… voulut expliquer Pluie d'Orage.

— Nous lui avons *permis* de rester dans notre camp, rectifia Griffe de Ronce. Pelage de Lion et Cœur d'Épines l'ont sauvé parce qu'il était tombé dans un trou boueux près du lac. Sans eux, il serait parti chasser avec le Clan des Étoiles.

— C'est vrai ? s'enquit la chatte auprès de Pluie d'Orage.

— Oui, reconnut ce dernier, tête basse. Et je leur en suis reconnaissant. Cependant, ils ont ensuite affirmé qu'ils ne me relâcheraient pas avant qu'Étoile du Léopard ne leur donne du poisson.

— Ah bon ? s'étonna Patte de Brume en se tournant vers Griffe de Ronce.

— Nous avons évoqué cette possibilité, admit le lieutenant du Clan du Tonnerre, un peu gêné. Mais Étoile de Feu a déclaré que cela violerait le code du guerrier. Alors nous avons laissé Pluie d'Orage se reposer durant les heures les plus chaudes puis nous l'avons escorté vers son camp. Peut-on parler à Étoile du Léopard ? ajouta-t-il poliment.

— Étoile du Léopard est occupée, rétorqua Patte de Brume d'un ton étonnamment sec, ce qui poussa Pelage de Lion à se demander si elle ne leur cachait pas quelque chose. Merci de votre aide. Si nous avions des poissons en trop, je vous en donnerais, mais ce n'est pas le cas. »

Les deux lieutenants restèrent un instant immobiles, les yeux dans les yeux. Pelage de Lion devina que Griffe de Ronce hésitait à insister pour voir Étoile du Léopard. *Allez, Griffe de Ronce… Tu ne risques pas de l'emporter – par les mots ou le combat – sur leur propre territoire !*

Près de lui, Nuage de Colombe dressa l'oreille, sur le qui-vive, les moustaches frémissantes, tandis que son regard doré et brillant semblait percer les broussailles jusqu'au camp du Clan de la Rivière.

J'aimerais bien qu'elle puisse vraiment voir si loin, songea Pelage de Lion. *Le Clan de la Rivière nous cache quelque chose.*

Griffe de Ronce finit par s'incliner.

« Dans ce cas, nous te saluons, Patte de Brume. S'il te plaît, transmets à Étoile du Léopard les salutations d'Étoile de Feu. Et que le Clan des Étoiles illumine votre chemin.

— Et le vôtre, répondit Patte de Brume, visiblement soulagée. Merci d'avoir aidé notre guerrier. »

D'un mouvement de la queue, elle fit signe à Pluie d'Orage de la suivre et disparut dans les taillis, vers leur camp.

« Merci, lâcha Pluie d'Orage gauchement avant de la suivre.

— Eh bien ! s'écria Poil de Châtaigne. Il aurait pu avoir l'air un peu plus sincère ! À croire qu'on l'a torturé...

— Il est toujours difficile d'admettre qu'on a eu besoin d'aide, expliqua Griffe de Ronce dans un haussement d'épaules. Venez. »

Il rebroussa chemin, traversa le ruisseau à sec et se dirigea d'un pas vif vers le lac. Poil de Fougère et Poil de Châtaigne suivaient son allure tandis que Pelage de Lion et Nuage de Colombe fermaient la marche. Ils jetaient de temps en temps des coups d'œil vers l'arrière pour s'assurer qu'ils n'étaient pas suivis.

« Pelage de Lion, haleta Nuage de Colombe, qui avait du mal à suivre l'allure avec ses petites pattes, cette chatte était-elle le lieutenant du Clan de la Rivière ?

— Oui. Elle s'appelle Patte de Brume. C'est une valeureuse guerrière.

— Elle a beaucoup de soucis, non ? »

Ce commentaire le surprit. Il avait lui aussi deviné que Patte de Brume leur cachait des choses mais il n'aurait pas dit qu'elle avait des soucis.

«Tout le monde s'inquiète à cause de la sécheresse et de la pénurie de gibier, répondit-il.

— Oh, je crois que c'est pire que ça, pas toi ? Elle doit s'inquiéter pour leur malade. »

Pelage de Lion s'arrêta sur le bord boueux du lac et la fixa droit dans les yeux.

« Quel malade ?

— Quelqu'un souffre beaucoup, dans leur camp, lui apprit-elle, les yeux écarquillés. Tu ne l'as pas senti ? »

CHAPITRE 5

NUAGE DE COLOMBE SE RÉVEILLA en sentant une patte contre son oreille. Elle l'écarta et grommela sans ouvrir les yeux.

« Laisse-moi tranquille, Nuage de Lis ! J'ai besoin de dormir. »

Presque une lune s'était écoulée depuis le début de leur apprentissage et, la veille, leurs mentors leur avaient fait passer leur première évaluation, au fin fond du territoire. Nuage de Colombe ne se rappelait pas avoir déjà été si fatiguée : il avait été si intimidant de se savoir observée par des yeux invisibles !

De nouveau, un coup de patte sur son oreille.

Nuage de Colombe ouvrit grands les yeux.

« Nuage de Lis, si tu continues, je vais… »

Elle laissa sa phrase en suspens, les yeux ronds. Une chatte qu'elle n'avait jamais vue, fourrure emmêlée et yeux ambrés, était penchée au-dessus d'elle. Ses crocs pointus apparaissaient dans sa gueule entrouverte.

Nuage de Colombe se leva d'un bond et se ramassa, prête à affronter l'inconnue qui avait réussi à pénétrer en catimini dans le camp.

« Qui es-tu ? Que veux-tu ? gronda-t-elle en contrôlant son miaulement.

— Toi. »

La novice s'efforça de garder son calme. Elle inspecta la tanière des apprentis. Le clair de lune filtrait à travers les branches, et elle vit que Nuage de Lis et ses autres camarades dormaient profondément, roulés en boule.

« Nuage de Lis ! miaula-t-elle en secouant sa sœur. Réveille-toi ! »

Celle-ci ne remua pas. Nuage de Colombe se tourna vers l'intruse. Sa colère prenait le pas sur sa peur.

« Qu'est-ce que tu lui as fait ?

— Rien, répondit l'autre sèchement. Maintenant, fais ce que je te dis et suis-moi. »

Nuage de Colombe aurait voulu lui demander pourquoi elle était censée lui obéir, elle se leva cependant malgré elle pour la suivre dehors. La clairière était déserte. Œil de Crapaud, qui montait la garde à l'entrée du tunnel, était aussi immobile qu'une pierre. Il ne remua pas d'un poil de moustache lorsque l'inconnue entraîna Nuage de Colombe dans les bois.

C'est étrange, songea la novice. *Qu'est-ce qui m'arrive ?* Même la forêt lui paraissait bizarre : les sous-bois chétifs et rabougris étaient devenus denses et luxuriants, et l'herbe était grasse et fraîche sous ses pattes.

« Où allons-nous ? demanda-t-elle en trébuchant sur une branche. Je n'ai pas le droit de partir en douce comme ça. Je vais avoir des ennuis…

— Arrête de râler, la coupa son aînée. Tu le découvriras bien assez tôt. »

Elle conduisit Nuage de Colombe à travers les arbres. Les broussailles s'éclaircirent peu à peu et la lune illumina leur chemin. Une brise se leva, chargée d'un peu d'humidité. Nuage de Colombe s'arrêta un instant pour laisser le vent rafraîchir sa fourrure, une aubaine après tant de jours de canicule.

«Allez, la pressa la chatte grise qui s'était arrêtée près d'un arbre. Viens voir ça.»

Nuage de Colombe la rejoignit en quelques bonds et écarquilla les yeux. La forêt s'ouvrait sur un rivage tapissé d'herbe et une immense étendue d'eau. Sa surface ridée brillait d'un éclat argenté, et on entendait le doux clapotis des vagues.

«C'est… c'est le lac! bégaya l'apprentie. Tel qu'il devrait être! Je n'avais jamais vu tant d'eau. Est-ce que je rêve?

— C'est pas trop tôt! se moqua son aînée. Est-ce qu'on remplit la tête des apprentis avec des chardons, maintenant? Bien sûr que tu rêves.»

Nuage de Colombe remarqua alors que les pattes de l'inconnue semblaient couvertes de poussière d'étoiles.

«Tu viens du Clan des Étoiles?

— En effet. Et, jadis, j'appartenais à ton Clan.

— Dans ce cas, n'y a-t-il rien que tu puisses faire pour nous aider? Nous souffrons tant…

— Chaque saison charrie son lot de difficultés, répondit la vieille chatte. Le code du guerrier ne promet guère une vie facile. D'autres querelles, d'autres combats sont à prévoir…

— Des combats? la coupa Nuage de Colombe, horrifiée, avant de plaquer sa queue sur son museau. Désolée.

— Le sang coule à chaque génération », poursuivit l'inconnue, dont le regard ambré s'était adouci. Nuage de Colombe devina alors une bonté infinie derrière cette dure apparence. « Pourtant, de même que le soleil finit toujours par se lever, il y a toujours de l'espoir. »

Sa silhouette commença à s'émousser. Nuage de Colombe distinguait la surface lumineuse du lac à travers sa fourrure grise.

« Ne pars pas ! » la supplia-t-elle.

La forme s'évanouit un peu plus jusqu'à n'être qu'une volute de fumée, puis disparut complètement. Nuage de Colombe crut entendre une dernière fois la voix de la chatte murmurer au creux de son oreille :

« Après le geai aux yeux perçants et le lion rugissant, la paix viendra sur les ailes de la douce colombe. »

Nuage de Colombe se réveilla en sursaut, le cœur battant, et se leva d'un bond. *Je suis de retour dans ma litière ! Ce n'était bel et bien qu'un rêve...* L'aube pointait déjà dans l'entrée de la tanière. Dehors, des guerriers s'apprêtaient pour la nouvelle journée.

Près d'elle, Nuage de Lis remua une oreille avant d'ouvrir les yeux.

« Qu'est-ce qui se passe ? marmonna-t-elle. Pourquoi tu es si nerveuse ?

— Tu m'as jeté plein de mousse sur la fourrure ! maugréa Nuage de Bourdon.

— Désolée ! »

Il y avait presque une lune que Nuage de Colombe dormait dans la tanière des apprentis, pourtant, elle n'était toujours pas habituée à ce qu'ils dorment si serrés les uns contre les autres.

Le rêve se délitait maintenant. *Il y avait une vieille chatte... une guerrière du Clan des Étoiles. Et le lac était rempli comme avant.* Elle se rendit compte que ses pattes étaient raides et que ses coussinets lui cuisaient comme si elle avait vraiment fait l'aller-retour jusqu'au lac en pleine nuit. *Cervelle de souris! Ce n'était qu'un rêve.*

Cependant, ce songe était important, elle le savait. Un message de ses ancêtres. Elle planta ses griffes de toutes ses forces dans sa litière comme si cela pouvait l'aider à se rappeler les paroles de la chatte, mais rien ne lui revint. Elle renifla, à moitié amusée, à moitié agacée. *Pour qui te prends-tu ? Une guérisseuse ? Pourquoi une guerrière de jadis voudrait-elle te transmettre un message ?*

Elle bâilla à s'en décrocher la mâchoire et sortit dans la clairière. Il faisait jour. Les premières patrouilles étaient parties et, pendant quelques instants, elle suivit en pensée Poil de Fougère et Poil de Châtaigne. Ils traquaient du gibier près de la rivière qui séparait leur territoire de celui du Clan de l'Ombre. Dressant l'oreille, elle entendit Poil de Châtaigne sauter sur un écureuil pour l'empêcher de se réfugier dans un arbre. Poil de Fougère s'approcha de sa compagne et, du bout de la truffe, il lui frôla l'oreille.

« Belle prise », murmura-t-il.

Mieux vaut ne plus écouter, se dit Nuage de Colombe en chassant de son esprit le ronron amoureux de Poil de Châtaigne. À la place, elle se concentra sur les étourneaux qui se chamaillaient bruyamment dans les branches de l'arbre mort. Elle projeta ses sens plus loin encore dans le territoire et entendit un cri de douleur surgi de la patrouille de l'aube, près de la frontière du Clan du Vent, puis identifia la voix de Truffe de Sureau :

« J'ai marché sur un chardon ! »

Nuage de Colombe poussa un petit ronron amusé en imaginant le guerrier au pelage crème furieux, en train de sautiller sur trois pattes tout en essayant d'ôter les épines avec ses dents. Connaissant Truffe de Sureau, elle devinait qu'il prétendrait que c'était la faute du chardon !

« Par le Clan des Étoiles ! fulmina Pelage de Poussière. Tu veux bien te tenir tranquille, que quelqu'un d'autre puisse t'aider ? Pétale de Rose, occupe-toi de lui, sinon nous y serons encore demain. »

« Une nouvelle journée ordinaire pour le Clan du Tonnerre », murmura Nuage de Colombe.

Et ton rêve, alors, il est ordinaire ? crut-elle entendre.

« Qu'est-ce qu'il a, mon rêve ? » marmonna-t-elle en repoussant de nouveau les rares images qu'elle en gardait.

Elle retourna dans le gîte des apprentis et planta rudement sa patte dans les côtes de sa sœur.

« Réveille-toi, espèce de loir ! Allons demander à Cœur Cendré et à Pelage de Lion s'ils veulent nous emmener chasser. »

Nuage de Colombe porta fièrement ses prises – une souris et un merle – vers le tas de gibier et les y laissa tomber sous le regard des guerriers qui mangeaient non loin.

« Bravo, la félicita Plume Grise en délaissant un instant le campagnol qu'il partageait avec Millie, sa compagne. À ce rythme-là, tu deviendras l'une des meilleures chasseuses du Clan.

— Et il y a moins d'une lune qu'elle a commencé son apprentissage, ajouta Pelage de Lion en venant déposer son propre gibier. À croire qu'elle sait d'avance ce que vont faire les proies. »

Aile Blanche, qui faisait sa toilette avec Bois de Frêne à quelques pas de là, émit un ronronnement ravi.

« Tant mieux. Je suis contente d'entendre que tu travailles dur.

— Je n'y suis pour rien », protesta Nuage de Colombe, que tant de louanges embarrassaient. Elle n'aimait pas qu'on la complimente devant Nuage de Lis, qui n'avait attrapé qu'une petite musaraigne. « J'ai un bon mentor, voilà tout. »

Elle eut soudain très chaud en comprenant qu'elle venait indirectement d'insulter Cœur Cendré. Heureusement, cette dernière ne réagit pas et posa son gibier en même temps que Nuage de Lis – qui lança un coup d'œil jaloux vers sa sœur.

« Ne sois pas déçue, la rassura Nuage de Colombe. Tu n'as pas eu de chance, avec cet écureuil.

— La malchance, ça ne nourrit pas son chat.

— Vous pouvez prendre une pièce de viande chacune, leur dit Cœur Cendré. Vous avez bien travaillé, ce matin.

— Merci ! » répondit Nuage de Colombe avant de choisir un campagnol.

Après un instant d'hésitation, Nuage de Lis reprit sa musaraigne. Nuage de Colombe devina que, même si elle mourait de faim, sa sœur ne voulait pas prendre plus que sa contribution.

L'estomac de la novice aussi miaulait famine mais, lorsqu'elle s'installa avec son rongeur, elle se força à ne pas le gober en deux bouchées. Le soleil avait dépassé la cime des arbres et ses rayons étaient déjà brûlants. Les chasseurs ne repartiraient pas avant le crépuscule.

« Je ne sais pas combien de temps la canicule va persister, soupira Millie. Combien de jours encore, avant la pluie ?

— Seul le Clan des Étoiles le sait, répondit Plume Grise avant de poser avec tendresse sa queue sur l'épaule de sa compagne.

— Dans ce cas, le Clan des Étoiles devrait faire quelque chose ! » s'emporta Patte d'Araignée. Le guerrier était assis derrière le tas de gibier, avec Plume de Noisette et Patte de Mulot. « Est-ce qu'ils nous croient vraiment capables de survivre sans eau ?

— Il n'y en a presque plus dans le lac, ajouta Plume de Noisette d'un air triste. Et la rivière qui nous sépare du Clan de l'Ombre est à sec.

— Où est passée toute l'eau ? » pesta Patte de Mulot.

Nuage de Colombe s'immobilisa un instant, troublée, et prit une autre bouchée de viande.

« Vous ne savez pas pourquoi la rivière s'est asséchée ? s'étonna-t-elle. Ce n'est pas à cause des animaux marron qui la bloquent ?

— Quels animaux marron ? s'enquit Patte d'Araignée.

— Ceux qui tirent des branches et des troncs d'arbres dans la rivière. »

En regardant autour d'elle, elle vit que tous la dévisageaient. Le campagnol qu'elle venait de finir pesait soudain très lourd dans son ventre.

Pourquoi semblent-ils si déroutés ?

Le silence parut s'éterniser. Pelage de Lion finit par l'interroger d'une petite voix :

« Nuage de Colombe, de quoi parles-tu ?

— Des… des gros animaux marron, répéta-t-elle. Ils fabriquent une barrière dans la rivière, comme notre barrière de ronces devant l'entrée du camp. Cela empêche l'eau de couler. Des Bipèdes les observent.

— Des Bipèdes ! s'exclama Patte de Mulot. Ils ont des ailes et ils volent, pendant qu'on y est ?

— Ne dis pas n'importe quoi ! Ils regardent les animaux et ils pointent… quelque chose, un truc de Bipèdes, vers eux. Peut-être que ces bêtes bloquent la rivière parce que les Bipèdes le leur ont demandé.

— C'est ça, et les merles ont des dents, soupira Patte d'Araignée. Pelage de Lion, tu devrais dissuader ton apprentie d'inventer des trucs pareils. Ce n'est pas drôle, alors que nous souffrons tous.

— C'est vrai », enchérit Aile Blanche. La fierté qui illuminait ses yeux avait cédé la place à une expression agacée et gênée. « Nuage de Colombe, qu'est-ce qui te prend ? Tu peux jouer à ça avec ta sœur, mais on ne raconte pas des choses pareilles devant des guerriers. »

Nuage de Colombe se leva d'un bond, furibonde.

« Ce n'est *pas* un jeu ! Et je n'invente rien ! Tu devrais le savoir…

— Avec tes histoires de Bipèdes et de gros animaux marron, c'est difficile à croire, répondit Patte d'Araignée. On dirait une histoire de pouponnière.

— Vous ne les entendez vraiment pas ? » demanda Nuage de Colombe.

Tous la dévisagèrent d'un air embarrassé et elle eut bien du mal à soutenir leur regard.

« Ne sois pas trop dur avec elle, intervint Plume Grise en fixant Patte d'Araignée. Nous nous sommes tous imaginé des histoires quand nous étions apprentis.

— Son imagination lui joue peut-être des tours, hasarda Millie. Avec cette chaleur... Tu as rêvé de cela, Nuage de Colombe ?

— Ce n'était pas un rêve, ni un jeu ! » gémit l'apprentie, dont la colère laissa place à l'angoisse.

Pourquoi font-ils tous semblant de ne pas savoir de quoi je parle ?

« Bon, allons chercher un coin d'ombre pour faire la sieste, déclara Plume de Noisette avant de s'étirer. Nous rêverons peut-être tous de ces grosses bêtes marron. »

Elle partit vers la paroi rocheuse, suivie de Patte d'Araignée et Patte de Mulot. Bois de Frêne contourna le tas de gibier pour se planter devant sa fille. Il la fixa avec gravité.

« Si tu inventes ces histoires parce que tu trouves ça amusant, tu as intérêt à cesser cela et à t'excuser, miaula-t-il. Si tu te sens mal, va voir Œil de Geai pour qu'il te soigne. Et arrête de tourmenter des guerriers qui ont mieux à faire que d'écouter des histoires de pouponnière.

— Ce n'est pas une histoire ! »

Nuage de Colombe avait envie de gémir comme un chaton perdu. *Mon propre père est de leur côté !*

Bois de Frêne échangea un coup d'œil avec Pelage de Lion puis s'éloigna en compagnie d'Aile Blanche, de Plume Grise et de Millie vers la tanière des guerriers. Cœur Cendré se leva à son tour.

« Va te reposer, dit-elle à Nuage de Lis. Lorsqu'il fera plus frais, nous irons nous entraîner au combat.

— Merci », miaula l'apprentie au pelage blanc et tigré en regardant son mentor suivre les autres guerriers. Elle donna ensuite un coup d'épaule à Nuage de Colombe. « Arrête de crâner. »

Nuage de Colombe écarquilla les yeux, ébahie…

« Mais, Nuage de Lis…

— Tu fais ça juste pour te rendre intéressante », cracha sa sœur.

Sans lui laisser le temps de répondre, Nuage de Lis détala et disparut dans le gîte des apprentis.

Nuage de Colombe resta tapie près de la réserve, tête basse, abattue. Le Clan tout entier s'était essuyé les pattes sur elle parce qu'elle avait parlé des animaux marron. *Pourquoi feignent-ils de ne rien savoir ?* Pelage de Lion, lui, avait dû les entendre – il se tenait près d'elle lorsqu'elle avait perçu leur présence, loin en amont de la rivière, alors qu'ils longeaient la frontière du Clan de l'Ombre. Peut-être qu'il s'agissait d'un grand secret que les apprentis n'étaient pas censés connaître… *Dans ce cas, il n'aurait pas dû m'emmener à cette rivière asséchée !*

Peu après, elle sentit une truffe contre son oreille et, levant la tête, elle vit que son mentor la fixait. Son regard ambré était indéchiffrable.

« Suis-moi », miaula-t-il.

Chapitre 6

Nuage de Colombe suivit Pelage de Lion dans le tunnel de ronces. *Est-ce qu'il m'en veut, lui aussi?* se demanda-t-elle.

Pelage de Lion s'arrêta à l'extérieur du camp, à l'ombre d'un noisetier, et se tourna vers elle.

« Dis-moi ce que tu entends », ordonna-t-il.

Nuage de Colombe ne savait trop quoi penser. Était-ce une sorte de punition ?

« La patrouille de l'aube revient. » Elle ajouta d'un ton plus guilleret : « Truffe de Sureau a marché sur un chardon, tout à l'heure. Ensuite, il a essayé de rester en équilibre sur trois pattes pour ôter les épines avec ses dents.

— Vraiment? Et où est-ce arrivé ?

— Sur la frontière du Clan du Vent, près du gué. »

Tout à coup, les fougères en face d'eux s'écartèrent et Pelage de Poussière apparut, suivi de Pétale de Rose, de Patte de Renard et de Truffe de Sureau. Le guerrier crème boitait.

« Hé, Truffe de Sureau ! le héla Pelage de Lion. Qu'est-ce qui t'est arrivé ? »

Le blessé soupira pour toute réponse.

« Il a marché sur un chardon, cracha Pelage de Poussière. À l'entendre hurler, on aurait pu croire qu'un renard lui avait arraché la queue ! »

Pelage de Lion attendit que la patrouille s'engage dans le tunnel et se tourna vers Nuage de Colombe. Son regard était si intense que la novice frémit.

« Attends-moi là », ordonna-t-il.

La novice se tapit à l'ombre, le ventre noué. *Je ne comprends plus rien !*

Peu après, son mentor revint et Nuage de Colombe se crispa en voyant qu'Œil de Geai l'accompagnait. *Est-ce que Pelage de Lion pense aussi que je suis malade ? Que je devrais me faire soigner ?*

« J'espère que c'est important, grommelait Œil de Geai en suivant son frère. Je n'avais pas fini de préparer mon cataplasme de mille-feuille.

— Ça l'est, le rassura le guerrier en s'arrêtant devant son apprentie. Je crois que c'est elle.

— Elle qui quoi ? lança Nuage de Colombe. Ne parlez pas de moi comme si je n'étais pas là.

— Elle entend des choses, poursuivit Pelage de Lion en ignorant sa remarque. Pas des messages du Clan des Étoiles. Mais des bruits venus de très loin. » Il se tourna vers son apprentie et ajouta : « Répète à Œil de Geai ce que tu sais des animaux marron qui bloquent la rivière. »

Nuage de Colombe obéit à contrecœur. Elle s'attendait qu'Œil de Geai se moque d'elle, comme les autres. *Pourquoi Pelage de Lion m'oblige-t-il à revivre ça ?*

Le guérisseur réfléchit un instant puis s'adressa à Pelage de Lion

«Tu crois qu'elle dit la vérité ?»

Pour Nuage de Colombe, c'en était trop. Sans laisser le temps à son mentor de répondre, elle se redressa et feula sur Œil de Geai.

«Je ne comprends pas pourquoi tout le monde pense que j'ai imaginé ça ! Ce sont des animaux qui bloquent la rivière... Ne me dites pas que vous ne les entendez pas !

— Et toi, tu les entends, et c'est tout?»

Nuage de Colombe secoua la tête avant de se souvenir qu'Œil de Geai ne pouvait la voir.

«Non. Je sais aussi à quoi ils ressemblent... Enfin, je ne peux pas les voir, pas vraiment... Je devine leur apparence : leur fourrure est marron et drue, leur queue plate. Et ils ont de grandes incisives, dont ils se servent pour couper des arbres et des branches.

— Elle a aussi vu Truffe de Sureau marcher sur un chardon, ajouta Pelage de Lion. Alors que sa patrouille était près du torrent.»

Œil de Geai remua les moustaches et l'interrogea encore :

«Donc, tu l'as vu et entendu... Autre chose ? Est-ce que tu as ressenti sa douleur ?

— Non.

— Bon, pour moi, ce ne sont pas des messages du Clan des Étoiles, déclara Œil de Geai à son frère. Elle peut juste voir et entendre des choses que les autres ne perçoivent pas.

— Nous devons la tester.

— Vous voulez dire que je suis différente des autres ?» s'étonna Nuage de Colombe. Les autres ne pouvaient-ils donc pas savoir ce qui se passait dans leur territoire ? Comment étaient-ils informés des problèmes, alors ? Elle commença à paniquer. « Je ne suis pas normale, c'est ça ?

— Ne t'inquiète pas, la rassura Pelage de Lion en posant le bout de sa queue sur son épaule. Cela veut juste dire que… tu es spéciale.

— Est-ce que Nuage de Lis perçoit les mêmes choses que toi ? s'enquit le guérisseur.

— Nous n'en avons jamais parlé. Mais… je ne crois pas. »

En y réfléchissant, elle se rendit compte que c'était toujours elle qui faisait des commentaires sur ce qui se passait au loin, jamais sa sœur. Une peur sournoise s'insinua en elle. *Je pensais que tout le monde pouvait voir et entendre les mêmes choses que moi. Je ne veux pas être la seule dans ce cas.*

« Tu veux bien qu'on fasse une expérience ? » lui demanda son mentor tandis que la fourrure de Nuage de Colombe se hérissait.

Elle soutint son regard ambré et comprit que quelque chose avait changé. Pelage de Lion ne la considérait plus seulement comme son apprentie. Elle voyait dans ses yeux du respect et peut-être aussi de la crainte.

C'est bizarre.

« D'accord. »

Autant en finir le plus vite possible. Avec un peu de chance, tout redeviendra comme avant.

« Je vais me rendre quelque part et faire quelque chose, annonça Pelage de Lion. À mon retour, tu me décriras ce que j'ai fait.

— D'accord », fit-elle en s'étirant.

Pelage de Lion s'élança entre les arbres, vers la frontière du Clan du Vent. Nuage de Colombe se sentait un peu mal à l'aise, seule avec Œil de Geai. Elle n'était pas habituée à sa présence comme elle l'était à celle des guerriers, elle savait néanmoins qu'il ne mâchait pas ses mots. Cependant, il ne semblait pas enclin à parler. Les pattes repliées sous lui, il se contentait d'attendre en silence, si bien que Nuage de Colombe laissa son esprit vagabonder dans la forêt.

Peu à peu, les bruits confus des bois prirent du sens : une patrouille du Clan de l'Ombre remontait la piste d'un renard près de la frontière. Les guerriers du Clan de la Rivière râlaient contre la bourbe du lac asséché, et Patte de Brume grondait un apprenti. Plus loin, aux limites de sa perception, l'un des animaux marron ajoutait une autre branche au barrage de la rivière.

Elle sursauta lorsque Œil de Geai parla :

« Tu peux voir ce que fait Pelage de Lion ? »

Nuage de Colombe inclina ses oreilles dans la direction prise par son mentor. Elle ne le trouva nulle part près de la frontière du Clan du Vent. *Où est-il passé ?* Elle chercha vers le nid de Bipèdes abandonné et la combe mousseuse, où elle repéra Cœur Cendré et Nuage de Lis en plein entraînement. Mais pas de Pelage de Lion en vue.

Nuage de Colombe projeta ses sens vers le lac. *Oui ! Il est là !* Elle l'entendait et le flairait tandis qu'il descendait sur la rive couverte de galets. *Pensait-il pouvoir me berner en revenant sur ses pas ?*

Pelage de Lion avança d'un pas sur la croûte de boue sèche et s'arrêta. Il jeta un coup d'œil alentour et bondit vers un bout de bois déchiqueté qu'il commença à traîner sur les galets. Nuage de Colombe l'entendait souffler et ahaner tandis qu'il se démenait pour rapporter la branche sur la berge. Une fois qu'il eut réussi à la hisser sur l'herbe, il alla arracher une tige à un roncier, qu'il posa ensuite sur le bâton.

« Pelage de Lion, qu'est-ce que tu fabriques ? » demanda Tempête de Sable.

Nuage de Colombe repéra alors la guerrière rousse au détour du buisson épineux. Feuille de Lune, Nuage d'Églantine et Nuage de Bourdon la suivaient. Les quatre félins portaient de la mousse.

« Oh, salut, Tempête de Sable, répondit Pelage de Lion, surpris. Je... euh... je fais une petite expérience.

— Eh bien, nous n'allons pas te déranger », lâcha la guerrière, décontenancée.

Elle fit signe aux deux apprentis de la suivre et descendit sur la boue sèche, vers la nappe d'eau au loin.

Lorsqu'ils furent partis, Pelage de Lion rebroussa chemin et, le souffle court, rejoignit bientôt Nuage de Colombe et Œil de Geai.

« Alors ? hoqueta-t-il. Où suis-je allé, et qu'est-ce que j'ai fait ?

— Tu as essayé de me piéger, pas vrai ? lança la novice, si troublée que son poil se hérissait. Tu es parti vers le Clan du Vent, puis tu es descendu vers le lac. Tu as trouvé un bout de bois... »

Tandis qu'elle décrivait tout ce qu'elle avait vu, Œil de Geai l'écoutait en silence, la tête penchée. Il attendit qu'elle ait fini et lança à Pelage de Lion :

« Est-ce qu'elle dit vrai ?

— Oui, dans les moindres détails », répondit Pelage de Lion.

Tout à coup, l'atmosphère s'alourdit et l'air se mit à crépiter comme avant un orage.

« Ce n'est pas grand-chose, temporisa-t-elle. Je pensais que tout le monde pouvait savoir ce qui se passait au loin. Après tout, nous avons tous l'ouïe fine et la moustache sensible, pas vrai ?

— Si, mais pas à ce point, répondit Pelage de Lion.

— Écoute, fit Œil de Geai en plongeant dans ses yeux ses prunelles bleu intense. Il y a une prophétie. "Ils seront trois, parents de tes parents, à détenir le pouvoir des étoiles entre leurs pattes." C'est Étoile de Feu qui l'a reçue, il y a bien longtemps, d'un chat d'un autre Clan, et elle parle de trois félins qui deviendront plus puissants que tous les guerriers – que le Clan des Étoiles lui-même. Pelage de Lion…

— Et quel est le rapport avec nous ? le coupa Nuage de Colombe, avant de se dire qu'elle ne voulait peut-être pas entendre la réponse.

— Pelage de Lion et moi sommes les deux premiers félins concernés par cette prophétie. Et nous pensons que tu es la troisième.

— Quoi ? fit-elle, tout aussi horrifiée qu'incrédule. Moi ? » Elle se tourna brusquement vers son mentor. « Pelage de Lion, c'est impossible ! Pitié, dis-moi que ce n'est pas vrai ! »

Chapitre 7

Œil de Geai grimaça en percevant le désarroi de Nuage de Colombe. Elle venait d'apprendre qu'elle était différente des autres, que son destin dépasserait le Clan des Étoiles lui-même. *Même si nous ignorons quel sera ce destin…* Près de lui, Pelage de Lion soupira lorsque son apprentie le supplia de lui dire que ce n'était pas vrai.

« Je ne peux pas, Nuage de Colombe, miaula le guerrier. Parce que *c'est* vrai. Et crois-moi, je le regrette souvent, moi aussi.

— Pelage de Lion et moi possédons tous deux des pouvoirs particuliers, ajouta Œil de Geai. Lui, il est invincible et moi… eh bien… mes capacités dépassent celles des guérisseurs ordinaires. »

Hors de question que je sois plus précis ! Pour le moment, du moins.

« Quant à toi, tes sens sont excessivement développés, poursuivit Pelage de Lion. Tu sais ce qui se passe, même très loin. J'ai commencé à le soupçonner le jour où nous nous sommes approchés du camp du Clan de la Rivière, quand tu m'as dit qu'un de leurs membres était très malade. Moi, je n'avais rien perçu de tel. Au bout d'une lune d'apprentissage, tu es bien meilleure à la chasse que tu ne devrais l'être. Et personne d'autre ne connaît l'existence des animaux marron que tu décris. Dans la mesure où tu as pu me rapporter en détail ce que je viens de faire, je suis prêt à te croire : ce sont bien ces animaux qui ont bloqué la rivière. »

Nuage de Colombe réfléchit un instant en griffant l'herbe.

« Moi, je ne vous crois pas ! finit-elle par feuler. Je ne veux pas être différente !

— Que tu le veuilles ou non… »

Œil de Geai laissa sa phrase en suspens car les fougères frémirent près d'eux au passage de la patrouille dirigée par Tempête de Sable que Pelage de Lion avait croisée sur la berge. L'odeur de félin disparaissait presque derrière la puanteur de la vase.

« J'en ai assez, maugréait la guerrière, la voix un peu masquée par la mousse qu'elle portait dans la gueule. Le Clan de la Rivière se comporte comme si nous étions obligés de leur demander la permission chaque fois que nous voulons nous approcher de l'eau.

— Et je suis *couverte* de boue, s'indigna Nuage d'Églantine.

— Comme nous tous, ajouta Feuille de Lune d'un ton las. Une fois que nous aurons rapporté l'eau au camp, nous pourrons nous reposer et nettoyer nos fourrures.

— Berk ! » s'écria Nuage de Bourdon.

La patrouille s'engagea dans le tunnel et le silence revint.

« Nous ne pouvons pas discuter ici, soupira Œil de Geai. C'est trop risqué.

— Alors allons plus loin dans la forêt, là où personne ne pourra nous entendre », suggéra Pelage de Lion.

Œil de Geai suivit le sentier de Bipèdes jusqu'au nid abandonné. Le parfum alléchant de l'herbe à chat qui l'accueillit apaisa ses craintes et le remplit d'aise. *Si le mal vert frappe de nouveau le Clan du Tonnerre, nous serons bien préparés.*

« Ton herbe à chat est florissante, déclara Pelage de Lion lorsque les trois félins traversèrent l'ancien jardin de Bipèdes. Bizarre qu'elle pousse si bien en pleine canicule.

— Ce serait effectivement bizarre si elle poussait toute seule... En fait, je vais régulièrement tremper de la mousse dans le lac pour arroser les racines. Nous ne pouvons pas nous permettre de la laisser mourir. »

Oubliant un instant ses inquiétudes concernant Nuage de Colombe, Œil de Geai se déplaça d'un pas assuré d'un plant à l'autre, guidé par le parfum capiteux, pour renifler leur base.

« Toi, tu dois comprendre comment je peux savoir ce qui se passe dans toute la forêt, miaula l'apprentie d'un ton rebelle en le suivant. Tu sais où se trouve chacune de ces plantes alors que tu ne peux même pas les voir. »

Œil de Geai dressa les oreilles, interloqué, tandis que Pelage de Lion balbutiait :

« Nuage de Colombe, c'est différent...

— Ce n'est pas grave », le coupa Œil de Geai. Il était appréciable de rencontrer quelqu'un qui n'évitait pas de parler de sa cécité en face de lui. « Nuage de Colombe a vu juste. Je sais que cela peut surprendre que je sache où se trouvent les choses. J'ai développé un odorat et une ouïe très puissants. Sans doute pour compenser ma cécité. Mais je ne sais pas ce qui se passe à l'autre bout de la forêt. Tes pouvoirs dépassent de loin mes sens, conclut-il, un peu jaloux.

— Je ne comprends pas ! s'écria-t-elle. Pourquoi est-ce que j'ai ces pouvoirs ? Que signifie la prophétie ?

— Nous ne le savons pas vraiment, répondit Pelage de Lion. Nous nous sentions comme toi, au départ. Et nous nous sommes efforcés de comprendre, cependant…

— Quel est ton problème ? s'impatienta Œil de Geai. Pourquoi ne voudrais-tu pas être plus puissante que tes camarades ? Avoir un plus grand destin, un mystère à élucider ? Comment ne pas vouloir faire partie des Trois ?

— Nous ne sommes pas trois mais quatre ! protesta la novice en se tournant vers lui. Et Nuage de Lis, alors ? Quels sont ses pouvoirs ? Que dit la prophétie, pour elle ?

— Rien, lui apprit le guérisseur. Au début, nous ne savions pas si la prophétie te concernait toi, ou ta sœur. Tu viens de résoudre la question.

— Tu nous as dit que ta sœur ne percevait rien des bruits lointains.

— Pour le moment. Comment être sûr que cela n'arrivera pas plus tard ? En plus, c'est ma sœur. Je ne ferai jamais rien sans elle.

— Tu n'as pas le choix, rétorqua Œil de Geai, qui perdait patience.

— Tu crois qu'on a demandé à être comme ça ? soupira Pelage de Lion. Tous les jours, je me dis que je donnerais n'importe quoi pour être un guerrier ordinaire de qui l'on attend juste qu'il serve son Clan au mieux.

— Et pourtant, nous avons été obligés de l'accepter», conclut Œil de Geai.

Ce dernier entendit Nuage de Colombe gratter le sol.

«*Moi*, je n'y suis pas obligée, marmonna-t-elle, têtue.

— Si. À cause de ce que tu as fait aujourd'hui, miaula Pelage de Lion, compatissant. Tu n'aurais pas pu être plus claire si tu l'avais hurlé du haut de la Corniche.»

Nuage de Colombe ne dit plus rien. Œil de Geai sentait la colère de l'apprentie s'apaiser, supplantée par l'incertitude et la peur. Il soupira, résigné à lui dire ce qu'il aurait préféré garder pour lui.

«Tu as dû entendre un jour que nous avions une sœur... Feuille de Houx. Nous... nous pensions que c'était elle, la troisième de la prophétie.

— C'était faux, poursuivit Pelage de Lion, ce qui soulagea Œil de Geai. Pendant longtemps, elle avait cherché à découvrir quels étaient ses pouvoirs et quelle serait la meilleure façon d'aider son Clan.

— Alors comment avez-vous compris qu'elle ne faisait pas partie des Trois?»

Le chagrin et la honte serrèrent le cœur d'Œil de Geai, aussi fort que le jour où il avait découvert qu'il n'était pas le fils de Poil d'Écureuil et Griffe de Ronce. Il percevait les mêmes émotions chez son frère. Que pouvaient-ils révéler à cette novice sans rouvrir la blessure qui avait failli causer la perte de leur Clan?

«Que sais-tu sur Feuille de Houx?

— Pas grand-chose, répondit la jeune chatte, curieuse. Je sais qu'elle était votre sœur et qu'elle est morte à cause d'un éboulement, dans les tunnels. Nuage de Lis et moi, on entendait parfois des camarades parler d'elle, mais ils changeaient de sujet dès qu'ils nous surprenaient à écouter. »

Ça ne m'étonne guère, songea Œil de Geai.

« Nous nous en sommes rendu compte, point, déclara Pelage de Lion d'un ton qui dissuada Nuage de Colombe de les interroger plus avant.

— Donc, vous vous étiez trompés ! rétorqua la novice. Comment savoir que vous ne vous trompez pas de nouveau ? Étoile de Feu a des tas de parents dans le Clan du Tonnerre, il n'y a pas que Flocon de Neige et Aile Blanche !

— Parce que... voulut expliquer Œil de Geai.

— Je ne veux plus rien entendre ! » se récria Nuage de Colombe, et Œil de Geai se l'imagina très bien en train de le foudroyer du regard. Il percevait sa peur, qu'elle essayait d'enfouir sous sa colère. « Je m'en fiche, de vos pouvoirs, sauf s'ils peuvent m'aider à être plus loyale encore à mon Clan ! Je ne veux pas faire partie de votre prophétie, si vague que vous n'êtes pas certains de savoir qui elle concerne !

— Écoute, stupide boule de poils ! cracha Œil de Geai. Tu crois que nous, nous l'avons voulu ? » Toute sa colère et sa frustration rejaillirent d'un coup, telle une tempête s'abattant sur la forêt et il n'essaya pas de l'arrêter. « Nous n'avons pas choisi de faire partie de la prophétie ! Nous avons perdu notre sœur, à cause d'elle ! »

Ses pattes tremblaient tant qu'il dut s'asseoir.

Qui a envoyé cette prophétie ? se demanda-t-il encore. *Et pourquoi devrions-nous l'écouter, quand elle cause tant de chagrin ?*

« Je... je suis désolée. Mais si c'est si difficile, pourquoi ne pas en parler à Étoile de Feu ?

— Étoile de Feu ne nous en a jamais parlé, admit Pelage de Lion. Il ne sait même pas que nous savons qu'il a reçu cette prophétie.

— Alors comment... ?

— Je me suis glissé dans ses rêves », expliqua Œil de Geai à contrecœur.

La gravité de ses propos effraya la jeune chatte ; elle aurait du mal à accepter le côté sombre des pouvoirs du guérisseur. Mais une petite voix lui disait que le temps pressait, qu'il ne devait pas attendre qu'elle comprenne.

« Nous ne savons pas ce que la prophétie veut de nous, concéda-t-il en s'efforçant de garder son calme. Nous devons être prêts. Cela signifie avoir le courage d'accepter nos pouvoirs, quels qu'ils soient. »

Nuage de Colombe avait l'esprit confus, Œil de Geai le percevait sans peine.

« Le Clan des Étoiles ne voudrait-il pas que j'apprenne d'abord à être une guerrière ? finit-elle par répondre.

— Je ne sais pas. Je ne suis même pas certain que la prophétie vienne de nos ancêtres, avoua-t-il avec réticence.

— Cependant, tu as raison, Nuage de Colombe, intervint Pelage de Lion. La meilleure chose à faire, c'est de poursuivre l'entraînement. Viens, tu vas t'exercer à la chasse avant qu'une patrouille parte à notre recherche.

— Oui ! s'écria Nuage de Colombe, aussitôt ragaillardie, ravie de pouvoir penser à autre chose qu'à la prophétie.

— Allez-y, les encouragea Œil de Geai. Je vais rester ici pour m'occuper de mes remèdes. Ces feuilles mortes gênent mes plants. »

Il les entendit s'éloigner puis, arrivée au bord du jardin, Nuage de Colombe se tourna vers lui.

« Œil de Geai… j'ai fait un rêve. Une femelle du Clan des Étoiles m'emmenait jusqu'au lac, qui était de nouveau plein d'eau.

— À quoi ressemblait cette chatte ? demanda Pelage de Lion.

— Elle faisait peur ! Sa fourrure grise était négligée et ses yeux jaunes, perçants. Et elle avait les dents toutes tordues.

— C'est Croc Jaune, lui apprit Œil de Geai. Elle était la guérisseuse du Clan du Tonnerre lorsque nous vivions encore dans l'ancienne forêt.

— Étoile de Feu parle d'elle, de temps en temps, la rassura Pelage de Lion. Il prétend qu'elle n'est pas aussi méchante qu'elle en a l'air.

— Est-ce qu'elle t'a dit ce qu'elle te voulait ? l'interrogea Œil de Geai.

— Non… Ou alors je ne m'en souviens plus.

— Est-ce le seul rêve que tu aies fait ?

— Le seul envoyé par le Clan des Étoiles, oui. Tu crois qu'il est important ?

— Oui, mais je ne sais pas pourquoi, soupira l'aveugle en grattant le sol humide et parfumé. Avertis-moi si tu en fais d'autres, d'accord ? Et, au fait, bienvenue parmi les Trois. »

Chapitre 8

♣

Aussitôt après le coucher du soleil, Griffe de Ronce avait envoyé Pelage de Lion patrouiller sur la frontière du Clan de l'Ombre pour profiter de la fraîcheur. À présent, le jeune guerrier rentrait au camp et se dirigeait vers la tanière des guerriers avec l'impression que ses pattes allaient fondre. Il était si fatigué qu'il n'était même pas certain de parvenir jusqu'à son nid.

Le clair de lune baignait la clairière. Pelage de Lion frémit en levant la tête vers le ciel : la lune serait bientôt pleine. *L'Assemblée aura lieu demain soir,* songea-t-il. *Une lune a passé depuis que Clan de la Rivière a déclaré que tous les poissons du lac lui appartenaient. Et les choses ne se sont pas améliorées… bien au contraire.*

Dans un ultime effort, il changea de direction pour gagner l'éboulis menant à la Corniche. *Je dois parler à Étoile de Feu.*

Devant l'antre de son chef, il marqua une pause pour se répéter ce qu'il allait dire, puis il appela doucement :

« Étoile de Feu ?

— Entre.»

Le ton du matou roux était las et, lorsque le guerrier entra, il fut choqué de le voir si amaigri et si soucieux. Il était tapi dans la mousse et les fougères de son nid, son regard vert baissé vers ses pattes. Il releva la tête en clignant des yeux.

«Excuse-moi, Étoile de Feu... balbutia Pelage de Lion tout en reculant. Tu sembles fatigué, je...

— Non, ça va, le rassura le chef. Si tu es venu me parler, c'est le bon moment.»

Un peu détendu, Pelage de Lion s'approcha du meneur et s'assit près de lui, la queue enroulée autour des pattes.

«Comment se passe l'entraînement de Nuage de Colombe ? s'enquit Étoile de Feu.

— Euh... bien.» Pelage de Lion se demanda si le meneur avait compris que la novice était concernée par la prophétie. Il avait dû entendre parler de l'histoire des animaux marron qu'elle avait racontée plus tôt. La croirait-il ? Et, si oui, en déduirait-il qu'elle possédait d'immenses pouvoirs ? «Elle travaille dur. Je crois qu'elle va devenir l'une des meilleures chasseuses du Clan.

— Elle a un bon mentor.

— Je fais de mon mieux», répondit le guerrier, mal à l'aise.

Le chef du Clan braqua sur lui son regard vert et lumineux.

«Tout comme Griffe de Ronce, lorsqu'il t'a élevé comme son fils.»

Pelage de Lion en eut le souffle coupé. Une bouffée de rage monta en lui. *Pourquoi me ressort-il ça maintenant ? Je ne veux pas en parler !*

« Je sais qu'Œil de Geai et toi êtes furieux, parce qu'on vous a menti, poursuivit Étoile de Feu d'une voix douce. Je le comprends. Mais vous ne devez pas oublier que vous n'auriez pas pu avoir de meilleurs parents que Poil d'Écureuil et Griffe de Ronce. Les choses auraient pu être très différentes.

— Je n'en veux pas à Griffe de Ronce, rétorqua Pelage de Lion. C'est un noble guerrier. Avant de connaître la vérité, j'étais fier d'être son fils. Et il a souffert autant que nous de tous ces mensonges.

— Feuille de Lune et Poil d'Écureuil ont fait ce qu'elles pensaient le mieux pour vous trois. La vérité aurait-elle été plus facile à vivre ?

— Nous devons bien vivre avec, maintenant, lui fit remarquer Pelage de Lion en retenant sa queue de fouetter l'air.

— Je sais, soupira Étoile de Feu. Les secrets ne restent jamais cachés éternellement. Il faut un sacré courage pour regarder la vérité en face. » Il se tut un instant, les yeux dans le vague, comme s'il se souvenait d'une lointaine époque. « Vous n'avez pas besoin de punir Feuille de Lune davantage qu'elle ne l'a déjà été. Elle a perdu tout ce qu'elle a jamais aimé. Et Poil d'Écureuil a perdu son compagnon. Tu crois que c'est facile, pour elle ? »

Elles le méritent, toutes les deux ! Au prix d'un terrible effort, Pelage de Lion parvint à garder ses mots pour lui. Sa colère menaçait de l'aveugler. Non, il ne voulait pas penser aux sentiments de Feuille de Lune.

« J'imagine que tu n'es pas venu me voir pour parler de cela, n'est-ce pas ? »

Pelage de Lion sauta sur l'occasion et changea de sujet, rassuré de pouvoir s'adresser à son chef en tant que guerrier du Clan du Tonnerre, et non en tant que parent torturé.

« As-tu entendu l'histoire que Nuage de Colombe a racontée aux guerriers, à propos des animaux qui bloqueraient la rivière à la frontière du Clan de l'Ombre ? »

Étoile de Feu hocha la tête.

« Je pense qu'elle a raison », ajouta Pelage de Lion.

Le meneur écarquilla les yeux, surpris. Il fit mine de répondre avant de se raviser. Il réfléchit un instant et déclara :

« Si c'est la vérité, alors je ne sais pas comment elle peut le savoir. »

Ses yeux n'étaient plus que deux fentes.

Que sait-il vraiment sur nous ?

« Le Clan des Étoiles lui a peut-être envoyé une vision, poursuivit le meneur. C'est ce qu'elle t'a dit ? »

Pelage de Lion aurait aimé pouvoir hocher la tête. Ce serait une explication tellement plus pratique. Cela dit, mentir à son chef créerait plus de problèmes que cela n'en réglerait.

« Non, admit-il.

— Mmm... » Les moustaches d'Étoile de Feu frémirent, signe de sa réflexion profonde. « Son histoire aurait le mérite d'expliquer l'état du lac. Enfin, je ne parle pas des animaux, mais il y a peut-être bien quelque chose qui empêche la rivière de parvenir jusqu'à nous.

— C'est ce que je me suis dit, prétendit Pelage de Lion, soulagé de ne pas être obligé de lui révéler la vérité sur Nuage de Colombe.

— Il n'y a rien sur notre territoire, poursuivit Étoile de Feu dans un murmure, comme pour lui-même. Et rien sur le territoire du Clan de l'Ombre non plus, sinon il aurait déjà débloqué le cours d'eau.

— Ce doit être plus haut sur la rivière, renchérit Pelage de Lion. Laisse-moi y aller avec une patrouille. Nous pourrons peut-être faire quelque chose.

— Non, c'est trop dangereux. Nous ignorons ce qui bloque la rivière. De plus, cela impliquerait de traverser le territoire du Clan de l'Ombre. Étoile de Jais nous arracherait les oreilles, et je ne pourrais pas le lui reprocher.

— Alors nous sommes tous condamnés à souffrir de la soif éternellement ? le provoqua le guerrier. Œil de Geai fait de son mieux pour soutenir le Clan, Étoile de Feu, mais il y a des limites à ce qu'un guérisseur peut faire. Si cela continue, certains vont mourir de soif.

— Je sais. » Étoile de Feu poussa un si long soupir que Pelage de Lion mesura l'ampleur de son désespoir. « Mais remonter si loin le lit de la rivière… c'est trop dangereux, puisqu'on ne sait pas ce qui bloque le passage de l'eau.

— Alors qu'allons-nous faire ? Attendre la pluie sans bouger d'un poil ? Le Clan des Étoiles ne nous a envoyé aucun message nous informant de la fin de la canicule. Il est temps que nous prenions notre destin entre nos pattes ! »

Exaspéré, il griffa le sol rocheux de la caverne. Des non-dits planaient entre eux, dérangeants. *Tu sais que je suis plus puissant que le Clan des Étoiles ! Pourquoi ne me crois-tu pas lorsque je te dis que nous pouvons agir ?*

« Très bien, répondit Étoile de Feu d'un ton las. Si tu es convaincu que Nuage de Colombe a raison, je te laisse vérifier. Il n'y a rien d'autre à faire, de toute façon. Cependant, je persiste à refuser qu'une patrouille seule remonte le cours de la rivière. Vous n'arriveriez jamais jusqu'au blocage, s'il existe.

— Mais…

— J'ai dit "une patrouille seule". En revanche, si le Clan de l'Ombre accepte de se joindre à nous, la mission sera bien moins dangereuse. En fait, l'idéal serait une expédition incluant les quatre Clans. Ce serait bien plus efficace.

— Tu crois que les autres accepteraient?

— Nous souffrons tous de la sécheresse.» Étoile de Feu semblait ragaillardi, comme si l'élaboration de ce plan lui avait redonné des forces. «Pourquoi ne nous joindrions pas les uns aux autres pour y remédier?»

Pelage de Lion haussa les épaules. Il avait du mal à imaginer Étoile de Jais, Étoile du Léopard et Étoile Solitaire accepter d'envoyer des guerriers vers l'inconnu alors que la vie était suffisamment difficile autour du lac. Cela dit, ils étaient peut-être assez désespérés pour l'envisager. *Et si c'est la seule solution pour mettre fin à la sécheresse, alors je suis certain que je ne serai pas le seul à y être favorable.*

«J'en parlerai demain, durant l'Assemblée», annonça Étoile de Feu d'un ton décidé.

Lorsque Pelage de Lion redescendit l'éboulis, il découvrit que Nuage de Colombe et Œil de Geai l'avaient attendu.

«Je t'ai entendu parler avec Étoile de Feu! souffla Nuage de Colombe. Qu'a-t-il dit?

— Si tu nous as entendus, tu devrais le savoir, non? rétorqua Pelage de Lion, gêné à l'idée qu'elle ait espionné *tout* ce qu'ils s'étaient dit.

— Je n'épie pas les autres ! s'indigna-t-elle. Ce serait mal.

— Alors, qu'a-t-il dit ? le pressa Œil de Geai.

— Il veut qu'une patrouille formée par les quatre Clans remonte le cours de la rivière pour voir ce qui la bloque, leur apprit-il. Il va en parler demain lors de l'Assemblée.

— Les quatre Clans ? répéta Nuage de Colombe, les yeux ronds. Mais… et s'ils ne me croient pas ?

— Ne t'inquiète pas, la tranquillisa Pelage de Lion en posant le bout de la queue sur son épaule. Étoile de Feu ne précisera pas que c'est ton idée.

— Il dira sans doute aux autres que nous devrions suivre la rivière pour découvrir où l'eau est partie », ajouta Œil de Geai.

Pelage de Lion vit, à sa grande surprise, que les yeux de son frère brillaient. Pourtant, le guerrier ne pouvait partager son enthousiasme. Forcer les Clans à coopérer risquait d'aggraver les choses.

« Cette idée semble te plaire, miaula-t-il au guérisseur.

— Bien sûr. Tous les Clans souffrent. Il paraît logique que nous travaillions tous ensemble pour résoudre le problème. »

CHAPITRE 9

⚜

PELAGE DE LION LEVA la tête vers le disque de la lune qui dominait le lac vidé. Droit devant, les silhouettes des guerriers du Clan du Vent se dirigeaient vers la berge – eux aussi se rendaient à l'Assemblée. Plus maigres que jamais, ils progressaient tête et queue basses, comme s'ils étaient trop fatigués pour continuer à mettre une patte devant l'autre.

Le matou au poil doré passa ses camarades en revue et se rendit compte qu'ils étaient tout aussi épuisés. Seule Nuage de Colombe semblait conserver un peu d'énergie. Elle était si impatiente que sa fourrure était hérissée et, de temps en temps, elle se mettait à courir puis s'arrêtait pour que Cœur Cendré et Pelage de Lion puissent la rattraper. Ses oreilles étaient dressées et sa moustache frémissait. Son mentor se demandait ce qu'elle percevait – entendait-elle déjà les miaulements des félins arrivés en premier sur l'île ?

Il n'était plus nécessaire de grimper sur l'arbre-pont pour gagner l'île. Il n'y avait pas même un filet d'eau dans le chenal : à cet endroit, le fond du lac était exposé aux étoiles, semé de galets et de bouts de bois flotté. Étoile de Feu descendit au fond du lac d'un pas silencieux, sautant avec grâce entre les débris épars.

«Je ne sais pas pourquoi nous avons suivi l'ancienne berge, marmonna Patte de Renard. On aurait pu couper en ligne droite depuis notre rivage.

— C'est vrai, reconnut Cœur Cendré. Mais nous avons toujours procédé ainsi. Cela ne serait pas respectueux de changer nos habitudes.»

Patte de Renard soupira.

La lune éclairait un lac dépouillé de sa magnificence, réduit à un val rempli de terre et de pierres. Pelage de Lion trouvait étrange de fouler un sol caillouteux là où naguère l'eau ondulait sous le vent. Il longeait l'arbre-pont: il paraissait bien moins haut qu'à l'époque où il devait le traverser en équilibre, entouré par les eaux sombres et avides du lac.

Les broussailles qui couvraient l'île et descendaient jusqu'à la rive avaient viré au brun. Les Clans du Tonnerre et de la Rivière se mélangèrent pour y pénétrer doucement en direction de la clairière. Pelage de Lion aperçut le lieutenant du Clan du Vent, Patte Cendrée, qui avançait près de Plume de Jais; il se rappela alors qu'elle était la mère du guerrier gris sombre et comprit tout à coup qu'Œil de Geai et lui avaient d'autres parents dans le Clan du Vent.

Il ralentit l'allure en espérant que ces deux-là ne l'avaient pas vu et se retrouva juste derrière Poil d'Écureuil et Cœur d'Épines, encadré par Cœur Cendré et Bois de Frêne. Nuage de Lis et Nuage de Colombe se trouvaient juste derrière. Ils franchirent ensemble les buissons qui bordaient la clairière et émergèrent dans la froide lumière de la lune.

Les guerriers du Clan de l'Ombre, qui étaient déjà là, les saluèrent sèchement. L'imagination de Pelage de Lion lui jouait-elle des tours ou bien les pas des guerriers affamés faisaient-ils moins de bruit que d'habitude ?

Tandis qu'Étoile de Feu et Étoile Solitaire grimpaient dans l'arbre pour rejoindre Étoile de Jais, Pelage de Lion suivit du regard Œil de Geai qui allait saluer Petit Orage, le guérisseur du Clan de l'Ombre. Son apprenti, Plume de Flamme, ainsi que le frère et la sœur de celui-ci, Cœur de Tigre et Aube Claire, étaient assis près de lui.

Cœur de Tigre se leva d'un bond dès qu'il aperçut Pelage de Lion.

« Bonjour ! lança le jeune guerrier. Comment ça va ?

— Bien, merci », miaula Pelage de Lion.

Il se détourna en essayant d'oublier l'expression meurtrie de son cadet.

Je pensais que nous étions cousins, puisque Griffe de Ronce est le frère de Pelage d'Or, songea-t-il avec tristesse. *Je les aimais bien, tous les trois. Surtout Cœur de Tigre. Mais maintenant…*

« Je préférerais qu'ils me laissent tranquille, marmonna-t-il à Cœur Cendré. Ils savent que nous ne sommes pas parents.

— Vous pouvez être amis sans être de la même famille, répondit la guerrière avec douceur. Ne crois-tu pas qu'il est bon d'avoir des amis dans les autres Clans, plutôt que des ennemis ? »

Comment pourrait-elle comprendre ? Elle n'a pas été trahie par ses parents. Pelage de Lion jeta un coup d'œil à Cœur de Tigre et Aube Claire. *Je me demande si Étoile du Tigre est venu les voir en rêve, tout comme il le faisait avec moi…*

De son vivant, Étoile du Tigre avait tenté de gouverner les quatre Clans. Alors même qu'il chassait à présent dans la Sombre Forêt en compagnie d'autres guerriers qui s'étaient vu refuser l'entrée dans le Clan des Étoiles, il nourrissait toujours cette ambition. Il avait convaincu Pelage de Lion de suivre son entraînement brutal mais, dès que le guerrier avait compris qu'il se faisait manipuler, il s'était révolté.

Sachant qu'il devait se faire pardonner sa rudesse, Pelage de Lion se força à faire quelques pas vers les jeunes guerriers du Clan de l'Ombre. Il s'interrompit en entendant l'appel d'Étoile Solitaire.

« Est-ce que quelqu'un a vu Étoile du Léopard et les siens ? » Comme les guerriers se contentaient de secouer la tête ou de hausser les épaules, il ajouta : « Poil de Belette, tu veux bien aller jeter un œil ? »

Le matou se faufila dans les taillis et revint bientôt.

« Une patrouille arrive, annonça-t-il à son chef. Elle coupe à travers le lac. »

Tous se turent dans l'attente du Clan manquant. Pelage de Lion prit place auprès de Cœur Cendré en jetant un coup d'œil honteux vers les guerriers du Clan de l'Ombre. *Je leur parlerai peut-être avant que nous nous séparions.*

Peu après, les buissons frémirent au bord de la clairière et Étoile du Léopard apparut à la tête d'une patrouille. Le poil de Pelage de Lion se hérissa lorsqu'il aperçut la meneuse : elle était maigre à faire peur, et ses yeux étaient aussi ternes que la boue au fond du lac.

Dès qu'elle vit Étoile du Léopard, Nuage de Colombe se redressa, les yeux écarquillés. Elle se tourna vers Pelage de Lion pour lui murmurer à l'oreille :

« C'est elle qui était malade, dans le camp du Clan de la Rivière !

— Tu en es certaine ? »

Cela signifierait qu'Étoile du Léopard est malade depuis près d'une lune !

Nuage de Colombe hocha la tête. Pelage de Lion ne l'interrogea pas plus avant, de crainte que les autres ne les entendent.

La meneuse traversa la clairière la tête haute, suivie de Patte de Brume. Elle marqua une pause au pied de l'arbre, la tête levée, mais n'essaya pas de sauter. Patte de Brume lui murmura quelques mots.

« Je crois que son lieutenant lui propose de l'aider, chuchota Cœur Cendré. Étoile du Léopard doit être vraiment malade si elle n'arrive même plus à grimper dans un arbre. »

Malgré tout, Étoile du Léopard secoua la tête comme pour se décider, se ramassa et bondit. Les griffes de ses pattes avant parvinrent tout juste à se planter dans la branche la plus basse. Au prix de moulinets peu gracieux de ses pattes arrière, elle parvint à se hisser plus haut. Elle se tapit sur la branche et foudroya l'assistance de ses yeux jaunes comme pour mettre tout le monde au défi d'émettre le moindre commentaire.

Pelage de Lion échangea un coup d'œil avec Patte de Renard, assis près de lui. *On a l'impression qu'Étoile du Léopard peut tomber de sa branche à tout instant.*

Étoile de Feu se leva et miaula pour indiquer que l'Assemblée débutait. Même s'il avait lui aussi beaucoup maigri, il paraissait en bien meilleure santé qu'Étoile du Léopard.

« Chats de tout Clan, lança-t-il, nous souffrons tous de la canicule et de la pénurie d'eau.

— Ça, c'est une nouvelle ! le railla Plume de Jais, assis au milieu de ses camarades.

— Le problème s'aggrave de jour en jour, poursuivit Étoile de Feu comme si de rien n'était. La rivière qui sépare notre territoire de celui du Clan de l'Ombre s'est asséchée. Nous pensons que quelque chose pourrait la bloquer, en amont. Certains de mes guerriers veulent partir en exploration pour en avoir le cœur net. »

Il fit son annonce en regardant Pelage de Lion, comme pour lui assurer qu'il ne citerait pas le nom de Nuage de Colombe et qu'il ne révélerait pas non plus que cette idée venait d'une apprentie. *Espérons que ceux qui ont entendu son histoire de bêtes marron près du tas de gibier auront l'intelligence de se taire.*

Pelage de Lion lui répondit par un petit signe de tête. Près de lui, Nuage de Colombe buvait les paroles de leur chef, silencieuse.

« Ta patrouille empiétera sur le territoire du Clan de l'Ombre si elle remonte le cours de la rivière, protesta Étoile de Jais. Je ne le permettrai pas.

— Justement, je crois que nous devrions dépêcher une patrouille constituée de membres de tous les Clans, s'expliqua Étoile de Feu avant de lever la queue pour faire taire les murmures ébahis. Vous vous souvenez de ce qui s'est passé quand les Bipèdes ont détruit notre ancienne forêt ? Une patrouille composée de six chats issus des quatre Clans est partie pour trouver une solution. Ce genre d'initiative nous a permis de survivre à l'époque et nous le permettra encore.»

Cette évocation de leur passé héroïque insuffla une énergie nouvelle dans le cœur de chaque guerrier. Ici et là, ils se levaient d'un bond, le pelage gonflé et la queue agitée.

«J'irai! lança Cœur de Tigre.

— Et moi aussi! ajouta Aube Claire, les yeux brillants. Ce sera une vraie quête de guerriers!

— Je n'étais pas né à l'époque du Grand Périple, miaula Patte de Renard à Pétale de Rose. Mais ce devait être palpitant.

— Je me demande ce que nous découvrirons, répondit la jeune chatte, les moustaches frétillantes. Je te parie toute une lune de patrouilles que c'est encore un coup des Bipèdes.

— Ou des blaireaux. Ceux-là, ils sont capables de tout.

— Je veux y aller, murmura Nuage de Colombe à Pelage de Lion. Tu crois qu'Étoile de Feu me choisira, même si je ne suis qu'une apprentie?

— Ne t'inquiète pas, la tranquillisa-t-il. S'il y a bien *un* félin qui doit y aller, c'est toi.»

Étoile Solitaire s'adressa alors à Étoile de Feu d'un ton prudent, une lueur d'espoir dans le regard.

«Tu penses vraiment qu'on peut récupérer notre eau?

— Ça vaut au moins la peine d'essayer.

— Et qui commanderait cette patrouille mixte? s'enquit Étoile de Jais d'un ton toujours aussi agressif. Toi?

— Non. Je ne crois pas que les chefs des Clans devraient y aller. Nos Clans ont besoin de nous dans les camps. De plus, durant le Grand Périple, personne ne commandait. Nous avions appris à coopérer et il n'y a aucune raison pour que cela ne se reproduise pas. Qu'en pensez-vous ? »

Étoile de Jais réfléchit un instant. Seul le bruit de ses griffes grattant l'écorce de l'arbre brisait le silence. Étoile Solitaire échangea un coup d'œil avec son lieutenant, Patte Cendrée, avant de hocher la tête d'un air décidé.

« Il paraît logique d'inclure tous les Clans. Le Clan du Vent te soutient, Étoile de Feu.

— Et le Clan de l'Ombre aussi, ajouta Étoile de Jais en toisant durement le chef du Clan du Tonnerre. Vous traverserez notre territoire, et cela ne se fera pas sans guerriers du Clan pour vous garder à l'œil.

— Merci à vous deux. » Étoile de Feu semblait étonné d'avoir obtenu si vite leur accord. « Et toi, Étoile du Léopard, qu'en penses-tu ? »

La meneuse fixait la clairière comme si elle n'avait rien entendu de la discussion qui avait eu lieu juste au-dessus d'elle.

Après un long silence embarrassant, Petit Orage se leva pour prendre la parole.

« Si je puis me permettre, la situation est bien différente de ce que nous avons connu dans l'ancienne forêt. Ceux qui étaient partis en repérage avaient été choisis par le Clan des Étoiles, pour accomplir une prophétie. »

Il balaya l'assemblée du regard avant de fixer tour à tour Griffe de Ronce, Plume de Jais et Pelage d'Or. Les trois guerriers hochèrent la tête. Pelage de Lion crut voir des souvenirs danser dans leurs yeux.

Poil d'Écureuil lança une œillade émue à Griffe de Ronce. Pelage de Lion savait qu'elle n'avait pas fait partie des élus, mais qu'elle avait insisté pour les accompagner. Elle devait regretter cette époque où les mensonges et les trahisons ne s'étaient pas encore immiscés entre son compagnon et elle.

« Qui choisira les élus, cette fois-ci ? reprit Petit Orage en se tournant vers les autres guérisseurs. Est-ce que le Clan des Étoiles vous a suggéré des noms ? »

Tous secouèrent la tête, Œil de Geai compris. Pelage de Lion sentit son ventre se nouer. Nuage de Colombe *savait* que c'étaient de gros animaux marron qui bloquaient la rivière. Le Clan des Étoiles ne leur avait rien révélé. *Nous ne pouvons pas attendre que nos ancêtres nous sauvent ! Ils en savent moins que nous sur la question !*

Pelage de Lion crut qu'Étoile de Feu accepterait d'attendre que le Clan des Étoiles se manifeste en envoyant des signes. Puis le chef du Clan du Tonnerre finit par s'incliner devant Petit Orage.

« Tu as raison sur ce point, reconnut-il. Cela dit, si le Clan des Étoiles avait eu l'intention de nous envoyer des signes, il l'aurait déjà fait. Chaque chef de Clan est capable de choisir ses représentants. Le Clan des Étoiles nous a accordé sa confiance pour faire ce qui vaut le mieux pour nos Clans : voilà pourquoi nous recevons neuf vies. »

Des murmures approbateurs balayèrent la clairière. Étoile Solitaire et Étoile de Jais acquiescèrent.

« Ceux qui feront partie de cette expédition devront être forts et courageux, poursuivit Étoile de Feu. Ils devront être capables de chercher une chose dont ils ne savent rien et de mettre de côté les rivalités claniques pour le bien de tous. Je fais confiance aux meneurs pour faire le bon choix. »

Pelage de Lion poussa un soupir de soulagement. Cela s'était passé bien mieux qu'il ne l'avait imaginé. La rivière ne resterait pas bloquée très longtemps ! Tout à coup, Étoile du Léopard releva la tête.

« C'est bien toi, ça, Étoile de Feu ! croassa-t-elle. Toujours à manigancer quelque chose. Tu crois que je ne sais pas ce que tu as vraiment en tête ? »

Étoile de Feu baissa les yeux vers elle, stupéfait.

« Je ne cache rien, lui assura-t-il.

— Crotte de renard ! cracha-t-elle, les poils hérissés. C'est un piège ! Tu essaies juste de t'approprier nos poissons. Tu veux nous priver de certains de nos guerriers pour que nous ne puissions plus assurer nos patrouilles.

— Cela n'a aucun sens, se défendit Étoile de Feu d'un ton compatissant. Étoile du Léopard, je vois bien que tu es souffrante…

— Je ne suis pas stupide, Étoile de Feu. » D'un feulement, la meneuse refusa la pitié du félin roux. Elle se mit debout tant bien que mal et vacilla. « Je te sais capable de laisser mes guerriers mourir de faim pour sauver ton précieux Clan !

— Non, il veut aider tous les Clans, protesta Étoile Solitaire. Comme nous tous.

— Vous voulez tous nos poissons, feula-t-elle. Mais vous ne les aurez pas. Le Clan de la Rivière ne se joindra pas à cette patrouille. »

Les trois autres chefs s'entre-regardèrent, interdits. Avant que l'un d'eux réponde, Patte de Brume grimpa sur la branche de sa meneuse et, tapie près d'elle, elle lui glissa quelques conseils à l'oreille.

Pelage de Lion se concentra pour l'entendre et parvint à distinguer certaines phrases.

« Ils seront affaiblis s'ils dépêchent leurs plus forts guerriers... Nous en bénéficierons plus que les autres si le lac se remplit de nouveau. »

L'atmosphère était tendue. Tous attendaient le verdict de la meneuse. Pelage de Lion sentit ses poils se dresser, comme avant un orage. Étoile du Léopard pesta contre son lieutenant une ou deux fois, mais Patte de Brume insista, le bout de la queue posée sur l'épaule de son chef.

Le lieutenant finit par se relever, sa queue exerçant toujours une légère pression sur Étoile du Léopard, et déclara :

« Le Clan de la Rivière enverra des guerriers pour cette patrouille. »

Des cris de protestation jaillirent ici et là.

« C'est à Étoile du Léopard d'en décider, pas à toi ! cracha Griffe Noire, un ancien.

— Elle avait déjà pris sa décision, renchérit Poil d'Hibiscus. À cause de toi, elle paraît faible ! »

Assis à deux longueurs de queue de Pelage de Lion, Bois de Frêne renifla avec dédain :

« Étoile du Léopard ne pourrait guère avoir l'air plus faible, même morte. »

Sans rien répliquer, Patte de Brume se contenta d'attendre que le silence revienne. Puis elle s'inclina devant Étoile du Léopard et les autres meneurs avant de redescendre de l'arbre.

« Merci, Étoile du Léopard, miaula Étoile de Feu. Je te promets que tu ne regretteras pas ta décision. »

Il s'interrompit, pensif, et reprit : « Chaque Clan devra envoyer deux de ses membres à l'embouchure de la rivière asséchée au deuxième lever de soleil. Les lieutenants pourront les escorter. » Ses yeux verts scintillèrent soudain au clair de lune et sa voix retentit dans la clairière « Nous retrouverons l'eau ! Les Clans doivent survivre ! »

Chapitre 10

Le lendemain matin au réveil, Œil de Geai perçut que l'excitation était déjà à son comble dans le camp. Après avoir bâillé et tenté d'oublier ses mauvais rêves, il se leva et chassa d'un coup de patte la feuille de fougère collée sur sa truffe.

Ils ne comprennent donc pas que ceux qui partiront ne reviendront peut-être jamais ?

Encore ensommeillé, il s'avança dans la clairière et perçut qu'Étoile de Feu sortait de sa tanière. Le Clan se rassemblait déjà, avant même que le chef n'appelle au rassemblement. Œil de Geai sentit Poil de Souris le frôler puis il entendit plusieurs bruits de pas lorsque Nuage de Pétales, Nuage d'Églantine et Nuage de Bourdon filèrent devant lui. Le guérisseur s'avança encore et se plaça près de Pelage de Lion et de Nuage de Colombe.

« Chats du Clan du Tonnerre ! lança Étoile de Feu une fois que les murmures excités se furent tus. Hier soir, les quatre Clans ont accepté d'envoyer chacun deux chats pour explorer les berges de la rivière et découvrir ce qui l'empêche de couler. J'ai décidé que

Pelage de Lion et Nuage de Colombe représenteraient le Clan du Tonnerre.»

Avant même qu'il ait fini sa phrase, des guerriers s'indignèrent.

«Ce n'est qu'une apprentie! protesta Cœur d'Épines. Nous devrions choisir un guerrier puissant capable de faire face au danger.

— C'est vrai, qu'a-t-elle de spécial, celle-là?» ajouta Truffe de Sureau.

Cependant, une voix fluette supplanta toutes les autres:

«Pourquoi est-ce que tu as le droit d'y aller et pas moi? gémit Nuage de Lis. Pourquoi Étoile de Feu n'envoie-t-il pas un autre guerrier?

— Ce n'est pas parce qu'il m'apprécie plus que toi», la rassura Nuage de Colombe. Elle tenta de donner un coup de langue réconfortant à sa sœur, mais cette dernière esquiva. «C'est juste que j'ai été la première à penser que la rivière était peut-être bloquée par quelque chose.»

Elle se sentait si coupable de dissimuler ses pouvoirs et ce qu'elle savait de la prophétie à sa sœur que ses émotions frappèrent Œil de Geai de plein fouet. *Il faudra bien qu'elle s'y habitue.*

«Je sais, répondit Nuage de Lis, déchirée. Mais je pensais qu'on ferait toujours tout ensemble.

— J'aimerais aussi que ce soit possible…

— Ça suffit! feula Poil d'Écureuil pour mettre fin à toutes les protestations. Étoile de Feu a pris sa décision. Ce n'est pas à nous de la remettre en cause.

— C'est vrai, confirma Plume Grise. Vous faites confiance à votre chef ou pas?»

La clameur cessa peu à peu et Étoile de Feu reprit la parole :

« Pelage de Lion et Nuage de Colombe partiront demain au lever du soleil. L'assemblée est terminée. »

La foule se sépara en petits groupes qui continuèrent à marmonner. Œil de Geai perdit un instant la trace de Nuage de Colombe, avant de la localiser près du tas de gibier en compagnie de Brume de Givre et de Patte de Renard. Comme il ressentait l'angoisse de la jeune chatte, il s'approcha.

« Pourquoi t'a-t-il choisie ? demandait Patte de Renard. Et comment étais-tu au courant, pour la rivière bloquée ?

— Le Clan des Étoiles t'a envoyé une vision ? ajouta Brume de Givre, curieuse. Que t'ont dit nos ancêtres ? »

Nuage de Colombe commençait à paniquer.

« Et alors, qu'est-ce que ça change, qu'elle ait fait un rêve ? feula le guérisseur. C'est entre elle et Étoile de Feu. Maintenant, si vous n'avez rien de mieux à faire, vous pouvez aller chercher de l'eau au lac pour les anciens.

— Il nous parle comme s'il était notre mentor, geignit Brume de Givre tout en se dirigeant vers le tunnel avec son frère.

— Œil de Geai ! Je ne sais pas quoi leur dire ! s'écria Nuage de Colombe dès que les guerriers eurent disparu. Je n'ai pas eu de vision, tu le sais ! Je les *entends,* ces animaux, je *perçois* ce qu'ils font tout comme je voyais ce que faisait Pelage de Lion près du lac.

— Je sais. Pourtant, seuls Pelage de Lion et moi le comprendrons. Pour les autres, tu as eu une vision. Compris ?

— Mais… je n'aime pas mentir.»

Œil de Geai s'impatienta

«Ça ne te plaît pas, d'être spéciale? D'avoir été choisie pour un destin plus grand que celui de tes camarades?

— Non! Ça ne me plaît pas du tout!» cracha-t-elle. Puis, comme si elle se rappelait soudain à qui elle parlait, elle se reprit: «Pardon. Je n'aime pas cacher des choses à mes camarades, c'est tout.

— Alors évite d'en parler», conseilla-t-il.

Il sentit que la novice allait encore protester lorsque Cœur Blanc s'approcha. Nuage de Colombe en profita pour filer vers la tanière des apprentis, où sa sœur attendait sur le seuil.

«Bonjour, Œil de Geai, miaula la guerrière. Veux-tu que j'aille cueillir des herbes fortifiantes, pour nos deux explorateurs?

— Oui, merci, ça me rendrait service.»

Aussitôt, le guérisseur se mit à réfléchir à toute vitesse. Il savait que Cœur Blanc attendait qu'il lui donne les noms des plantes nécessaires.

Crotte de souris! Je ne suis pas sûr de m'en souvenir…

C'était la première fois qu'il devait préparer seul les herbes fortifiantes. Il essaya de se remémorer ce que Feuille de Lune avait utilisé lorsque Griffe de Ronce et les autres étaient partis à la recherche de Sol, mais une question plus grave le préoccupait. *Si seulement Pelage de Lion et Nuage de Colombe ne partaient pas tous les deux… Et s'ils ne revenaient pas? La prophétie ne s'accomplirait jamais si je me retrouvais seul!*

«Désolé, marmonna-t-il à Cœur Blanc. Donne-moi un instant.

— Ne t'inquiète pas, le rassura Cœur Blanc d'un ton joyeux. Je crois que je vais me souvenir des ingrédients... j'ai pris ces remèdes, à l'époque où nous vivions dans l'ancienne forêt, pour me rendre à la Pierre de Lune. Voyons voir... Il faut de l'oseille... et des pâquerettes, non ? Je m'en souviens car je déteste leur goût !

— C'est exact », confirma le guérisseur. À son grand soulagement, il se souvint du reste. « Il y a aussi de la camomille...

— Et de la pimprenelle ! finit Cœur Blanc dans un miaulement triomphant. C'est tout, non ? J'y vais tout de suite.

— Merci, miaula Œil de Geai. Le meilleur coin, pour trouver de l'oseille, c'est au bord du sentier de Bipèdes abandonné. Et tu trouveras sans doute de la camomille derrière le nid.

— Génial ! » Elle fila aussitôt en appelant : « Plume de Noisette ! Nuage de Pétales ! Vous voulez venir avec moi ? Je vais chercher des herbes. »

Lorsqu'elles eurent toutes trois disparu dans le tunnel, Œil de Geai sentit une puissante émotion émaner de Feuille de Lune, qui se tenait toujours près du tas de gibier. Il fut soudain happé par les souvenirs de son ancien mentor.

Il regardait à travers ses yeux tandis qu'elle fendait les sous-bois, le cœur battant. Le goût acide des herbes fortifiantes lui imprégnait la langue. Les odeurs alentour étaient si étranges qu'Œil de Geai comprit qu'ils se trouvaient dans l'ancienne forêt. Feuille de Lune se débattait, tétanisée par la peur. Elle était focalisée sur Poil d'Écureuil, sa sœur. Elle ne voulait pas que cette dernière fasse quelque chose...

Tout à coup, Feuille de Lune sortit des buissons et se planta devant Griffe de Ronce et Poil d'Écureuil. Œil de Geai fut surpris de voir à quel point ils semblaient plus jeunes et plus petits. *C'était avant le Grand Périple. Feuille de Lune et Poil d'Écureuil n'étaient sans doute que des apprenties.*

Feuille de Lune s'avança et déposa ses remèdes devant Griffe de Ronce et sa sœur.

« Je vous ai apporté des herbes contre la faim pour le voyage, murmura-t-elle. Vous en aurez besoin. »

Outré, Griffe de Ronce écarquilla les yeux et accusa Poil d'Écureuil d'avoir révélé leur secret à sa sœur. *Quel secret ?* se demanda Œil de Geai.

« Elle n'a pas eu besoin de m'en parler, promit Feuille de Lune. Je le savais, c'est tout. »

Œil de Geai fut stupéfait. Feuille de Lune et Poil d'Écureuil étaient unies par un lien spécial dont il n'avait jamais soupçonné l'existence – et Feuille de Lune était terrifiée que Poil d'Écureuil s'en aille, elles risquaient de ne jamais se revoir. *C'est le début de leur quête !* comprit-il. *Lorsqu'ils étaient partis à six pour écouter le message du Clan des Étoiles que Minuit devait leur délivrer.*

Par les oreilles de Feuille de Lune, il écouta Poil d'Écureuil raconter l'histoire de Griffe de Ronce et de ses rêves. Ils devaient retrouver des membres des autres Clans. Le guérisseur percevait la détresse de Feuille de Lune, une tempête émotionnelle qu'il ne pouvait pénétrer, comme si, même dans ses souvenirs, elle dissimulait quelque chose. Feuille de Lune avait beau s'efforcer de convaincre sa sœur de rester, elle savait qu'elle n'avait aucun espoir de la faire changer d'avis. *Poil d'Écureuil n'a pas beaucoup changé, alors !* Enfin, Feuille de Lune dut accepter que sa sœur s'en aille.

« Et tu ne diras à personne où nous sommes allés, promis ? insista Poil d'Écureuil.

— Je ne le sais même pas… et vous non plus, d'ailleurs. Mais d'accord, je ne dirai rien. »

Elle regarda Poil d'Écureuil et Griffe de Ronce avaler les remèdes puis elle tenta d'enseigner à sa sœur tout ce que Museau Cendré lui avait appris pour qu'ils soient capables de se soigner durant leur périple.

« Nous reviendrons », promit Poil d'Écureuil.

Ensuite, les souvenirs se dissipèrent et Œil de Geai redevint aveugle, là, dans la clairière. Tandis que le flot d'émotions de Feuille de Lune s'apaisait, Œil de Geai sentit qu'elle l'observait. Elle lui avait délibérément fait partager ce souvenir.

Je sais ce que tu ressens. J'ai vécu la même chose.

Non, tu ne sais pas ! rétorqua-t-il en pensée. *Poil d'Écureuil et toi ne faisiez pas partie d'une prophétie. Si elle n'était pas revenue, peut-être que tout le monde s'en serait mieux porté.*

Elle se leva aussitôt et partit vers la tanière des guerriers. Œil de Geai faillit la prendre en pitié : ce souvenir avait été si net, les émotions de Feuille de Lune si vives… Il secoua la tête pour chasser sa faiblesse passagère.

Si tu avais dit la vérité dès le départ, tu aurais pu nous aider à comprendre la prophétie. Feuille de Houx serait peut-être encore là. Sauf qu'elle n'est plus, et nous nous retrouvons livrés à nous-mêmes.

Le soleil dépassait des cimes, à présent, et ses rayons brûlants transformaient la clairière en fournaise. Œil de Geai aurait voulu aller se dégourdir les pattes mais, comme Cœur Blanc était déjà partie ramasser des remèdes, il ne pouvait justifier une absence.

Je vais inspecter les parois de la combe, au cas où il y aurait des serpents. Ils sont tous tellement excités qu'ils vont oublier d'être prudents.

Tout en longeant la paroi, il se remémora ce jour horrible où Pelage de Miel s'était fait mordre par un serpent surgi des rochers au pied de la paroi. Feuille de Lune et lui n'avaient rien pu faire contre le venin foudroyant. Plus tard, alors que tous pleuraient la jeune chatte, Feuille de Lune et lui avaient enfoncé une souris fourrée de baies empoisonnées dans le trou, espérant que le serpent la mangerait et en mourrait. Mais le reptile n'était pas tombé dans le piège. Œil de Geai craignait qu'il soit tapi dans un coin, attendant le moment de frapper de nouveau.

Tandis qu'il vérifiait que chaque trou avait été bouché, Œil de Geai flaira l'odeur d'Isidore et comprit que le vieux solitaire s'était allongé sur la pierre plate, près de l'endroit d'où le serpent avait jailli. Les ronflements rythmés du matou cessèrent dans un grognement soudain, comme si le bruit des pas du guérisseur l'avait réveillé.

« Fais attention, le mit-il en garde. Tu sais que le serpent...

— Oui, je sais, mon petit, le coupa Isidore. Et il n'y a point de bestiole visqueuse à l'horizon. Je ne dormais que d'un œil.

— C'est bien, soupira le guérisseur. Mais je dois quand même vérifier.

— Je vais t'aider. » Isidore se laissa tomber lourdement du rocher, chancela un instant pour retrouver l'équilibre et s'approcha d'Œil de Geai. «Vous, les jeunes, vous avez besoin de chats de ma trempe, qui ont plus d'expérience.»

Ben voyons... Œil de Geai reprit son inspection, ôtant chaque pierre pour renifler les trous avant de les remettre en place.

Isidore le suivait à la trace et commentait: «Tu as oublié un trou, là» pendant qu'Œil de Geai cherchait à tâtons une pierre de la bonne taille pour boucher ledit trou, ou bien: «Tu es sûr que tu as bien reniflé celui-ci?»

«Tout à fait sûr, Isidore, merci», rétorquait-il.

Clan des Étoiles, aide-moi à ne pas lui arracher les oreilles!

«Ton frère va te manquer, sans doute, ajouta le solitaire. Mais il sera de retour en un rien de temps, crois-en ma vieille expérience. C'était pareil, tu sais, quand Griffe de Ronce et Nuage d'Écureuil étaient partis à la recherche de Minuit.

— C'est *Poil d'Écureuil*», le corrigea Œil de Geai.

Tu ne vas pas t'y mettre! Feuille de Lune m'a déjà servi ce discours!

«Je me souviens comme si c'était hier du jour où je les ai rencontrés pour la première fois, continua le matou. Si jeunes, si courageux! Je me disais qu'ils devaient tous avoir des abeilles dans la tête, pour voyager si loin. Tu vois à quel point je me trompais? Ils ont trouvé cet endroit, après que les Deux-Pattes eurent détruit leur ancien territoire.»

Œil de Geai, allongé sur le ventre pour renifler un trou à l'odeur louche, se contenta de grogner.

«Non que j'aie eu moi-même des problèmes avec les Deux-Pattes. Le mien était très amical. Je l'avais bien entraîné, tu comprends. Il se montrait particulièrement gentil quand le temps virait au froid et que la chasse devenait difficile. Chez lui je trouvais toujours de bonnes choses à manger et un bon feu près duquel s'asseoir... »

La voix du vieux chat se fondit dans les bruits de la combe, le craquement des branches et le bourdonnement des insectes. Pourquoi ce sac à puces n'arrêtait-il pas de parler de cette vieille quête ? Œil de Geai aurait voulu hurler à pleins poumons sa propre prophétie pour que tous l'entendent.

C'est bien plus important que tout ce qui a pu se passer avant !

« C'est bon, Isidore, miaula-t-il tandis que le solitaire se lançait dans une histoire de renard compliquée. On a fini. Merci pour ton aide.

— De rien, mon jeune ami, miaula l'autre en remontant sur son rocher, au soleil. Des renards comme y en avait de mon temps, on n'en voit plus guère, aujourd'hui... »

Tandis qu'Œil de Geai se dirigeait vers sa tanière, il reconnut les voix de Pelage de Lion et Nuage de Colombe, qui répétaient leurs techniques de combat près de la barrière de ronces. Il s'arrêta et tendit l'oreille : Nuage de Colombe sautait sur Pelage de Lion et donnait un coup de griffes dans l'air, à une moustache de la fourrure de son mentor. Tout à coup, leur quête devint plus réelle que jamais. Tous deux partiraient le lendemain matin et cette idée le terrifia.

Dépêchez-vous de trouver ces animaux et revenez vite, les supplia-t-il mentalement. *Quoi que nous devions faire pour que la prophétie s'accomplisse, je n'y arriverai pas seul.*

CHAPITRE 11

NUAGE DE COLOMBE ATTENDAIT sur les rochers à l'embouchure de la rivière qui marquait la frontière entre leur territoire et celui du Clan de l'Ombre. Les pierres étaient déjà chaudes sous ses pattes et l'île, de l'autre côté du lac, était voilée par une brume de chaleur. Leur voyage allait commencer – la quête que son témoignage avait enclenchée –, pourtant elle éprouvait du chagrin à quitter sa sœur. Avant l'aube, lorsque Pelage de Lion était venu la réveiller dans la tanière des apprentis, Nuage de Lis s'était roulée en boule, feignant de dormir pour ne pas avoir à lui dire au revoir.

Sur les rochers, Griffe de Ronce et Pelage de Lion discutaient à voix basse. Comme Nuage de Colombe ne voulait pas épier leur conversation, elle déploya ses sens plus loin. Elle aperçut une patrouille de guerriers du Clan de la Rivière qui contournait la mare d'eau saumâtre au cœur du lac. Ils semblaient affamés, effrayés. Elle les écouta un instant se plaindre de la chaleur et poussa plus loin encore, vers le camp de la Rivière. Elle repéra bientôt Patte de Brume, Cœur de Roseau et Papillon, la guérisseuse à la robe dorée, qu'elle avait vue lors de l'Assemblée.

«J'ai fait tout ce que je pouvais pour Étoile du Léopard, confessait Papillon avec angoisse. Malgré tous mes soins, elle ne s'est toujours pas remise d'avoir perdu une vie.»

Le lieutenant secoua la tête.

«Elle n'a pas pu reprendre de forces. Il y a forcément des remèdes que tu pourrais lui donner pour l'aider, non?

— Les plantes médicinales sont toutes sèches. J'ai bien peur qu'Étoile du Léopard perde bientôt une autre vie.»

Un silence choqué s'installa. *Combien de vies lui reste-t-il?* se demanda Nuage de Colombe. Cœur de Roseau finit par briser le silence

«Dans ce cas, nous devons prier pour que le plan d'Étoile de Feu fonctionne et que nos envoyés découvrent ce qui bloque la rivière.»

Un bruit de pas de l'autre côté du cours d'eau asséché tira Nuage de Colombe de ses pensées. Trois guerriers venaient d'apparaître sur la rive opposée et traversaient l'étendue de galets pour les rejoindre.

Griffe de Ronce alla à leur rencontre.

«Salutations, Feuille Rousse», miaula-t-il.

La chatte au pelage roux sombre répondit par un grognement.

«C'est le lieutenant du Clan de l'Ombre, n'est-ce pas? demanda Nuage de Colombe à Pelage de Lion. Elle semble très vieille!

— Elle fait partie de ceux qui ont accompli le Grand Périple, murmura Pelage de Lion. Mais elle est toujours redoutable au combat. J'espère pour toi qu'elle ne t'a pas entendue dire qu'elle était vieille !

— Voici les guerriers choisis pour représenter le Clan de l'Ombre », miaula Feuille Rousse en agitant la queue vers les deux félins plus jeunes qui l'accompagnaient.

Ces derniers s'avancèrent et saluèrent la délégation du Clan du Tonnerre d'un hochement de tête. Si Nuage de Colombe reconnut le pelage doré et tacheté de Cœur de Tigre, le fils de Pelage d'Or, l'autre, un guerrier plus âgé au poil brun sombre, lui était inconnu.

« Qui est-ce ? demanda-t-elle à son mentor.

— Patte de Crapaud, lui apprit-il. Lui aussi, il a fait le Grand Périple, mais il était chaton.

— Ouaouh ! Des chatons ont participé au Grand Périple ? »

Pelage de Lion hocha la tête, puis d'un mouvement de la queue lui intima le silence, car Feuille Rousse s'exprimait encore.

« N'oubliez pas que vous allez commencer par traverser *notre* territoire, grondait-elle. Ne vous avisez pas de nous voler du gibier, car mes guerriers vous auront à l'œil. »

Pelage de Lion balaya du regard les rives désolées du cours d'eau à sec avant de lancer d'un ton lourd de sous-entendus :

« Quel gibier, exactement ? »

Feuille Rousse découvrit ses crocs et cracha :

« N'essaie pas de jouer au plus malin avec moi, Pelage de Lion. Et ne crois pas que, parce qu'Étoile de Feu a eu l'idée de cette quête, le Clan du Tonnerre commande la patrouille.

— Personne n'a dit le contraire, tenta de la rassurer Griffe de Ronce. Tout comme nous l'avons fait durant le Grand Périple, les élus devront coopérer pour progresser.

— Pff... À quoi pensait donc Étoile de Feu lorsqu'il a choisi cette apprentie ? demanda-t-elle en regardant Nuage de Colombe à la dérobée. À quoi pourrait-elle servir ? »

Les poils de Nuage de Colombe se dressèrent. *Je suis la seule à avoir entendu ces animaux qui bloquent la rivière !*

Pelage de Lion prit aussitôt sa défense :

« Elle devait forcément venir. C'est elle qui sait pourquoi la rivière est bloquée. »

Les yeux réduits à deux fentes, Griffe de Ronce s'avança d'un pas vers son guerrier. S'il entrouvrit la gueule pour le réprimander, il se ravisa et garda le silence de peur d'alerter les autres.

« Ah oui ? répéta Patte de Crapaud, incrédule. Et comment peut-elle le savoir ? »

Pelage de Lion comprit son erreur.

« Oh... euh... elle a eu une vision... envoyée par le Clan des Étoiles, expliqua-t-il gauchement. Nos ancêtres le lui ont dit.

— C'est ça, et les merles ont des dents », marmonna le guerrier de l'Ombre.

Nuage de Colombe se redressa pour se donner une contenance, mais elle grimaça quand son estomac émit un gargouillis. *Oh, non !*

Feuille Rousse leva les yeux au ciel et Patte de Crapaud rabattit ses oreilles avec mépris. Heureusement, Nuage de Colombe surprit le coup d'œil compatissant de Cœur de Tigre et elle se sentit un peu mieux. Peut-être qu'au moins un membre du Clan de l'Ombre se montrerait amical.

Du bout de la queue Pelage de Lion lui frôla l'épaule et il inclina ses oreilles vers le lac, où trois autres félins progressaient vers eux. À leur approche, Nuage de Colombe reconnut Patte de Brume, qui accompagnait deux félins plus jeunes : une chatte au poil gris et blanc et un mâle gris sombre et tigré.

« Bouton de Rose et Pelage d'Écume », lui murmura Pelage de Lion.

Patte de Brume salua les autres lieutenants d'un signe de tête, sans toutefois s'approcher. Les trois envoyés du Clan de la Rivière gardaient leurs distances. Nuage de Colombe devina que, même si Étoile du Léopard s'était laissé persuader d'envoyer ses guerriers, aucun membre de leur Clan ne s'en réjouissait.

Œil de Crapaud renifla avec mépris et tendit le cou vers l'oreille de Cœur de Tigre. Nuage de Colombe entendit ses chuchotis : « Quelle bande de squelettes ambulants ! Étoile du Léopard a dû garder ses guerriers les plus forts pour surveiller le lac. »

Nuage de Colombe n'était pas d'accord. Certes, Bouton de Rose et Pelage d'Écume étaient amaigris et leur pelage, négligé, mais cela était vrai pour tous leurs camarades de Clan. Elle aurait préféré que le Clan de l'Ombre ne se montre pas si mesquin. *Ce voyage ne sera guère agréable si nous ne parvenons pas à nous entendre !*

Feuille Rousse griffa la croûte de boue en crachant : « Où est donc le Clan du Vent ? J'ai mieux à faire que d'attendre ici toute la journée. »

À ce moment, Nuage de Colombe aperçut trois autres félins qui dévalaient une colline du territoire du Clan du Vent et se dirigeaient vers le lac asséché. Patte Cendrée, le lieutenant, menait la patrouille, composée de deux chattes : une petite blanche et une autre plus jeune au pelage brun clair et tigré.

« Qui est-ce ? demanda la novice à son mentor. Quand je les ai vues à l'Assemblée, personne ne me les a présentées.

— Aile Rousse et Fleur d'Ajoncs, expliqua Pelage de Lion, le regard braqué sur l'autre côté du lac. C'est un bon choix – Aile Rousse, surtout, est une guerrière expérimentée. »

Nuage de Colombe se réjouit de voir que les envoyées du Clan du Vent étaient bien plus amicales. Elles coururent jusqu'à eux, les yeux brillants.

« Salutations, miaula Patte Cendrée lorsqu'elles s'arrêtèrent au bord de la rivière. Je suis contente de vous revoir.

— Nous aussi, Patte Cendrée », répondit le lieutenant du Clan du Tonnerre.

Feuille Rousse n'émit qu'un grognement et Patte de Brume garda le silence.

« Vous savez ce que vous avez à faire, déclara Griffe de Ronce à la cantonade.

— Découvrir ce qui bloque la rivière et s'en débarrasser, lança Pelage de Lion, impatient de partir.

— Vraiment ? s'étonna Pelage d'Écume en lançant un coup d'œil inquiet à Patte de Brume. Je pensais qu'on devait juste découvrir la cause du problème et revenir faire notre rapport. »

Feuille Rousse gronda sans laisser le temps au lieutenant du Clan de la Rivière de répondre.

« Quel est le problème ? Le Clan de la Rivière a trop peur de relever le défi ?

— Bien sûr que non ! répliqua Patte de Brume. Mais la sécurité de nos camarades est primordiale pour nous, même si elle ne l'est pas pour vous.

— C'est justement pour le bien de nos camarades que cette patrouille s'en va », rétorqua Feuille Rousse, la fourrure en bataille.

Le cœur de Nuage de Colombe se mit à palpiter. Pourvu que les deux guerrières ne se jettent pas l'une sur l'autre ! Heureusement, Patte Cendrée s'avança.

« En voilà assez. Nous coopérons, à présent. La patrouille devra faire son maximum, sans toutefois que les guerriers risquent leur vie. »

Nuage de Colombe surprit le soupir de Patte de Crapaud, qui levait les yeux au ciel. Griffe de Ronce dressa l'oreille : lui aussi avait remarqué la réaction du jeune guerrier du Clan de l'Ombre.

« Tu as déjà accompli le Grand Périple, Patte de Crapaud, miaula-t-il d'un ton un peu sec. Tu devrais te rappeler que les quatre Clans s'entraidaient. Cela ne signifie pas que vous ne regagnerez pas vos propres territoires à votre retour.

— Je ne m'en souviens pas tellement, admit le matou. Je n'étais qu'un chaton.

— Eh bien, fais un effort », répliqua Griffe de Ronce. Comme Œil de Crapaud ne disait rien, le lieutenant du Clan du Tonnerre observa chaque guerrier. « Restez près de la rivière, comme ça vous ne vous perdrez pas en rentrant, leur conseilla-t-il. Ne vous laissez pas distraire, ne laissez pas les renards ou les Bipèdes vous faire dévier de votre cap...

— Sans blague ! » le coupa Patte de Crapaud.

Il est aussi insupportable qu'une épine dans la patte, celui-là ! se dit Nuage de Colombe. *Griffe de Ronce a voyagé plus que n'importe qui, il sait de quoi il parle. Pourquoi Patte de Crapaud refuse-t-il de l'écouter ?*

Griffe de Ronce foudroya l'insolent du regard et poursuivit :

« Prenez le temps de vous reposer et de manger dès que vous le pouvez. Si vous trouvez la cause du problème, vous ne pourrez rien y faire si vous êtes épuisés et affamés. »

Nuage de Colombe savait que les conseils de Griffe de Ronce étaient précieux, mais elle commençait elle aussi à s'impatienter. Elle entendait les animaux marron au loin, elle sentait leurs grattements faire vibrer la pierre sous ses pattes et elle percevait tous les efforts qu'ils déployaient pour retenir l'eau.

« Tu as des fourmis dans la fourrure ? murmura Pelage de Lion.

— Désolée ! » fit-elle en s'efforçant de ne pas bouger.

Griffe de Ronce recula d'un pas pour rejoindre les autres lieutenants. Nuage de Colombe remarqua que, pour la première fois, tous ceux qui devaient partir s'étaient rapprochés les uns des autres. *C'est à peine si je connais leurs noms !* paniqua-t-elle. Il émanait d'eux une odeur inédite, mélange des parfums des quatre Clans, qui lui tournait la tête. Elle se rapprocha de Pelage de Lion, le seul qu'elle connaissait dans ce groupe de félins fébriles, et fut rassurée par sa force et son calme apparents.

« Que le Clan des Étoiles illumine votre chemin, déclara solennellement Patte Cendrée. Et qu'il vous ramène tous sains et saufs. »

Chapitre 12

♣

SOUS LA VIGILANCE DES QUATRE LIEUTENANTS, la patrouille commença à remonter le lit de la rivière. Il n'était pas assez large pour qu'ils y tiennent tous de front. Ils n'avaient pas fait plus de quelques pas lorsque Patte de Crapaud se fraya un passage pour prendre la tête du cortège.

« C'est notre territoire, vous savez », gronda-t-il.

Pas plus que le nôtre ! songea Pelage de Lion, indigné. *Cette rivière marque la frontière, cervelle de souris !* Il sentait que Nuage de Colombe, près de lui, attendait qu'il proteste, mais il se tut et se contenta d'adresser un signe de tête discret à son apprentie.

Un miaulement lui parvint alors :

« Désolé. »

C'était Cœur de Tigre, qui s'efforçait de se glisser devant Nuage de Colombe pour rejoindre son aîné en tête de patrouille.

Pelage de Lion ne put s'empêcher de le plaindre : son camarade se montrait si désagréable !

Peu à peu, suivant l'exemple des envoyés du Clan de l'Ombre, les autres se placèrent par deux, chacun avec son camarade de Clan. Nuage de Colombe et Pelage de Lion fermaient la marche. La jeune chatte avançait tête et queue basses. Elle n'aurait jamais cru que le voyage serait si tendu et avait même espéré se faire des amis dans les autres Clans.

« Ne t'inquiète pas, lui susurra Pelage de Lion. Cela va s'arranger. Il nous faut juste un moment pour faire connaissance.

— Nous n'avons pas le temps de nous disputer, répondit-elle. Quelle que soit la façon dont ils ont bloqué la rivière, les animaux marron la renforcent chaque jour un peu plus. L'eau risque d'être piégée pour toujours !

— Nous ferons tout pour que cela n'arrive pas », lui promit-il.

Le lit de la rivière devint de plus en plus profond, tel un ravin protégé de chaque côté par des berges de sable. Au-delà des berges, des prés d'herbe sèche s'étendaient de chaque côté. Pelage de Lion entendit bientôt d'étranges bruits sourds accompagnés de cris de Bipèdes.

« Nous nous approchons de l'endroit où les Bipèdes viennent à la saison des feuilles vertes, annonça-t-il à son apprentie. Tu te souviens d'avoir entendu ces mêmes bruits lorsque je t'ai fait visiter le territoire pour la première fois ? »

Nuage de Colombe acquiesça. Curieuse, les moustaches frétillantes, elle grimpa la côte avant que Pelage de Lion ait eu le temps de l'en empêcher et observa le spectacle. D'un bond, le guerrier la rejoignit, toutes griffes sorties, pour la ramener en contrebas.

« Ils sont énormes ! » s'écria Nuage de Colombe, incrédule, en fixant les grandes créatures qui n'avaient pour toute fourrure qu'un peu de poils sur la tête. Trois ou quatre petits Bipèdes gambadaient dans la clairière en se lançant un drôle d'objet coloré, pendant que les adultes discutaient assis devant leurs nids de peaux. *Avec leur haute taille et leurs grandes pattes, on dirait des arbres ambulants*, songea Pelage de Lion, dont la curiosité lui fit un instant oublier le danger.

« Descendez ! » cracha furieusement Patte de Crapaud, derrière eux.

Mais c'était trop tard. Un petit Bipède avait repéré Nuage de Colombe. Tétanisée, elle le regarda se ruer vers elle, les pattes tendues. Des cris jaillirent des autres Bipèdes. Les adultes se levèrent sur leurs pattes arrière et traversèrent la clairière à pas lourds, vers l'endroit où leurs petits s'étaient déjà rassemblés.

« Par ici ! » cracha Patte de Crapaud.

Pelage de Lion repoussa Nuage de Colombe vers le fond, et le guerrier du Clan de l'Ombre se remit en route. Un Bipède colossal sauta dans le ravin pour leur barrer le passage. Ses grosses pattes dodues descendirent du ciel pour attraper les chats.

« Non ! » cria Bouton de Rose.

Prise de panique, Fleur d'Ajoncs essaya d'escalader la berge à l'endroit où elle était le plus abrupte et retomba sur le sol en roulant. Pelage d'Écume fit volte-face et rebroussa chemin à toute allure, mais des Bipèdes bloquaient le passage de ce côté-ci aussi. Pelage de Lion poussa Nuage de Colombe derrière lui et fonça droit sur le Bipède le plus près, la fourrure gonflée, les griffes sorties.

« Par ici ! » Le miaulement de Patte de Crapaud couvrit la clameur. « Suivez-moi ! »

Il avait grimpé à un endroit un peu affaissé plus facile d'accès. Pelage de Lion se lança à son tour dans l'escalade de la pente et se précipita dans la clairière, le reste de la patrouille sur ses talons.

Patte de Crapaud les fit traverser en ligne droite, vers les nids de peaux verts peu solides.

« Non ! Par ici ! hurla-t-il lorsque Aile Rousse et Fleur d'Ajoncs obliquèrent vers le lac. Restez groupés ! »

Les guerrières du Clan du Vent repartirent du bon côté et la patrouille au complet traversa l'étendue d'herbe jaunie, poursuivie par des Bipèdes hurlants. Pelage de Lion filait ventre à terre. Si la peur lui faisait hérisser les poils, une énergie nouvelle irriguait ses pattes. *Vous ne pouvez pas nous attraper, stupides Bipèdes !*

Patte de Crapaud contourna un nid et reprit la direction de la rivière. Pelage de Lion s'aperçut alors que Bouton de Rose et Pelage d'Écume, les deux membres du Clan de la Rivière, se faisaient distancer, et que Bouton de Rose boitait.

« Pelage de Lion, regarde ! » hoqueta Nuage de Colombe.

Elle aussi les avait vues.

Avant que le guerrier au pelage doré ait eu le temps d'intervenir, un jeune Bipède mâle plus haut que les autres petits se baissa et parvint à attraper Bouton de Rose. Il la souleva. La guerrière poussa un cri terrifié et se débattit de toutes ses forces.

« À l'aide ! hurla Pelage d'Écume. Ne l'abandonnez pas ! »

Patte de Crapaud quitta la tête de la patrouille et revint vers le jeune Bipède.

« Formez un arc de cercle ! ordonna-t-il. Si nous voulons qu'il lâche Bouton de Rose, nous devons lui montrer que nous n'avons pas peur de nous battre. »

Aile Rousse, Fleur d'Ajoncs et Pelage d'Écume échangèrent des regards inquiets avant d'aller se mettre en position ; Pelage de Lion se plaça entre Nuage de Colombe et Cœur de Tigre. La patrouille s'avança vers le ravisseur de Bouton de Rose en crachant.

« Relâche-la ! » feula Pelage de Lion.

Un Bipède adulte hurla derrière lui. Le jeune Bipède lâcha Bouton de Rose, qui se réceptionna sur ses pattes tremblantes.

« Vite ! » ordonna Patte de Crapaud avant de rassembler la patrouille d'un mouvement de la queue et de détaler à toutes pattes devant le jeune Bipède.

Pelage d'Écume courait au côté de Bouton de Rose et la guidait en se pressant contre son épaule. D'autres Bipèdes fonçaient sur eux. Sur un signe de tête de Patte de Crapaud, la patrouille se divisa en deux groupes qui se ruèrent dans des nids de peaux.

Pelage de Lion pénétra dans l'étrange lumière bleu-vert qui régnait à l'intérieur, suivi par Nuage de Colombe et Cœur de Tigre. En jetant un coup d'œil derrière lui, il vit Nuage de Colombe percuter un tas d'objets de Bipèdes qui roulèrent sur le sol dans un grand vacarme. Elle secoua la tête pour se remettre du choc puis courut sur la douce fourrure qui couvrait le sol avant de se glisser sous une autre peau accrochée en haut du nid. Cette peau-là lui tomba doucement dessus et elle se retrouva emprisonnée sous ses nombreux plis.

Nuage de Colombe miaula et s'agita dans tous les sens pour se libérer.

«Aide-la!» ordonna Pelage de Lion à Cœur de Tigre tandis qu'il grattait à la base du nid de peaux pour trouver un moyen d'en sortir.

Cœur de Tigre tirailla sur la fourrure jusqu'à ce que la novice parvienne à sortir la tête. Elle prit une grosse goulée d'air et s'extirpa du piège en repoussant l'étrange fourrure avec ses pattes arrière.

Entre-temps, Pelage de Lion avait réussi à soulever le bord de la fourrure qui constituait la paroi du nid. Il la tenait dans la gueule, et son goût était si immonde qu'il avait l'impression de lécher un Chemin du Tonnerre après le passage d'un monstre. Cœur de Tigre se faufila dans le passage, suivi de Nuage de Colombe. Alors qu'il passait à son tour la tête dehors, un lourd projectile vrombit au-dessus de sa tête et s'écrasa dans un roncier, au bord de la clairière.

Le bruit fit sursauter Nuage de Colombe. Elle s'engouffra dans les taillis et aperçut Patte de Crapaud un peu plus loin. Pelage de Lion l'imita après s'être assuré que Cœur de Tigre les suivait. Patte de Crapaud entraîna la patrouille dans les fougères qui bordaient la clairière. Pelage de Lion reconnut le marquage du Clan du Tonnerre et comprit qu'il venait de regagner son propre territoire.

Le reste de la patrouille vint se tapir autour d'eux, le souffle court, pendant que les Bipèdes continuaient à brailler dans la clairière. Patte de Crapaud les foudroya tous du regard. Sa queue battait furieusement l'air.

« C'est sans espoir ! cracha-t-il. Nous ne sommes même pas capables de quitter notre propre domaine sans avoir d'ennuis. Et tout ça à cause de cette apprentie ! » conclut-il en braquant ses prunelles sur Nuage de Colombe.

Pelage de Lion la vit se raidir et hérisser ses poils. *Patte de Crapaud, espèce de cervelle de souris, c'est toi qui nous as conduits au milieu des Bipèdes !* songea-t-il. Il posa le bout de sa queue sur l'épaule de la novice pour la calmer.

« Les jeunes sont curieux, répondit-il d'une voix égale. Si les Bipèdes n'étaient pas si fous, rien de tout cela ne serait arrivé.

— Tu parles ! répliqua Patte de Crapaud. Cette quête est finie avant même d'avoir commencé. Nous ne savons pas ce qui nous attend, au bout de la rivière. Qu'est-ce qui nous fait croire que nous pourrons remplir le lac alors que quelques Bipèdes suffisent à nous faire paniquer ?

— Je ne suis pas d'accord », miaula Aile Rousse. Les pattes tremblantes, elle se campa devant le jeune guerrier du Clan de l'Ombre. « Certes, nous l'avons échappé belle, mais cela ne signifie pas que nous devons renoncer. Nous n'aiderons pas nos camarades si nous nous contentons de regarder sans rien faire le lac disparaître. »

Assis à côté de Bouton de Rose, qui frémissait toujours, Pelage d'Écume releva la tête, les poils dressés sur l'échine.

« Tu essaies d'accuser le Clan de la Rivière ? Aucun

d'entre vous ne comprend à quel point c'est dur pour nous. *Nous avons besoin du lac pour nous nourrir!*

— Je n'accuse personne! se défendit la guerrière du Clan du Vent. Ce n'est pas du tout ce que j'ai dit.»

Pelage de Lion se leva et vint s'interposer entre Aile Rousse et le guerrier du Clan de la Rivière.

«Nous perdons du temps, déclara-t-il. Nous devons poursuivre. La prochaine fois, nous éviterons les Bipèdes.

— S'il y a une prochaine fois… maugréa Patte de Crapaud.

— Hé, nous sommes tous sains et saufs, non?» intervint Cœur de Tigre d'un ton guilleret, l'œil brillant. Loin de l'avoir effrayé, leur mésaventure lui avait visiblement plu. «Nous leur avons montré, à ces stupides Bipèdes! Ils étaient terrifiés! Qu'importe si nous les recroisons!» Il se tourna vers Nuage de Colombe et conclut: «Ne t'inquiète pas, je te protégerai.

— Je n'ai besoin de personne pour me protéger!»

La réaction indignée de l'apprentie amusa Pelage de Lion.

« Nous pouvons tous nous débrouiller seuls, renchérit Fleur d'Ajoncs. Après tout, c'est la raison pour laquelle nous avons été choisis, non? Parce que nos Clans pensaient que nous avions les meilleures chances de résoudre le problème, pas vrai?

— Si», reconnut Pelage de Lion.

Bouton de Rose releva la tête. Elle tremblait toujours fort, mais elle fixa les autres d'un air résolu.

«Nous devons poursuivre, lança-t-elle. J'ai regardé mes camarades s'amaigrir à cause de la famine. Je ne peux plus rester sans rien faire! Cette idée me donne du courage.

— Bien dit, Bouton de Rose, commenta Aile Rousse.

— Alors remettons-nous en route, miaula Pelage de Lion sans laisser le temps à Patte de Crapaud de protester. Et, puisque nous sommes sur le territoire du Clan du Tonnerre, c'est moi qui prends la tête de la patrouille. »

Chapitre 13

PELAGE DE LION AVANÇAIT en surveillant du coin de l'œil Nuage de Colombe sur l'étroit sentier sous les fougères. Elle avait eu si peur que ses poils étaient toujours hérissés.

Avons-nous eu tort de l'emmener ? Elle n'est apprentie que depuis une lune. Non. Nous avons besoin d'elle. Pelage de Lion repensa à l'époque où il s'était rendu jusqu'aux montagnes avec son frère et sa sœur pour aider la Tribu de l'Eau Vive. Eux aussi n'étaient que des apprentis, alors, et ils s'en étaient très bien sortis. *Nuage de Colombe s'en sortira aussi. Il le faut.*

Le soleil surplombait les arbres lorsqu'ils atteignirent le méandre de la rivière, où celle-ci obliquait vers le territoire du Clan de l'Ombre. Pelage de Lion marqua une pause et balaya du regard la berge sèche puis la pinède clairsemée, dont le sol était couvert d'aiguilles brunes.

Patte de Crapaud s'approcha de lui et miaula :

« On devrait se reposer ici et manger un morceau. » D'un mouvement de la tête, il lui désigna les deux membres du Clan de la Rivière. « Ils tiennent à peine debout. »

Même si son ton méprisant déplut à Pelage de Lion, il dut bien admettre qu'il avait raison. S'ils étaient tous fatigués après leur altercation avec les Bipèdes, et à cause de la chaleur grandissante, Pelage d'Écume et Bouton de Rose semblaient complètement épuisés. Bouton de Rose s'était déjà allongée sur le flanc, dans les fougères. Sa respiration était rauque.

Je comprends que cela soit difficile pour eux, se dit Pelage de Lion. *Ils ont davantage l'habitude de nager que de marcher.*

« D'accord », répondit le guerrier du Clan du Tonnerre. Puis il haussa le ton pour que tous l'entendent. « Les Clans du Tonnerre et de l'Ombre chasseront, chacun sur son territoire.

— Nous pouvons attraper notre propre repas, protesta Aile Rousse en glissant un coup d'œil vers Fleur d'Ajoncs.

— Bien sûr, confirma celle-ci.

— Ce serait du vol du gibier ! s'indigna Patte de Crapaud.

— Pas si vous nous en donnez l'autorisation, soupira la guerrière blanche. Ça serait plus simple pour tout le monde. »

À son ton, Pelage de Lion devina qu'elle s'était retenue d'ajouter : « Cervelle de souris ! » *Au moins, Patte de Crapaud ne les a pas insultées en précisant qu'elles étaient incapables d'attraper autre chose que des lapins.*

« Nous ferons comme Patte de Crapaud l'a suggéré, déclara Pelage de Lion d'un ton amical. Je suis certain que vous aurez plus tard l'occasion de chasser pour nous tous. »

Même s'il comprenait l'argument de la guerrière du Clan du Vent, il ne voulait pas qu'elles prennent le risque de tomber sur une patrouille du Clan du Tonnerre ou du Clan de l'Ombre. Ils avaient pris suffisamment de retard à cause des Bipèdes.

La chatte réfléchit un instant puis hocha sèchement la tête.

Pelage de Lion entraîna Nuage de Colombe plus loin dans le territoire du Clan du Tonnerre, où il se sentit aussitôt plus calme et en sécurité.

«Va par là, ordonna-t-il à son apprentie, les oreilles inclinées vers un noisetier. Il y aura peut-être du gibier sous les buissons. Moi, je vais de l'autre côté, on se retrouve à la frontière.

— Entendu.»

Nuage de Colombe s'éloigna à pas menus, les oreilles dressées et la gueule entrouverte pour mieux flairer le gibier.

J'espère qu'elle rapportera une belle prise. Ça donnerait une bonne leçon à Patte de Crapaud! Pelage de Lion s'engouffra entre les arbres dans la direction opposée et repéra presque aussitôt un écureuil qui fouillait sous les feuilles mortes.

Génial!

Dans la position du chasseur, Pelage de Lion rampa en silence vers le rongeur, le ventre juste au-dessus du sol. Nulle brise ne risquait de trahir sa présence. Malgré sa progression silencieuse et avant même qu'il arrive à mi-parcours, l'écureuil se redressa, alerté, et se précipita vers l'arbre le plus proche.

«Crotte de souris!» cracha le guerrier.

Il se jeta en avant et vit avec joie que l'écureuil boitait. Il le rattrapa bientôt et lui brisa la colonne vertébrale d'un seul coup de patte.

J'espère qu'il ne souffrait pas d'une horrible maladie, pensa-t-il, les yeux baissés sur sa prise. Il le renifla prudemment. Le rongeur sentait bon – plus que bon, même, son odeur était alléchante. Il emporta sa proie vers la frontière et Nuage de Colombe le rejoignit juste avant qu'il y arrive, une souris minuscule dans la gueule.

« Désolée, marmonna-t-elle. C'est tout ce que j'ai trouvé. »

Pelage de Lion soupira, mais il savait qu'elle avait fait de son mieux. Si Nuage de Colombe n'avait rapporté que cette prise, c'est qu'il n'y avait vraiment rien d'autre dans les parages.

« Ne t'inquiète pas, c'est mieux que rien. »

Au lieu de rendez-vous, ils retrouvèrent Pelage d'Écume et Bouton de Rose qui sommeillaient à l'ombre des fougères. Aile Rousse et Fleur d'Ajoncs étaient assises près d'eux, comme si elles montaient la garde.

« Cet écureuil est appétissant, le félicita Aile Rousse lorsqu'il posa sa prise près de la rivière asséchée. Et la souris aussi.

— C'est même pas vrai, soupira Nuage de Colombe en lâchant le rongeur. Ma souris est si petite qu'on la prendrait presque pour un scarabée.

— N'aie pas de regrets, miaula la guerrière du Clan du Vent avec douceur. Nous avons besoin du moindre bout de viande.

— Hé, Patte de Crapaud et Cœur de Tigre reviennent ! » annonça Fleur d'Ajoncs.

Pelage de Lion se tourna et vit Patte de Crapaud qui avançait d'un pas assuré à travers les pins, un merle dans la gueule. Cœur de Tigre le suivait non loin en traînant quelque chose sur le sol.

« Il est pas mal, cet écureuil, miaula Patte de Crapaud après avoir franchi d'un bond la rivière et déposé sa prise près de celle de Pelage de Lion. La souris, elle, fait peine à voir. »

Pelage de Lion ne répondit pas. Il regarda Cœur de Tigre traîner sa proie sur la berge et la pousser pour qu'elle tombe dans le ravin. Ensuite, il descendit à son tour et la prit dans la gueule pour remonter sur la rive opposée. C'était un énorme pigeon. De petites plumes grises constellaient la fourrure sombre du jeune guerrier.

« Superbe prise ! s'écria Fleur d'Ajoncs.

— Oui, c'est vrai », ajouta Pelage de Lion en ravalant sa jalousie.

Alors qu'il avait voulu montrer à Patte de Crapaud que les guerriers du Clan du Tonnerre étaient de meilleurs chasseurs que ceux du Clan de l'Ombre, c'était Cœur de Tigre qui rapportait la proie la plus impressionnante, et il pouvait en être fier.

Quant à Patte de Crapaud, il arborait une expression triomphante mais, au moins, il ne fanfaronnait pas.

« J'ai failli le manquer, déclara Cœur de Tigre, un peu troublé. Il s'est envolé et j'ai dû sauter très haut pour l'attraper.

— C'est fantastique ! » s'écria Pelage de Lion.

Comme les yeux de Cœur de Tigre brillaient, Pelage de Lion espéra que ce dernier lui avait pardonné de l'avoir traité avec froideur à l'Assemblée.

Cœur Cendré avait raison. Mieux valait avoir des amis que des ennemis dans les autres Clans. Et le jeune guerrier était vraiment un élément de valeur pour son Clan.

Est-ce qu'Étoile du Tigre s'en est aussi rendu compte? se demanda Pelage de Lion, confus.

Les félins se partagèrent le butin et s'allongèrent pour manger. Pour la première fois, Pelage de Lion sentit qu'un lien de camaraderie commençait à l'unir à ces félins qui, la veille encore, étaient des rivaux. *Nous serons peut-être capables de travailler ensemble, finalement.*

Tirés de leur sommeil, Bouton de Rose et Pelage d'Écume dévorèrent la viande comme s'ils n'avaient pas vu de gibier depuis une lune. Suivant un accord tacite, les autres s'écartèrent pour les laisser manger tout leur saoul.

«Ils nous ralentiront s'ils sont trop faibles pour marcher», murmura Aile Rousse à Pelage de Lion.

Après le repas, Patte de Crapaud reprit la tête de la patrouille pour remonter le lit de la rivière à travers les pins du territoire du Clan de l'Ombre. Tant de terrain à découvert mettait Pelage de Lion mal à l'aise, tout comme le ciel qui s'étendait sans entrave au-dessus de leurs têtes. Les ombres noires des pins zébraient le sol tapissé d'aiguilles. Plus tard, ils aperçurent au loin une patrouille, dirigée par Pelage Fauve. Patte de Crapaud les salua de loin, mais ses camarades gardèrent leurs distances.

Le soleil commençait déjà à décliner lorsque les félins atteignirent la limite du territoire du Clan de l'Ombre. Pelage de Lion s'arrêta de l'autre côté du marquage et scruta la forêt qui les attendait.

Le cours d'eau serpentait entre des blocs de pierre couverts de mousse. Quelques longueurs de renard plus loin, le terrain se modifiait. Il devenait accidenté et rocailleux, et les pins laissaient place à des arbres plus petits, plus noueux, plus vieux aussi que ceux de son propre territoire. Leurs branches s'entrelaçaient comme pour former la voûte d'une tanière, de la mousse et du lierre s'accrochaient à leurs troncs pâles. Toutefois, les taillis faisaient toujours défaut.

Il n'y a pas beaucoup de cachettes, ici, pensa-t-il, inquiet.

Aile Rousse vint se placer près de lui, la gueule entrouverte.

« Je pense que nous devrions diriger la patrouille chacun notre tour », déclara-t-elle.

Elle parlait avec conviction et son ton autoritaire rappela à Pelage de Lion que, malgré sa petite taille, elle était la plus expérimentée d'entre eux.

« Très bien », répondit-il en s'écartant pour la laisser passer devant lui.

Patte de Crapaud fit mine de protester, avant de se raviser. Les envoyés des Clans descendirent tous dans le lit de la rivière pour suivre Aile Rousse dans cette forêt inconnue qui évoquait un tunnel végétal. Ils progressaient dans la faible lumière verte en guettant de toute part le moindre signe de danger. Pelage de Lion comprit que la guerrière du Clan du Vent avait choisi le meilleur camouflage possible : s'ils devaient se cacher, ils n'avaient qu'à se tapir au fond du ravin.

« Il y a de la boue, ici ! s'écria tout à coup Nuage de Colombe en secouant une patte d'un air dégoûté. J'ai marché dedans.

— Tant mieux, se réjouit Pelage d'Écume. S'il y a de la boue, c'est qu'il y a de l'eau pas loin. Ici, la rivière est toujours à l'ombre, les rayons du soleil ne peuvent pas l'assécher complètement.»

Le guerrier de la Rivière avait vu juste. Un peu plus loin, Aile Rousse repéra une petite flaque d'eau derrière les racines d'un chêne. Ils s'y rassemblèrent tous pour se désaltérer. L'eau était chaude et avait un goût terreux, néanmoins Pelage de Lion eut l'impression qu'il n'avait jamais rien bu d'aussi délicieux.

Ils reprirent leur chemin et, de temps à autre, Aile Rousse envoyait l'un d'eux sur la rive pour scruter les environs. Quand vint le tour de Pelage de Lion, il aperçut deux cerfs aux pieds légers qui détalaient sous les arbres. *Nous n'en voyons pas souvent, sur le territoire du Clan du Tonnerre, mais il y en a plein, par ici.* Il repéra leurs empreintes fourchues dans la boue de la berge et vit que la mousse sur les arbres avait été arrachée jusqu'à hauteur des bois d'un cerf.

«J'ai vu des cerfs, annonça-t-il à Aile Rousse lorsqu'il redescendit dans le ravin.

— Ils sont inoffensifs», répondit la guerrière du Clan du Vent.

Lorsqu'il se remit en route, Pelage de Lion soupira d'aise. Enfin il appréciait le voyage, comme ses camarades, sans doute. Il faisait frais et humide, sous les arbres. Leur estomac était plein et leur soif étanchée. Ils progressaient calmement et seuls le frémissement des feuilles venu de la forêt ou le bruit d'une patte plongeant dans la boue entamaient parfois le silence. Il leur serait bientôt facile d'oublier à quel point leur mission était cruciale.

Tout à coup, Nuage de Colombe s'immobilisa, les poils dressés sur la nuque. Elle se tourna vers Pelage de Lion, effrayée, et murmura :

« Des chiens ! Ils arrivent par ici ! »

Le guerrier eut beau lever la truffe dans la direction qu'elle pointait de sa queue, il ne flaira pas la moindre odeur canine. Il n'entendait rien non plus. Mais cela ne signifiait pas pour autant que son apprentie se trompait. Il était inutile d'essayer de les semer, surtout en territoire inconnu, et ils ne pouvaient pas prendre le risque de s'éloigner de la rivière. Il n'y avait qu'une solution.

« Gare aux chiens ! hurla-t-il en se tournant vers les autres. Vite, grimpez aux arbres ! »

Pris de panique, les guerriers se mirent à tourner en rond et à se marcher dessus dans l'étroit ravin.

« Hein ? Où ça ?

— Je ne sens rien.

— Comment le sais-tu ? lui demanda Pelage d'Écume.

— Ce n'est pas le moment de discuter, rétorqua-t-il en haussant la voix pour couvrir le brouhaha. Mettez-vous à l'abri ! »

À son grand soulagement, il vit Patte de Crapaud et Cœur de Tigre monter sur la berge et grimper à toute allure en haut d'un arbre. *Au moins, ces deux-là sont en sécurité.*

Mais les membres des Clans du Vent et de la Rivière n'avaient pas bougé. Ils trépignaient sur place en échangeant des coups d'œil gênés.

« Nous ne savons pas grimper aux arbres, lui rappela Aile Rousse.

— Oh, pour l'amour du Clan des Étoiles ! » Pelage de Lion ne perdit pas de temps à tenter de les convaincre. Avec l'aide de Nuage de Colombe, il les poussa sur la berge puis vers l'arbre le plus proche. « Maintenant, grimpez ! »

Fleur d'Ajoncs s'approcha d'un arbuste dont les branches noueuses étaient faciles à escalader.

« Je pense que j'arriverai à grimper dans celui-là, annonça-t-elle.

— Non ! Reviens ! la rappela Pelage de Lion. Les chiens n'auraient aucun mal à te suivre là-dessus. Écoutez, ce n'est pas compliqué, vous plantez vos griffes dans l'écorce et vous prenez appui sur vos pattes arrière pour monter. Allez. »

Les autres le regardèrent, pétrifiés.

« Je n'y arriverai jamais, répondit Fleur d'Ajoncs d'une voix tremblante. Ne vous occupez pas de moi. Mettez-vous à l'abri, je me débrouillerai.

— Horş de question ! » protesta Nuage de Colombe.

Pelage de Lion était à la fois exaspéré et effrayé. Il entendait les chiens, à présent – leurs aboiements résonnaient dans le lointain, mais ils se rapprochaient très vite.

« Essayez de faire comme ça », lança Nuage de Colombe. Elle s'élança vers l'arbre, escalada le tronc et se plaça en équilibre sur la branche la plus basse. Elle redescendit et ajouta : « Vous pouvez y arriver. »

Pelage de Lion poussa un soupir de soulagement en voyant que Patte de Crapaud et Cœur de Tigre étaient redescendus de leur abri pour venir à la rescousse.

« Nous en aiderons chacun un, annonça Patte de Crapaud avant de s'approcher de Bouton de Rose.

— Super, merci. » Pelage de Lion fit signe à Fleur d'Ajoncs de s'approcher de lui. « Cœur de Tigre, tu prends Pelage d'Écume. Nuage de Colombe, va avec Aile Rousse.»

La vétérante du Clan du Vent aurait moins peur et serait sans doute plus facile à gérer pour une apprentie. De plus, il se disait qu'Aile Rousse avait déjà dû grimper à un arbre dans la zone boisée près de la frontière entre leurs territoires. Une fois libre de se concentrer sur Fleur d'Ajoncs, que la peur tétanisait, il la poussa vers un arbre.

«Plante les griffes de tes pattes avant ici, lui expliqua-t-il. Et sers-toi de ce nœud dans le bois pour prendre appui avec ta patte arrière. Maintenant, tu montes.»

La jeune guerrière obéit avant de s'immobiliser, les quatre membres écartés, collée à l'écorce.

«Je ne peux plus bouger, s'étrangla-t-elle.

— Bien sûr que si, l'encouragea-t-il. Et si tu lâches, tu retomberas sur tes pattes. Maintenant, lève une patte arrière jusqu'au creux, là...»

Peu à peu, la jeune chatte progressa sur le tronc grâce aux indications de Pelage de Lion, qui grimpait près d'elle. Les chiens n'étaient plus très loin, ils aboyaient et couraient follement dans les sous-bois clairsemés. Leur puanteur était envahissante. Pelage de Lion se força à respirer par petites bouffées pour ne pas s'étrangler.

Comme ils avaient choisi des arbres difficiles à escalader pour que les chiens ne puissent pas les suivre, les plus inexpérimentés des grimpeurs montaient lentement. Nuage de Colombe et Aile Rousse s'étaient déjà réfugiées en hauteur, tandis que Cœur de Tigre donnait des instructions à Pelage d'Écume pour qu'il gagne une fourche entre deux branches. Patte de

Crapaud encourageait toujours Bouton de Rose, qui progressait avec précaution sur l'arbre voisin de celui de Pelage de Lion.

«Tu t'en tires très bien, gronda le guerrier du Clan de l'Ombre. Mais, pour l'amour du Clan des Étoiles, arrête de regarder en bas.»

Au moment précis où Fleur d'Ajoncs venait de réussir à se percher sur une branche, les chiens jaillirent sur la berge. Ils étaient deux, l'un beige, l'autre noir, avec le même pelage court et brillant. Ils couraient follement de-ci de-là, sautaient dans le ravin avant d'en ressortir aussitôt pour aller renifler les racines des arbres.

«Au moins, ils ne suivent pas nos traces, soupira Pelage de Lion, tapi près de Fleur d'Ajoncs. Quelles stupides bestioles ! Ils ne savent même pas qu'on est là.»

Au même instant, l'un des chiens les flaira, lui et sa protégée. Tout excité, le cabot se mit à aboyer en fonçant vers leur arbre. Il se dressa, les pattes avant posées sur le tronc, tendues le plus haut possible vers eux. Il montra les crocs et sa grande langue rose pendit sur le côté.

Fleur d'Ajoncs poussa un cri horrifié et tomba de sa branche en faisant des moulinets inutiles avec ses pattes. Pelage de Lion se jeta dans le vide, cramponné à la branche par les griffes de ses pattes arrière, et attrapa Fleur d'Ajoncs entre ses pattes. Mais il sentit bientôt la guerrière glisser, alors que le chien sautait sur place en aboyant comme un fou furieux. La chatte, terrorisée, la gueule entrouverte, semblait lancer un appel à l'aide silencieux. Pour ne rien arranger, le deuxième chien se joignit au premier.

Alors qu'il était sur le point de lâcher, Pelage de Lion vit Patte de Crapaud sauter de l'arbre voisin, abandonnant une Bouton de Rose terrifiée, cramponnée à sa branche.

Pelage de Lion crut que Patte de Crapaud avait mal jugé la distance et qu'il allait tomber droit dans la gueule des molosses, mais le guerrier de l'Ombre atterrit juste à côté de lui, faisant ployer la branche brutalement, et il se pencha aussitôt pour saisir Fleur d'Ajoncs par la peau du cou.

Peu à peu, les deux guerriers hissèrent la chatte.

« Merci ! Oh, merci à vous deux ! » hoqueta-t-elle, les griffes plantées dans l'écorce, tremblant si fort qu'elle menaçait de retomber.

Pelage de Lion posa sa queue sur son dos pour l'apaiser.

« Merci », miaula-t-il à son tour à Patte de Crapaud.

Le guerrier du Clan de l'Ombre marmonna une réponse en hochant subrepticement la tête, comme s'il était gêné d'avoir aidé des rivaux.

Pelage de Lion entendit des Bipèdes hurler sous les arbres. Les deux chiens firent volte-face et détalèrent à regret. Lorsque le silence fut revenu dans la forêt, Pelage de Lion aida Fleur d'Ajoncs à descendre tandis que Patte de Crapaud, d'un bond, retournait dans l'arbre voisin pour assister Bouton de Rose. Ensuite, les guerriers tremblants se réunirent tous au bord du ravin.

« Je crois que je me suis déboîté l'épaule, annonça Fleur d'Ajoncs, qui tendait la patte en grimaçant. Je suis désolée, Pelage de Lion, je ne suis qu'un fardeau.

— Mais non, la rassura ce dernier. Nous ne pouvons pas être doués pour tout. Si nous devions semer un ennemi à la course, Aile Rousse et toi seriez plus rapides que nous tous.

— Pas avec une épaule dans cet état, miaula la chatte, dépitée.

— Papillon m'a appris quelques trucs avant notre départ, annonça Pelage d'Écume en venant renifler l'articulation de sa compagne de route. Elle m'a dit qu'un cataplasme à base de feuilles de sureau soulageait les problèmes d'articulations. Je vais en chercher ?

— Bonne idée, répondit Pelage de Lion. Mais ne t'éloigne pas trop.

— Promis. »

Le guerrier du Clan de la Rivière s'éloigna en hâte, visiblement ravi de pouvoir se rendre utile.

« Comment allons-nous faire, si certains d'entre nous ne savent même pas grimper aux arbres ? demanda Cœur de Tigre. Comment pourrons-nous accomplir notre mission ? »

L'angoisse du jeune guerrier fit à Pelage de Lion l'effet d'un coup de griffe – dire qu'il était si optimiste avant l'attaque des chiens ! Les autres chats échangèrent des murmures tout aussi inquiets.

« Nous ne savons même pas ce que nous devons affronter, enchérit Fleur d'Ajoncs. Comment être sûrs que quelque chose bloque la rivière ? Si ça se trouve, c'est juste le soleil qui l'a asséchée... Ce qui veut dire que nous serions condamnés à marcher... pour toujours ! » gémit-elle.

Pelage de Lion jeta un coup d'œil à son apprentie et remarqua son air tendu. Il alla lui murmurer à l'oreille :

« Tu ne t'es pas trompée. J'ai confiance en toi. »

Nuage de Colombe continua à griffer le sol.

Le soleil avait presque disparu derrière les arbres. Le ciel indigo se parait de rayures rouges et des ombres noires s'enroulaient autour des troncs.

« Je crois que nous devrions passer la nuit ici, suggéra Aile Rousse. Nous avons tous besoin de repos – surtout Fleur d'Ajoncs.

— Serons-nous en sécurité ? s'inquiéta Bouton de Rose. Et si les chiens revenaient ? Nous devrions peut-être dormir dans les arbres.

— Non, vous risqueriez de tomber pendant votre sommeil, la coupa Patte de Crapaud.

— Alors qu'allons-nous faire ?

— Tout ira bien, la rassura Pelage de Lion. Nous monterons la garde à tour de rôle. » Avant que quiconque puisse protester, il ajouta : « Allons chercher des fougères et de la mousse pour la litière. »

Nuage de Colombe et Bouton de Rose descendirent dans le ravin pour chercher de la mousse tandis que les autres allaient s'occuper des fougères.

« Toi, tu restes ici pour soulager ton épaule, ordonna Pelage de Lion à Fleur d'Ajoncs. Pelage d'Écume ne devrait plus tarder. »

Lorsque le guerrier du Clan de la Rivière revint la gueule pleine de feuilles, les autres avaient fini de construire des nids de fortune garnis de mousse et séparés par des tas de fougères.

« Et voilà, miaula Pelage d'Écume en lâchant les remèdes près de Fleur d'Ajoncs. Il ne nous reste plus qu'à mâcher tout ça. Nous étalerons ensuite la pulpe sur ton épaule et, demain matin, tu ne devrais plus avoir mal.

— Merci beaucoup », le remercia la blessée.

Pendant que les membres de la patrouille s'installaient dans leurs litières, Pelage de Lion se sentit gêné d'être si près de chats de Clans rivaux. Chacun se serrait contre son camarade et Cœur de Tigre manqua de s'éjecter du nid lorsque le bout de la queue de Bouton de Rose le frôla.

« Désolée, murmura-t-elle.

— Je prends le premier quart », annonça Pelage de Lion en grimpant sur la berge.

Il s'installa confortablement, les pattes repliées sous lui. Aussitôt il se rendit compte qu'il était fatigué et risquait de s'endormir s'il ne se remettait pas en mouvement. Alors il se redressa et patrouilla le long de la rive sans quitter les nids des yeux. Les oreilles dressées, il levait la truffe régulièrement pour guetter le moindre signe de danger. Rien. L'odeur des chiens s'éventait déjà et, s'il crut flairer un fumet de blaireau, celui-là était trop éloigné pour représenter une menace.

Lorsqu'il revint à leur abri, il vit une paire d'yeux, dirigée vers lui, briller sous le clair de lune.

« Nuage de Colombe ! murmura-t-il pour ne pas réveiller les autres. Tu n'es pas obligée de veiller, tu sais.

— Ah bon ? Mais si les chiens reviennent, je serai la première à les repérer.

— Tu ne peux pas assurer seule notre sécurité, lui apprit-il, ému. Nous pouvons t'aider. Maintenant, dors. »

Il crut qu'elle allait protester et fut sur le point de lui rappeler qu'il était son mentor, mais elle se contenta se soupirer et de se rouler en boule, les yeux clos, la queue sur la truffe. Bientôt, sa respiration régulière annonça à Pelage de Lion qu'elle s'était endormie.

Il s'assit près d'elle, derrière les fougères. Son regard glissait sans cesse de son apprentie au paysage environnant. *Je sais ce que c'est, d'avoir un pouvoir que personne d'autre ne comprend. On se sent absolument seul au monde.*

Chapitre 14

⚜

Après le départ de Griffe de Ronce, de Pelage de Lion et de Nuage de Colombe, Œil de Geai avait regagné sa tanière, en proie au doute. *Huit guerriers partent en quête à cause de ce que Nuage de Colombe croit voir, entendre, sentir ou je ne sais quoi, pour remonter le lit d'une rivière à sec. On ne peut pas dire que ce soit une prophétie envoyée par le Clan des Étoiles.*

Ce qui le contrariait surtout, c'était que leurs ancêtres ne lui aient rien révélé sur cette quête, ni sur les animaux marron qui bloquaient le cours d'eau. Lors du dernier rassemblement à la Source de Lune, aucun des autres guérisseurs n'en avait parlé non plus. *Est-ce que le Clan des Étoiles attend de voir si la prophétie des Trois Élus nous sauvera ? Elle les dépasse, après tout.* Le guérisseur s'arrêta et leva la tête vers ce ciel qu'il ne pouvait voir. *Aucun de nos ancêtres ne veille-t-il donc sur nous ?*

Derrière lui, des bruits de pas saccadés le firent sursauter et le tirèrent de ses pensées.

« Ne me regarde pas comme ça ! » protestait Nuage de Lis.

Qu'est-ce qui se passe, encore ?

« Alors arrête de ronchonner, répliqua Nuage d'Églantine. Personne ne t'a cherché de puces.

— Toi aussi, tu serais de mauvaise humeur si ta sœur était partie en mission pour sauver le Clan, te laissant seule au camp pour suivre un entraînement stupide ! »

Œil de Geai entendit Nuage de Lis donner un coup de patte dans un caillou, puis Poil de Souris pousser un cri indigné.

« Attention ! On ne peut plus aller faire ses besoins sans se faire lapider, ici ? grommela l'ancienne.

— Désolée… » marmonna Nuage de Lis.

La vieille chatte s'éloigna, courroucée. Œil de Geai ne put s'empêcher de compatir. *Moi aussi, on m'a laissé seul.*

« Nuage de Lis, contrôle ta mauvaise humeur ! la gronda Cœur Cendré, son mentor. Tu devrais respecter nos anciens.

— Désolée, répéta Nuage de Lis d'une voix qui, à présent, trahissait davantage de chagrin que de colère.

— J'espère bien. Tout à l'heure, nous trouverons une belle pièce de gibier pour Poil de Souris, et ce sera toi qui la lui apporteras. Mais pas tout de suite. Parce que vous allez tous vous entraîner au combat, ce matin.

— Oh, génial… maugréa encore Nuage de Lis.

— Si, c'est super ! la contredit Nuage d'Églantine. Je t'aiderai, Nuage de Lis. Je vais bientôt passer ma dernière évaluation.

— Hé, ne t'emballe pas, la reprit Cœur d'Épines, qui arrivait derrière son apprentie. Ton évaluation n'aura lieu que dans deux lunes. C'est le mentor de Nuage de Lis qui se chargera de son entraînement.

Toi, tu as besoin de te concentrer sur le saut et la rotation que je t'ai montrés la dernière fois. Tu n'as pas encore saisi le mouvement.

— D'accord», répondit Nuage d'Églantine, pas le moins du monde troublée par les remontrances de son mentor.

Plume de Noisette et Patte de Mulot vinrent rejoindre Nuage de Pétales et Nuage de Bourdon, puis toute la troupe de mentors et d'apprentis se dirigea vers la sortie dans une joyeuse bousculade.

Œil de Geai soupira. *Parfois, j'ai l'impression d'être aussi vieux que Pierre.*

La clairière lui parut bien vide après leur départ. Œil de Geai resta un instant immobile et écouta les petits grincements des arbres qui dominaient la combe, puis il s'ébroua. Il traversa ensuite la clairière en direction de la tanière des anciens. Longue Plume dormait, roulé en boule, la respiration sifflante, tandis que Poil de Souris préparait son nid dans un crissement de fougères sèches.

Isidore était assis près d'elle.

«Je viens de me rappeler une fois où deux rats avaient essayé de s'installer chez mon Deux-Pattes, marmottait-il. Je suis sûr que tu aimerais entendre cette histoire…

— Attends un peu, Isidore, le coupa le guérisseur. Je dois dire un mot à Poil de Souris.

— Quoi encore ?» grogna l'ancienne avec humeur.

Soit elle était encore furieuse d'avoir reçu un caillou, soit elle n'avait aucune envie d'entendre une énième histoire de Deux-Pattes.

«Je vais juste examiner l'endroit où le caillou t'a frappée.

— Inutile, Œil de Geai, soupira-t-elle. Je vais bien.

— Je ne fais que mon travail, Poil de Souris. »

Les fougères bruissèrent de plus belle lorsqu'elle s'allongea. « J'ai été touchée là, juste en haut de la patte. »

Œil de Geai s'approcha pour renifler la trace d'impact. À son grand soulagement, il ne détecta pas le moindre signe de blessure, pas même une égratignure.

« Tout va bien, annonça-t-il.

— Je te l'avais dit, rétorqua-t-elle. Ah ! ces jeunes... ils croient toujours tout savoir.

— Bon, si tu sens la moindre douleur ou si tu commences à boiter, dis-le-moi tout de suite, d'accord ?

— Je m'en assurerai, promit Isidore. Ne t'inquiète donc point.

— Merci, Isidore. »

Œil de Geai s'apprêtait à ressortir quand le vieux solitaire ajouta :

« Ne t'enfuis pas si vite. Je suis certain que mon histoire te plaira aussi. Il y avait deux rats, voyez-vous... »

Œil de Geai trépigna d'impatience sur le seuil de la tanière. Dès qu'il entendit du bruit dans la clairière, il interrompit le radotage du vieux matou :

« Désolé. Il faut que j'y aille. C'est peut-être une urgence. »

Sans attendre de réponse, il se glissa sous les branches du noisetier.

Griffe de Ronce venait de rentrer au camp. Au moment où Œil de Geai s'approchait de lui, Étoile de Feu descendit l'éboulis pour rejoindre son lieutenant.

« Alors ? s'enquit le meneur. Comment ça s'est passé ?

— Bien. Les quatre Clans ont envoyé leurs représentants, et ils sont tous partis explorer la rivière.

— Qui a été choisi ?

— Patte de Crapaud et Cœur de Tigre pour le Clan de l'Ombre. Fleur d'Ajoncs et Aile Rousse pour le Clan du Vent et Pelage d'Écume et Bouton de Rose pour celui de la Rivière. »

Œil de Geai dressa l'oreille, surpris. *Je n'ai pas l'impression qu'Étoile du Léopard ait envoyé ses meilleurs guerriers. Elle n'a pas pas pensé aux dangers qu'ils allaient affronter ?*

Si Étoile de Feu se fit la même réflexion, il n'en laissa rien paraître.

« J'espère qu'ils parviendront à s'entendre, déclara le meneur.

— Mais oui, lui assura Griffe de Ronce. Ils apprendront à compter les uns sur les autres et ils reviendront plus forts, enrichis par cette expérience.

— Nous pouvons seulement prier le Clan des Étoiles pour qu'ils reviennent tout court, répondit Étoile de Feu. Et qu'ils trouvent la source de nos problèmes. » Il soupira et reprit d'un ton plus sec : « En attendant, nous devrions commencer les patrouilles avant qu'il ne fasse trop chaud. Je me charge d'appeler les chasseurs. Peux-tu t'occuper du reste ?

— Bien sûr, Étoile de Feu. »

Œil de Geai les entendit s'éloigner vers le gîte des guerriers pour réveiller les retardataires et les branches du roncier frémirent sur leur passage. Le guérisseur les écouta s'étirer tour à tour en bâillant puis se dirigea vers sa tanière. Lorsque la première patrouille lancée vers la sortie le dépassa, il perçut une zone douloureuse à la base de la colonne vertébrale de Pelage de

Poussière, qui fermait la marche. Il inclina les oreilles et surprit une légère irrégularité dans le bruit des pas du guerrier.

« Hé, Pelage de Poussière ! Attends !

— Quoi ? grogna le matou, encore plus irritable que d'habitude. Je suis censé partir à la chasse avec Étoile de Feu, alors sois bref.

— Tu t'es fait mal au dos ? »

Le matou réfléchit un instant avant de répondre :

« Qu'est-ce qui te fait croire ça ?

— Je suis guérisseur, rétorqua sèchement Œil de Geai. Si tu souffres, j'ai des remèdes qui pourront te soulager.

— Je n'ai besoin de rien, répliqua l'autre. Garde tes herbes pour les vrais malades.

— Pour traiter la douleur, je ne manque de rien », lui assura l'aveugle. Il n'allait pas laisser Pelage de Poussière se priver de remèdes à cause d'un altruisme mal placé. Son dos irait de mal en pis et il ne pourrait plus chasser du tout. « Viens me voir à ton retour.

— D'accord », fit le guerrier d'un ton où perçait une pointe de soulagement. Il ajouta doucement : « Merci, Œil de Geai.

— Et n'oublie pas de venir ! » s'écria le guérisseur lorsque le matou s'élança pour rattraper Étoile de Feu et le reste de la patrouille.

Il décida qu'il irait parler à Fleur de Bruyère si le compagnon de celle-ci ne se montrait pas. Il allait passer le rideau de ronces qui dissimulait sa tanière quand il sentit sur lui un regard chaleureux. *Feuille de Lune !* Il percevait la fierté de sa mère parce qu'il avait détecté la blessure du guerrier et avait évité de le blesser dans sa dignité en lui proposant des remèdes.

Je ne veux pas de ta fierté ! songea-t-il.

Il eut alors l'impression que la combe se refermait sur lui. Il ne pouvait rester là un instant de plus, se sentant menacé par les parois rocheuses aux yeux scrutateurs. Il fit demi-tour et se précipita sur les traces de la patrouille. Une fois dans la forêt, il se dirigea vers le lac. Les parfums frais et humides qui venaient toujours à sa rencontre lorsqu'il prenait ce chemin lui manquèrent cruellement. À présent, la forêt lui paraissait étrange et agitée ; elle craquait inlassablement dans la brise tiède et sèche.

Lorsqu'il parvint sur la berge du lac, à une longueur de queue de l'endroit où les vaguelettes léchaient naguère la plage, un sentiment de vide infini le frappa de plein fouet. Il avait l'habitude de percevoir la masse énorme, humide et froide du lac à chaque inspiration. Et là, ce n'était que poussière. Aux bruits qui venaient de derrière, Œil de Geai comprit que deux patrouilles approchaient du lac, une du Clan du Tonnerre et une autre du Clan du Vent. *Ils viennent sans doute chercher de l'eau.* Plus loin, une patrouille du Clan de l'Ombre se disputait avec les guerriers du Clan de la Rivière qui montaient la garde près de la mare.

« L'eau ne vous appartient pas, cracha Feuille Rousse. Tout le monde a le droit de boire.

— Mais nous seuls avons le droit de prendre les poissons, rétorqua Brume Grise. Si vous touchez à une seule de leurs écailles, je vous arracherai les oreilles. »

Malgré ses menaces, la voix de la chatte était faible et tremblante, comme si elle était à bout de forces.

Ce ne doit pas être très drôle, d'être coincé là alors qu'il n'y a pas d'ombre où se reposer, songea Œil de Geai.

Il s'engagea sur la croûte de boue sèche et sentit les gravillons rouler sous ses pattes. Non loin, il le savait, se trouvait l'embouchure des tunnels par où la rivière souterraine les avait recrachés, son frère, sa sœur et lui, lorsqu'ils avaient retrouvé les chatons perdus du Clan du Vent. Peut-être l'ouverture avait-elle été bouchée par une coulée de boue.

Œil de Geai eut un frisson en repensant au glissement de terrain qui avait piégé Feuille de Houx dans les tunnels. Un instant, il se retrouva de nouveau sous la pluie battante, dans la forêt, à appeler désespérément sa sœur. Il s'arracha à cet horrible souvenir. Un miaulement retentit soudain derrière lui.

« Salut, Pavot Gelé ! » lançait joyeusement Brume de Givre.

La patrouille chargée d'aller chercher de l'eau, constituée de Truffe de Sureau, de Cœur Blanc et de la guerrière blanche, s'approchait du lac. Pavot Gelé, quant à elle, arrivait par un autre côté. Œil de Geai remarqua que son pas était déjà alourdi par le poids de ses petits à naître.

« Bonjour, répondit la reine à Brume de Givre. Il fait chaud, n'est-ce pas ? Le lac est…

— Tu ne devrais pas être dans la pouponnière ? la coupa Truffe de Sureau avant que sa compagne ait eu le temps de finir sa phrase.

— Je voulais juste me dégourdir les pattes, se défendit-elle. Et voir si le lac avait encore rétréci.

— Tu es censée te reposer, insista le guerrier. Et nos petits, alors ?

— Mais j'ai soif !

— Brume de Givre t'apportera de l'eau », répliqua-t-il avant de poursuivre vers le lac.

La gêne de Cœur Blanc et de Brume de Givre était presque palpable.

« Bien sûr, Pavot Gelé, fit en écho Brume de Givre. Je t'apporterai de la mousse.

— Merci, mais je peux me débrouiller seule, rétorqua sèchement la reine. À plus tard. »

Elle se mit à accélérer pour essayer de rattraper Truffe de Sureau. Lorsqu'elle passa devant Œil de Geai, elle s'arrêta un instant.

« J'ai le droit de sortir de la pouponnière, pas vrai ?

— Bien sûr. Tes petits ne doivent arriver qu'à la prochaine lune.

— C'est bien ce que je pensais. Chipie a dit que cela ne leur ferait pas de mal si j'allais me promener. » Elle poussa un soupir las. « Truffe de Sureau agit comme s'il voulait que je finisse mes jours dans la pouponnière ! Il prétend qu'il n'y a plus de place pour moi dans la tanière des guerriers.

— Je suis certain qu'il pense avant tout à ton bien-être », hasarda le guérisseur.

Pour toute réponse, la reine émit un reniflement méprisant et se dirigea vers l'eau.

Œil de Geai tenta d'oublier ce climat de tension et rebroussa chemin vers la berge où il localisa sans mal son bâton. Il l'avait calé soigneusement entre les racines d'un sureau, à une longueur de queue de la rive. Le guérisseur s'installa à l'ombre de l'arbrisseau et fit glisser sa patte sur les marques creusées dans le bois. De faibles murmures tourbillonnèrent à ses oreilles et il reconnut certaines des voix entendues au cours de son étrange séjour parmi ceux des temps révolus. Il se concentra pour comprendre ce qu'elles lui disaient, en vain. Son cœur se serra lorsqu'il repensa à ce qu'il avait laissé là-bas. Ces félins avaient été ses amis, jadis – il les avait convaincus de quitter les rives du lac pour toujours. Leurs esprits semblaient l'entourer, à présent; il sentait presque leurs queues le frôler, leurs parfums se mêler aux odeurs du lac.

Que voulez-vous? demanda-t-il, devinant leur angoisse.

Nulle réponse.

Des cris provenant du milieu du lac le tirèrent de ses pensées. Il repoussa le bâton sous les racines et s'extirpa du sureau.

«Vous êtes sur la portion du lac qui appartient au Clan du Vent!»

Reconnaissant la voix de Pelage de Brume, Œil de Geai se figea.

«Retournez de votre côté.

— C'est ridicule! protesta Brume de Givre. Nos territoires commencent à trois longueurs de queue de la rive seulement.

— L'ancienne rive ne compte plus. Elle s'est déplacée avec l'eau, répliqua Pelage de Brume. Ce qui signifie que cette partie du lac est sur notre territoire. Maintenant, dégagez!

— Tu comptes nous y forcer?» le provoqua Truffe de Sureau.

Œil de Geai imaginait sans mal le guerrier à la fourrure crème prêt à se battre, la fourrure ébouriffée, les crocs découverts.

Un combat! Voilà bien la dernière chose dont nous ayons besoin! Œil de Geai s'élança ventre à terre.

«Arrêtez! cria-t-il en s'interposant entre les deux bagarreurs. Quel intérêt le fond du lac représente-t-il pour qui que ce soit?»

Pelage de Brume feula et vint coller sa truffe à la sienne.

« Une telle remarque ne m'étonne pas de toi, sale Clan-mêlé ! »

Œil de Geai sursauta, frappé par la violence de la haine que le guerrier du Clan du Vent lui manifestait. Il recula, les narines dilatées.

« Je ne vois pas le rapport avec...

— Ta mère a trahi mon père en plus de son Clan, cracha l'autre en s'approchant davantage. Tu n'as pas le droit d'être guérisseur. Ni même de vivre parmi les Clans. Je ne te pardonnerai jamais ce que tu as fait ! Jamais ! »

Œil de Geai était trop sidéré pour répondre. Il sentit près de lui la fourrure de Truffe de Sureau se hérisser.

« Je vais lui faire regretter ses paroles, si tu veux ! » proposa ce dernier.

Le guérisseur fit « non » de la tête. Qu'est-ce que cela changerait ? Un bruit de pas lui fit dresser l'oreille. Patte Cendrée, le lieutenant du Clan du Vent, venait vers eux.

« Qu'est-ce qui se passe ici ? s'enquit-elle.

— Rien, lui assura Pelage de Brume. Juste une petite incompréhension sur l'itinéraire à suivre pour aller chercher de l'eau. »

Patte Cendrée se tourna vers Œil de Geai.

« Tu devrais conseiller à tes guerriers de rester de leur côté du lac, le mit-elle en garde. Pour éviter de futures *incompréhensions.* »

Œil de Geai n'allait pas protester quand Pelage de Brume ne demandait qu'à cracher une nouvelle giclée de venin.

«Très bien», miaula-t-il en s'inclinant brièvement devant le lieutenant. Il sentit la colère monter en lui lorsqu'il perçut la fierté triomphante qui émanait de Pelage de Brume. «Venez, ajouta-t-il pour sa patrouille. Rien ne sert de rester ici.»

Lorsqu'ils se remirent en route, la colère des guerriers du Clan du Tonnerre était telle qu'elle les enveloppait comme un brouillard.

«Je n'arrive pas à croire que ce sac à puces ait un tel culot! cracha Brume de Givre. Comment ose-t-il nous dire ce que nous devons faire?

— Tu aurais dû me laisser lui régler son compte, ajouta Truffe de Sureau.

— Il n'avait aucun droit de te lancer ces horreurs», renchérit Cœur Blanc.

Même si elle avait parlé d'une toute petite voix, Œil de Geai devinait qu'elle avait été choquée.

Il baissa la tête pour éviter de discuter des accusations du guerrier rival et, à son grand soulagement, sa camarade n'ajouta rien. Le guérisseur s'écarta de la patrouille qui se dirigeait vers l'eau lointaine et regagna la berge tandis que la brise tiède soufflait sur son pelage. Malgré la chaleur, il était transi jusqu'aux os et il sentait de nouveau les chats des temps jadis se masser autour de lui.

Prends garde, Aile de Geai, lui murmura l'un d'eux. *Un orage approche, porté par une brume noire.*

Chapitre 15

Un courant d'air sec et poussiéreux souffla sur Nuage de Colombe et fit s'agiter les branches au-dessus de sa tête. Réveillée par le bruit, elle cligna des yeux et bâilla à s'en décrocher la mâchoire. Pendant un instant, elle ne sut plus où elle se trouvait. *Je ne suis pas chez les apprentis ! Où est Nuage de Lis ?*

Prise de panique, elle se leva en vitesse et reconnut enfin la tanière qu'elle avait bâtie avec les autres la veille au soir, ainsi que la clairière où les chiens les avaient attaqués. Tous dormaient encore, à part Pelage de Lion, assis à quelques longueurs de queue, sur la berge.

« Salut, ronronna-t-il. J'étais réveillé quand Aile Rousse a fini son tour de garde, du coup je t'ai remplacée. »

Nuage de Colombe vit rouge. Elle sauta par-dessus la paroi de fougère et fonça vers son mentor.

« Je peux monter la garde ! gronda-t-elle. Tu n'as pas besoin de me traiter comme un chaton.

— Tu n'es apprentie que depuis peu, lui rappela-t-il.

— Et alors ? La prophétie s'en moque bien, elle. J'avais déjà des pouvoirs quand je suis sortie de la pouponnière. Le Clan des Étoiles n'a pas attendu que je grandisse pour me les accorder. »

Pelage de Lion allait répondre lorsque la tanière frémit. Fleur d'Ajoncs en sortit pour s'étirer, puis regarda tout autour d'elle avant de se rappeler où elle était.

« Bonjour, Fleur d'Ajoncs, la salua Nuage de Colombe. Comment va ton épaule ? »

La chatte du Clan du Vent tendit prudemment la patte et releva la tête en ronronnant de soulagement.

« Beaucoup mieux, merci. Je n'ai presque plus mal. »

Les autres se réveillèrent peu à peu, troublés de se trouver si près de guerriers rivaux.

« Nous devrions partir chasser, annonça Patte de Crapaud en quittant son nid le premier. Avant qu'il fasse trop chaud et que le gibier se terre dans son trou.

— Ne vous éloignez pas trop, les mit en garde Pelage de Lion lorsqu'ils se séparèrent tous pour traquer des proies. N'oubliez pas que les chiens pourraient être encore dans les parages. »

Nuage de Colombe projeta ses sens autour d'elle et ne détecta pas la moindre trace des cabots. *Ces créatures stupides dorment sans doute encore dans leur nid de Bipèdes.* Cependant, elle localisa un écureuil non loin, de l'autre côté du ravin. Elle gagna donc la berge opposée, et se dirigea vers le rongeur. *Je vais leur faire oublier ma misérable souris d'hier.*

La novice se glissa entre les arbres et aperçut l'écureuil qui grignotait au pied d'un arbre. Elle se tapit contre le sol, vérifia que le vent soufflait de face et adopta la position du chasseur. Pas à pas, elle s'approcha sans bruit. *C'est ça… regarde de l'autre côté…*

Un seul coup de patte suffit à tuer la proie, qu'elle rapporta fièrement jusqu'au nid où les autres s'étaient retrouvés après la chasse. Pelage de Lion avait pris un campagnol, Cœur de Tigre deux musaraignes et Patte de Crapaud une souris. Aile Rousse et Fleur d'Ajoncs avaient attrapé un lapin ensemble.

« Vous devriez nous expliquer votre technique de chasse à deux, suggéra Pelage de Lion au moment où Nuage de Colombe arrivait avec sa prise. Ça pourrait être utile. »

Aile Rousse ne répondit que par un frétillement d'oreilles. Nuage de Colombe devina que l'idée d'enseigner quoi que ce soit à des chats d'autres Clans la mettait mal à l'aise.

Alors qu'ils s'apprêtaient à manger, Pelage d'Écume et Bouton de Rose se reculèrent.

« Nous n'avons rien attrapé, alors nous ne pouvons pas manger, annonça Bouton de Rose en dévorant le gibier du regard.

— Ne dis pas de bêtises, répliqua Aile Rousse. Comment pourrez-vous voyager l'estomac vide ?

— C'est vrai, ajouta Pelage de Lion. Pendant cette mission, nous partageons tout. Venez, il y en a assez pour tout le monde. »

Lorsque les deux membres du Clan de la Rivière reprirent place auprès d'eux, Nuage de Colombe déposa son écureuil sous leur truffe.

« Merci », marmonna Pelage d'Écume.

Nuage de Colombe percevait leur gêne. Ils se sentaient tous deux coupables de manger le fruit de la chasse des autres. Elle eut pitié d'eux, qui dépendaient complètement d'une seule sorte de gibier.

Quand tous eurent fini de manger, ils se remirent en route, Patte de Crapaud en tête. Ils cheminaient en silence dans le ravin, presque aussi mal à l'aise d'être ensemble qu'au début du voyage. Nuage de Colombe sentait la tension monter, comme si chacun s'était de nouveau rendu compte qu'ils ne savaient pas où ils allaient ni comment ils parviendraient à mener à bien leur mission.

Les yeux clos, elle se concentra pour bloquer tous les bruits de la forêt autour d'elle et projeta ses sens vers l'amont. Aussitôt, elle perçut des sons venus de bien plus loin, qui résonnaient sous ses pattes : des coups de griffe, de dent, le clapotis de l'eau prise au piège, les pas sourds de grands animaux marron marchant sur un tas de bois. Elle devinait leurs corps massifs tandis qu'ils tiraient d'autres branches encore dans la rivière.

La voix de Bouton de Rose la fit soudain sursauter.

« Nuage de Colombe ? Tout va bien ? »

La novice rouvrit les yeux et vit que la patrouille l'avait dépassée. La guerrière du Clan de la Rivière, qui fermait la marche, s'était retournée pour l'observer.

« Euh… oui, oui, fit-elle en courant la rejoindre. Ça va. »

Le feuillage s'épaississait au-dessus de leur tête et bloquait les rayons du soleil, au point que les félins avaient l'impression de traverser un tunnel frais et peu éclairé. Nuage de Colombe repéra même une grande flaque d'eau au pied de la berge.

« Regarde ! miaula-t-elle en donnant à Bouton de Rose un petit coup de queue amical pour attirer son attention. Il y a peut-être des poissons là-dedans.

— Oui, peut-être », répondit l'autre, les oreilles dressées, avant de s'approcher de l'eau.

Pelage d'Écume vint la rejoindre aussitôt.

« Il y en a ? demanda-t-il.

— Oui ! annonça la guerrière, la queue dressée. Ils ont dû tous se réfugier là quand le reste de la rivière s'est évaporé.

— Tu crois que tu peux en attraper ? s'enquit Cœur de Tigre, curieux.

— Évidemment, lui assura Pelage d'Écume, une lueur de fierté dans les yeux.

— Vous autres, reculez, ordonna Bouton de Rose. Si vos ombres glissent sur l'eau, les poissons sauront qu'ils sont menacés.

— C'est comme nous, quand nous restons face au vent », murmura Nuage de Colombe à Pelage de Lion tandis qu'ils s'écartaient.

Pelage d'Écume et Bouton de Rose se tapirent au bord de la mare et attendirent, les yeux rivés sur la surface de l'eau. L'attente se prolongea. Après avoir trépigné d'impatience, Nuage de Colombe se força à rester immobile, de crainte que les poissons ressentent les vibrations dans le sol. Ils attendirent encore, et encore. Elle finit par avoir mal aux pattes et sa fourrure commença à lui démanger. Elle se retint même de bâiller. *C'est vraiment comme ça que les membres du Clan de la Rivière attrapent leurs proies ? Ça a intérêt à être bon, le poisson.*

Tout à coup, Pelage d'Écume lança la patte et projeta un poisson hors de l'eau dans une pluie de gouttelettes. Le poisson tomba sur le lit sec de la rivière où il frétilla jusqu'à ce que Bouton de Rose le tue d'un coup de patte.

« Voilà, fit-elle. Les autres se sont sans doute cachés dans les coins les plus sombres mais nous en avons au moins un.

— Venez goûter ça, lança Pelage d'Écume. Vous n'avez rien vécu tant que vous n'avez pas dégusté du poisson ! »

Les yeux brillants, les deux guerriers de la Rivière regardèrent leurs compagnons approcher d'un pas timide. Aile Rousse fut la première à goûter prudemment la proie offerte.

« Euh… non merci, miaula-t-elle en se léchant le museau. Je crois que je vais me contenter des lapins.

— Moi aussi, ajouta Fleur d'Ajoncs après avoir à peine touché au poisson. Désolée, je crois que je ne pourrai jamais m'habituer à manger un truc pareil.

— Moi, je suis sûr que j'y arriverai ! lança Cœur de Tigre en prenant une grosse bouchée. C'est délicieux ! »

Nuage de Colombe attendit que Patte de Crapaud et Pelage de Lion aient pris leur part avant de s'accroupir devant le poisson et de mordre dans sa chair. Le goût fort n'était pas déplaisant, mais elle préférait la souris ou l'écureuil.

« Merci, c'est vraiment… différent », déclara-t-elle en se reculant pour laisser aux deux pêcheurs le soin de finir leur prise.

Lorsqu'ils se remirent en route, elle se rendit compte qu'elle avait du poisson plein les pattes et les moustaches. *Crotte de souris ! Maintenant, je ne sens plus rien d'autre !*

Un peu plus loin, la rivière dessinait un méandre. Patte de Crapaud s'arrêta soudain et se tourna vers eux.

« Grimpez sur la berge tout de suite ! leur ordonna-t-il.

— Quoi ? Qu'est-ce qui se passe ? s'inquiéta Pelage de Lion.

— Contentez-vous d'obéir. »

Ses yeux étaient exorbités et ses poils dressés sur son échine.

Sa crainte se propagea aux autres tel un courant d'air. Nuage de Colombe grimpa sur la rive en même temps que ses compagnons et Patte de Crapaud les entraîna sous les arbres sans arrêter de fouetter l'air avec sa queue. De là, ils poursuivirent leur marche.

Cœur de Tigre s'écarta d'eux un instant pour regarder dans le lit asséché.

« Oh… »

Curieuse, Nuage de Colombe fila le rejoindre en dépit d'une nouvelle mise en garde de Patte de Crapaud. Elle dut ravaler un jet de bile lorsqu'elle vit pourquoi le guerrier du Clan de l'Ombre les avait fait sortir de là à toute vitesse. La dépouille d'un cerf gisait dans le ravin, les pattes raides tendues vers le ciel, et bloquait le passage. Des mouches vrombissaient tout autour et une odeur de pourriture douçâtre imprégnait l'air.

Nuage de Colombe recula en vitesse alors que les autres s'approchaient à leur tour.

« Vous ne pourrez pas dire que je ne vous avais pas prévenus, miaula Patte de Crapaud devant leur air dégoûté. Je l'ai senti de loin – à peine, car le vent nous soufflait dans le dos – et je voulais l'éviter.

— Tu as bien fait, miaula Aile Rousse. Il a pu mourir de maladie.

— Je pense plutôt qu'il est mort de soif», répondit Pelage d'Écume d'un ton triste.

Les chats redescendirent dans le ravin dès qu'ils se furent suffisamment éloignés de la charogne. Ils broyaient tous du noir comme si un sombre nuage flottait au-dessus de leur tête. Nuage de Colombe comprit qu'ils pensaient tous à leurs camarades restés près du lac, qui avaient eux aussi désespérément besoin d'eau.

« Je ne comprends pas, murmura Nuage de Colombe à Pelage de Lion. J'aurais dû flairer le cerf avant Patte de Crapaud, non ?

— Comme il l'a expliqué, le vent était contre nous. Sans compter que... sans vouloir te faire de peine, tu pues le poisson. »

Nuage de Colombe soupira avant de reprendre :

« Peut-être... mais j'aurais dû être plus alerte. »

Qu'ai-je raté d'autre ?

Peu après, Cœur de Tigre ralentit pour se laisser rattraper par la novice.

«Tout va bien ? s'enquit-il.

— Ce n'était qu'un cerf mort », lâcha-t-elle comme si la vue du cadavre ne l'avait pas ébranlée. Elle ne voulait pas que le jeune guerrier la traite comme un chaton sans défense. « Regarde ! s'écria-t-elle, les oreilles inclinée vers l'avant. Les arbres sont de plus en plus espacés ! »

Sa diversion fonctionna et Cœur de Tigre bondit vers l'avant pour s'en assurer. Le reste de la patrouille pressa le pas puis grimpa sur la berge où les félins se placèrent en ligne devant les arbres. À travers les troncs, Nuage de Colombe aperçut un champ où des créatures au poil gris-blanc paissaient tranquillement.

« Qu'est-ce que c'est ? s'étonna Bouton de Rose. On dirait d'énormes boules de toile d'araignée !

— Oh, ce ne sont que des moutons, répondit Aile Rousse. Nous en voyons souvent sur le territoire du Clan du Vent.

— Leur fourrure moelleuse est idéale pour garnir les nids », ajouta Fleur d'Ajoncs.

Aile Rousse prit la tête de la patrouille et s'aventura dans le champ en restant parallèle au lit de la rivière. Nuage de Colombe se sentit aussitôt mal à l'aise à découvert, sans rien entre elle et le ciel. Heureusement, la présence des membres du Clan du Vent, qui avaient l'habitude de ce genre de paysage, la rassurait. Tout à coup, un jappement retentit derrière eux et l'odeur d'un chien lui envahit les sens. Elle fit volte-face et aperçut un Bipède qui marchait à l'orée du bois avec un petit chien marron et blanc sur ses talons.

Dès que le cabot flaira les chats, il fonça droit vers eux en aboyant plus fort encore. Prise de panique, Nuage de Colombe regarda partout autour d'elle mais il n'y avait nul arbre où s'abriter à part dans la forêt qu'ils venaient de quitter.

« Courez ! » hurla Patte de Crapaud.

La patrouille fila droit vers l'autre bout du champ. Nuage de Colombe jeta un coup d'œil vers l'arrière.

« Le chien gagne du terrain ! » miaula-t-elle.

Aile Rousse suivit son regard avant de lancer à la cantonade :

« Dirigez-vous vers les moutons !

— Quoi ? s'étrangla Cœur de Tigre, qui manqua de trébucher en se tournant vers la guerrière blanche. Pourquoi ?

— Les Bipèdes ne laissent jamais les chiens s'approcher des moutons, expliqua la chatte, pantelante. Si nous arrivons à les rejoindre, nous devrions être en sécurité. »

Nuage de Colombe obtempéra, effrayée. Comme tous ses compagnons de voyage, elle se glissa entre les pattes de ces drôles d'animaux.

Les moutons s'étaient rassemblés les uns contre les autres et poussaient des cris aigus qui trahissaient leur peur du chien. À travers les corps dodus et gris, Nuage de Colombe aperçut le corniaud à quelques longueurs de queue du troupeau, qui jappait de plus belle. Puis les moutons se mirent à tourner en rond dans le champ, d'un seul mouvement. Les chats n'eurent d'autre choix que de les imiter en s'efforçant d'éviter leurs pattes maigres et leurs sabots aiguisés. Nuage de Colombe se retrouva écrasée entre deux pelages gris et perdit ses compagnons de vue. *Au secours ! Où sont-ils tous partis ?*

Tout à coup, le cri autoritaire d'un Bipède couvrit les bêlements des moutons. Les jappements cessèrent. Nuage de Colombe ne voyait plus le chien mais elle entendit le martèlement de ses pattes s'éloigner à contrecœur vers le Bipède.

Peu à peu, les moutons ralentirent, puis s'arrêtèrent près de la haie à l'autre bout du champ sans cesser de bêler. Nuage de Colombe se faufila pour sortir du troupeau et aperçut non loin Cœur de Tigre et Pelage de Lion qui s'extirpaient ensemble de cet amas de poils. Patte de Crapaud les suivit dans le champ, bientôt imité par Bouton de Rose et Pelage d'Écume. Un instant plus tard, Aile Rousse et Fleur d'Ajoncs apparurent un peu plus bas.

« Nous devons sortir du champ ! lança Aile Rousse. Traversez la haie ! »

Nuage de Colombe obéit et se glissa, le ventre pressé contre les feuilles mortes et les débris qui jonchaient le sol, sous des branches épineuses qui lui griffèrent le dos. De l'autre côté se trouvait une bande d'herbe qui longeait une étrange étendue de roche noire où la patrouille se rassembla pour reprendre haleine.

Nuage de Colombe écarquilla les yeux en voyant l'allure de ses compagnons : leurs pelages étaient pleins de touffes de poils de mouton et une odeur âcre flottait autour d'eux. *Je ne suis pas mieux,* constata-t-elle avec dégoût en chassant de son épaule des filaments gris. *Au moins, personne n'est blessé.*

Elle se pencha pour lisser la fourrure de son poitrail et grimaça tant le goût était répugnant. Soudain elle sursauta, alertée par un coup de tonnerre. Le ciel était pourtant bleu, avec de rares volutes blanches poussées ici et là par le vent. Pourtant le tonnerre continuait à gronder, se rapprochait même, accompagné par une puanteur amère et brûlante qui la fit suffoquer.

Nuage de Colombe regarda à droite et à gauche, déroutée par le bruit, la pestilence et l'impression qu'une chose énorme et brillante, aussi solide que le roc…

« Reculez ! » hurla Pelage de Lion.

Il poussa Nuage de Colombe et Bouton de Rose dans la haie piquante. La novice manqua de tomber dans les épines lorsqu'une créature argentée gigantesque passa à toute allure devant eux, portée par d'étranges pattes rondes.

« Que… qu'est-ce que c'était que ça ? balbutia-t-elle en se relevant.

— Un monstre, lui apprit Pelage de Lion, tendu. Ils courent sur des Chemins du Tonnerre tel que celui-là. » Du bout de la queue, il lui montra l'étrange sentier de pierre noire. « Nous en avons vu plein lorsque nous avons traversé le territoire des Bipèdes pour retrouver Sol.

— Pendant le Grand Périple aussi, nous avons dû en traverser, ajouta Aile Rousse. Et l'un d'eux passait dans l'ancienne forêt. Ils sont dangereux. Nous devons tous être prudents. »

Nuage de Colombe s'approcha lentement du bord du Chemin du Tonnerre et le renifla avec curiosité. Elle fronça la truffe tant il empestait. Le reste de la patrouille l'imita ; Cœur de Tigre posa une patte sur la surface noire avant de l'ôter aussitôt.

« Assez traîné, miaula Pelage de Lion. Traversons-le tant qu'il n'y a personne. » Il s'approcha de Nuage de Colombe et murmura : « C'est bon ou tu entends approcher des monstres ? »

Nuage de Colombe projeta ses sens autour d'elle, à l'affût d'une autre créature terrifiante, mais il n'y avait rien.

« Oui, c'est bon.

— D'accord. » Pelage de Lion haussa la voix pour ordonner : « Suivez-moi aussi vite que vous le pouvez et ne vous arrêtez pas ! »

Il sauta aussitôt sur le Chemin du Tonnerre. Nuage de Colombe en fit autant sans le quitter des yeux. Ils atteignirent le coteau opposé et furent stoppés par une barrière de gros fils brillants entrecroisés qui s'élevait bien au-dessus de la tête de la novice.

« Et maintenant, qu'est-ce qu'on fait ? gémit Pelage d'Écume. On ne peut pas aller plus loin.

— Par ici ! lança Patte de Crapaud, à quelques longueurs de queue. Il y a un trou dans la clôture, je pense qu'on pourra s'y faufiler. »

Il s'aplatit au sol et rampa pour se glisser dans une petite ouverture en bas de la clôture avant de se relever de l'autre côté.

« Venez, c'est facile », les pressa-t-il.

Aile Rousse l'imita et, lorsque Nuage de Colombe passa à son tour, elle frémit en sentant les durs filaments lui griffer le dos. Les autres les rejoignirent ensuite, sous l'œil attentif de Pelage de Lion. Une fois tout le monde en sécurité, il se coula à son tour dans l'ouverture en grognant sous l'effort.

Nuage de Colombe s'immobilisa un instant pour regarder tout autour. Un champ plat s'étendait devant eux, couvert d'une herbe plus verte qu'elle n'en avait vu depuis le début de la sécheresse. Au-delà du champ se dressaient des tas de nids de Bipèdes en pierre rouge. Nuage de Colombe n'aurait jamais imaginé qu'il puisse y en avoir autant dans un même endroit. Un brouhaha s'échappait de chacun d'eux, comme des coups de tonnerre à répétition. Elle frémit, car le vacarme bloquait ses sens. Les Bipèdes criaient et hurlaient, cognaient et rugissaient dans un tapage incessant.

Nuage de Colombe tenta en vain de bloquer cette agression sonore pour se concentrer sur les chats qui l'entouraient, sur ce qu'elle pouvait voir juste devant elle. À cet instant, elle se rendit compte qu'elle ne percevait *plus rien*.

« Où est la rivière ? » hoqueta-t-elle.

CHAPITRE 16

♣

PELAGE DE LION ENTENDIT LE cri paniqué de son apprentie. Il s'approcha doucement et lui passa la queue autour des épaules.

« Calme-toi, chuchota-t-il. Tout ira bien. »

Pelage d'Écume regarda alentour avant de déclarer :

« L'eau ne remonte pas les pentes. La rivière doit être par là. »

Du bout de la queue, il montra une rangée d'herbes hautes à la lisière de la prairie verdoyante.

« Allons voir », suggéra Patte de Crapaud.

Il laissa Pelage d'Écume prendre la tête de la patrouille et les félins avancèrent à la queue leu leu le long de la clôture. À mi-chemin, Pelage de Lion entendit des voix. Un groupe de petits Bipèdes surgit en criant à tue-tête et en donnant des coups de patte dans une espèce de rocher rond et lisse.

« Dépêchez-vous ! » lança-t-il à ses compagnons comme les Bipèdes fonçaient droit sur eux.

Tous les félins détalèrent, la queue au vent. Pelage de Lion sentit le sol trembler sous ses pattes : les Bipèdes se rapprochaient, sans cesser de crier ni de s'envoyer le rocher rond. Soulagé, le matou plongea dans les herbes folles à l'orée du champ. Soudain, il poussa un cri car le sol se dérobait sous ses pattes. Il dégringola en arrière et atterrit lourdement sur une étendue de terre semée de cailloux.

«Tu as retrouvé la rivière!» se réjouit Bouton de Rose, qui l'avait suivi.

Étourdi, Pelage de Lion vit qu'il était de nouveau dans le ravin; les herbes hautes se rejoignaient presque au-dessus de sa tête. Ses compagnons étaient dispersés autour de lui. Chacun se relevait en examinant ses coussinets griffés et sa fourrure ébouriffée. Apparemment, il n'était pas le seul à avoir fait cette chute.

«J'ai avalé tous les gravillons qui tapissaient le lit de cette rivière! pesta Cœur de Tigre en crachant.

— Ça m'étonnerait, gronda Patte de Crapaud en s'ébrouant. Parce que j'en ai plein la fourrure!»

Pelage de Lion repéra Nuage de Colombe, tapie près d'un rocher pointu.

«J'aurais dû entendre les Bipèdes arriver! souffla-t-elle. J'aurais dû savoir ce qui allait se passer, pour vous prévenir.»

Pelage de Lion jeta un coup d'œil sur les autres, qui se préparaient à repartir.

«Nuage de Colombe a un gravier dans la patte, cria-t-il. On vous rejoint dans un instant.»

Puis il se pencha vers son apprentie pour que les autres ne l'entendent pas.

«Tu n'es pas responsable de notre sécurité à tous, répéta-t-il. Tu as été choisie pour cette mission parce que tu as été la première à sentir la présence des animaux marron qui bloquent la rivière, mais cela ne signifie pas que nous soyons incapables d'entendre ou de voir quoi que ce soit, et incapables de nous protéger.»

Nuage de Colombe le regarda d'un air malheureux.

«Je déteste cet endroit, c'est trop près des Bipèdes, murmura-t-elle. Tout est trop fort – les bruits, les odeurs, les images dans ma tête. Ça me perturbe! Je peux juste me concentrer sur ce qui est tout près.» Elle avait le regard vide. «J'ai l'impression d'être aveugle!»

Du bout de la truffe, Pelage de Lion lui effleura l'oreille pour la réconforter. Il venait de comprendre qu'il avait trop compté sur elle pour être informé de ce qui les attendait sur leur parcours.

Nous y parviendrons, même sans ses pouvoirs, se dit-il. *Après tout, d'autres ont accompli des voyages plus périlleux en se fiant à des sens ordinaires.*

«Ça va aller, miaula-t-il. Au moins, nous avons retrouvé la rivière.»

Il entendait toujours les bruits des Bipèdes, au-delà des herbes hautes – leurs voix étaient entrecoupées par les rebonds sourds de l'étrange rocher rond.

«Ça ne peut pas être de la pierre, fit remarquer Fleur d'Ajoncs, les oreilles frémissantes. Ils se casseraient les pattes, si c'en était.»

Au même instant, le rocher atterrit dans les grandes tiges, au bord du ravin. Cœur de Tigre et Fleur d'Ajoncs bondirent pour aller l'examiner.

«Attention!» s'exclamèrent en même temps Aile Rousse et Patte de Crapaud avant d'échanger un regard gêné.

Les deux jeunes guerriers les ignorèrent. Cœur de Tigre remonta jusqu'au bord du ravin et, du bout de la truffe, il poussa la boule.

« Ce n'est pas de la pierre ! s'étonna-t-il. Regardez, c'est tout léger ! »

Il donna un autre coup de truffe dans la chose, qui s'éloigna de lui, plus légère qu'une brindille.

« Cervelles de souris ! » maugréa Pelage de Lion. Le matou se précipita vers la boule qu'il poussa de toutes ses forces pour l'envoyer le plus loin possible. « Ne touchez pas à ça ! lança-t-il à Cœur de Tigre et Fleur d'Ajoncs. Ça appartient aux Bipèdes ! »

Avant que les trois chats aient eu le temps de redescendre se dissimuler dans le ravin, l'un des deux jeunes Bipèdes déboula en criant quelque chose à ses camarades. Pelage de Lion supposa qu'il cherchait la boule.

« Cachez-vous ! feula-t-il. Baissez la tête ! »

Tapi près des deux autres, il se sentait très vulnérable au milieu des tiges vertes. Cœur de Tigre était tendu, lui aussi, mais Fleur d'Ajoncs semblait très calme. Immobile et silencieuse, elle fixait le jeune Bipède.

Je comprends, se dit Pelage de Lion. *Les membres du Clan du Vent sont habitués à être à découvert.*

Le guerrier au pelage doré eut l'impression que plusieurs lunes passèrent avant que le Bipède trouve la boule et s'en aille avec elle. Peu à peu, les cris s'éloignèrent. Les trois félins redescendirent dans la rivière asséchée. Patte de Crapaud y attendait son camarade de Clan en faisant le gros dos.

« Tu as perdu la tête ? demanda-t-il. Tu veux que les Bipèdes t'attrapent ?

— Désolé », marmonna-t-il.

Aile Rousse foudroya Fleur d'Ajoncs du regard – la jeune chatte courba l'échine en guise d'excuses.

« Remettons-nous en route, miaula Patte de Crapaud. Nous avons perdu suffisamment de temps ici.» Il partit en courant, puis jeta un coup d'œil derrière lui et ajouta: «Ces animaux marron ne risquent pas d'être dans le coin, si?

— Euh... ben non», balbutia Nuage de Colombe.

Le lit de la rivière contournait la butte où jouaient les Bipèdes pour se glisser entre deux rangées de nids en pierre rouge bordés de pelouses qui descendaient jusqu'à la rive. Pelage de Lion se félicita de voir que des arbres surplombaient le ravin. Cette végétation leur fournirait de l'ombre et les dissimulerait, ce qui ne serait sans doute pas inutile car des cris de jeunes Bipèdes s'échappaient de presque tous les nids.

Lorsqu'il grimpait de temps en temps sur le talus, Pelage de Lion repérait des petits Bipèdes qui se couraient après ou qui tapaient dans d'autres boules étranges. Une fois, il vit même un jeune Bipède qui se balançait en criant joyeusement, assis sur un bout de bois attaché à une branche d'arbre par deux grandes tiges.

«Qu'est-ce que c'est que ça, à ton avis? demanda-t-il à Aile Rousse, qui l'avait rejoint sur le talus.

— Je n'en ai aucune idée, admit la chatte en haussant les épaules. Quoi que ce soit, ce petit s'amuse bien.»

La patrouille progressait inlassablement sous le soleil. Le ventre de Pelage de Lion se mit à miauler famine. Leur gibier du matin lui paraissait très loin. Aile Rousse et Fleur d'Ajoncs s'excitèrent soudain: elles échangeaient des murmures pressants, les oreilles dressées et les moustaches frémissantes.

«Quelque chose ne va pas? s'enquit-il.

— On a flairé des lapins! lui apprit Fleur d'Ajoncs, les yeux brillants.

— Quoi ? fit Patte de Crapaud avec mépris. Des abeilles vous bourdonnent dans la tête ? Des lapins ne vivraient jamais si près des Bipèdes.

— Oui, les Bipèdes les chasseraient sans doute pour les manger, ajouta Cœur de Tigre.

— Et pourtant, il y a bel et bien des lapins, insista Aile Rousse en foudroyant du regard les guerriers du Clan de l'Ombre. Et tout près. »

Elle se remit en route, la truffe en alerte, Fleur d'Ajoncs à son côté.

Pelage de Lion se tourna vers son apprentie :

« Elles disent vrai ? » s'étonna-t-il.

À sa grande déception, celle-ci baissa la tête.

« Je ne sais pas. Je ne sens toujours rien, marmonna-t-elle. Ce n'est pas ma faute, d'accord ? Il y a trop de bruits !

— D'accord, d'accord », se hâta-t-il de répondre pour qu'elle se calme avant que leurs compagnons ne s'inquiètent.

Tout à coup, Aile Rousse s'élança, talonnée par Fleur d'Ajoncs. Les deux guerrières du Clan du Vent grimpèrent sur la rive et disparurent dans l'herbe grasse qui bordait le ravin.

« Crotte de souris ! » pesta Patte de Crapaud avant de les poursuivre.

Pelage de Lion et les autres l'imitèrent puis s'arrêtèrent brusquement sur la rive pour regarder entre les touffes d'herbe.

« Elles avaient raison ! souffla Bouton de Rose. Il y a deux lapins ! »

Dès qu'il vit les rongeurs à la fourrure noir et blanc, Pelage de Lion sentit l'eau lui monter à la bouche. Jeunes et dodus, ils grignotaient au milieu de la pelouse qui s'étendait jusqu'au nid de Bipèdes sans se douter que des prédateurs les épiaient. Pour une raison qui lui échappait, ils étaient entourés par une clôture de tiges brillantes mais suffisamment basse pour qu'il soit possible de passer par-dessus.

Aile Rousse et Fleur d'Ajoncs étaient déjà tapies à proximité, prêtes à bondir. Pelage de Lion s'aplatit contre le sol et rampa vers elles. Patte de Crapaud et le reste de la patrouille se déployèrent pour intercepter les lapins au cas où ceux-ci tenteraient de s'enfuir. Il vit Aile Rousse bander ses muscles et, au moment où elle allait sauter, un cri retentit dans un arbre voisin.

« Hé ! Vous, là ! Arrêtez tout de suite ! »

Pelage de Lion vit avec stupéfaction trois chats domestiques sauter de l'arbre et accourir pour se placer entre les deux guerrières du Clan du Vent et les lapins. Un matou roux large d'épaules, au regard jaune et brûlant, avançait en tête, suivi par une petite chatte blanche et un gros chat tigré noir et brun.

Le chat roux se campa devant Aile Rousse. Ses deux compagnons – qui semblaient terrifiés, avec leurs oreilles rabattues et leur pelage hirsute – stoppèrent derrière lui.

« Vous ne pouvez pas chasser ces lapins, déclara le matou en montrant les crocs.

— On parie ? rétorqua Fleur d'Ajoncs avant de se redresser. On se battra pour les avoir, s'il le faut. Vous devriez entretenir votre marquage si vous voulez que les autres chats restent en dehors de votre territoire !

— De notre quoi ? gémit la petite chatte blanche. Qu'est-ce que tu miaules ?

— Votre territoire ! feula Patte de Crapaud, venu se placer à côté de Fleur d'Ajoncs. Ne faites pas semblant d'être bêtes au point de ne pas savoir ce que c'est.

— Ça, c'est le nid de mes maisonniers, répondit le noir et brun.

— Mais les lapins ne sont pas dedans, pas vrai ? rétorqua Aile Rousse comme si elle s'adressait à des chatons particulièrement lents. Tant qu'ils ne se trouvent pas dans un territoire bien marqué, n'importe qui peut les chasser.

— Non, pas du tout, insista le matou roux, le poil dressé sur l'échine.

— Écoute, espèce de chat domestique… gronda Pelage de Lion.

— C'est ridicule, le coupa Fleur d'Ajoncs. Voilà deux lapins tout à fait comestibles, qui n'attendent que de se faire croquer, et nous restons là à nous quereller. Est-ce que vous les chassez, vous ? demanda-t-elle aux trois nouveaux venus. Parce que sinon… »

Les chats domestiques étaient horrifiés.

« Bien sûr que non ! s'écria le mâle tigré. Ces lapins appartiennent à mes maisonniers.

— On aurait de gros problèmes si on voulait en faire nos proies, ajouta le chat roux.

— C'est vrai, enchérit la chatte blanche. Tout le monde ici sait ce qui est arrivé à cet autre matou du coin qui avait mangé les lapins de ses maisonniers. » Elle ajouta à voix basse : « Ils l'ont emmené chez le Coupeur et, quand il est revenu, il n'était plus le même. »

Pelage de Lion et les autres membres de la patrouille échangèrent des coups d'œil, déconcertés.

« On aura tout vu, soupira Pelage d'Écume. Des chats domestiques protégeant des lapins de Bipèdes !

— Et alors ? gronda Patte de Crapaud. Ça ne m'empêchera pas d'attraper ces lapins. Ils ont l'air bien gras et assez lents pour que n'importe qui puisse les attraper, et pas seulement les chasseurs du Clan du Vent. »

Il fonça sur la clôture et commença à l'escalader. Aussitôt, le chat roux saisit sa queue entre ses crocs et tira de toutes ses forces pour qu'il redescende.

Patte de Crapaud retomba, se releva péniblement et fit volte-face, les griffes sorties.

« Recule, chat domestique ! cracha-t-il. Tu crois que tu peux m'arrêter ?

— Non ! feula Pelage de Lion en s'interposant entre eux. Nous trouverons du gibier ailleurs.

— Il n'a pas tort, soupira Aile Rousse. Ces lapins sont trop bien protégés. On risque de se faire blesser. »

Patte de Crapaud décocha un coup d'œil mauvais au mâle roux puis se détourna brusquement. Plantés devant la clôture, les trois chats domestiques regardèrent la patrouille dévaler la pelouse et redescendre dans la rivière à sec.

Pelage de Lion était celui qui avait empêché le combat, néanmoins il avait du mal à contrôler sa colère. *Quel gâchis ! De si beaux lapins… Ça nous aurait fait un festin.*

« Ces chats domestiques vont croire qu'ils nous ont battus ! s'écria Patte de Crapaud, jetant un coup d'œil dans son dos avant de sauter dans le ravin. Regardez-les ! Comme j'aimerais leur faire ravaler cet air satisfait…

— Aile Rousse a raison, lui rappela Bouton de Rose. Nous devons rester en bonne santé jusqu'à ce que nous retrouvions l'eau.

— D'accord, grommela Patte de Crapaud. Mais ils verront ce qu'ils verront, quand nous repasserons par là pour regagner le lac. »

La patrouille poursuivit en silence. Les nids de Bipèdes rapetissèrent bientôt loin derrière eux, et ils se retrouvèrent dans un bosquet.

« Je crois que nous devrions nous arrêter là pour chasser », suggéra Pelage d'Écume.

Pelage de Lion remarqua que Bouton de Rose et lui étaient de nouveau épuisés.

« Bonne idée, répondit-il malgré la moue impatiente de Patte de Crapaud. Nous ne savons pas quand l'occasion se représentera. »

Le guerrier du Clan de l'Ombre poussa un soupir outré.

« Très bien, qu'on en finisse. Et espérons qu'il n'y aura pas d'autres chats domestiques stupides pour se mettre dans nos pattes.

— J'entends un oiseau, là-bas, murmura Nuage de Colombe, la queue en panache, les oreilles inclinées vers l'autre côté du bosquet. Il cogne un escargot contre une pierre. »

Pelage de Lion tendit l'oreille, en vain.

« Vas-y », lui permit-il, content que la novice puisse de nouveau se servir de ses pouvoirs.

Nuage de Colombe s'élança gaiement et Pelage de Lion leva la truffe. Il détecta un écureuil dans un arbre. Il grimpa au tronc, et venait d'atteindre la dernière branche sous sa proie lorsqu'un miaulement aigu monta du sol.

« Rebonjour ! »

L'écureuil se redressa, sur le qui-vive, puis sauta dans l'arbre voisin où il disparut parmi l'épais feuillage. Pelage de Lion poussa un grognement exaspéré. En baissant les yeux, il reconnut la chatte blanche. Assise au pied de l'arbre, elle l'étudiait, amicale.

« À cause de toi, mon repas s'est enfui, gémit-il en redescendant.

— Désolée. Je voulais juste te regarder chasser. Je me disais bien que vous vous arrêteriez ici. Vous devez vraiment vous débrouiller tout seuls pour manger ? Nous, nous attrapons des souris, de temps en temps, mais nous n'y sommes pas obligés. Franchement, qui voudrait manger un tas d'os et de fourrure ? »

Plein de chats, se dit Pelage de Lion lorsqu'elle fit une pause pour reprendre son souffle. Pouvait-on vraiment être si naïf ? Comme il aperçut un autre écureuil près d'un roncier, il la salua et fila vers sa proie.

Mais la chatte blanche continua à le suivre.

« Tu chasses cet écureuil ? Est-ce que je peux observer ta technique ? Je ne ferai pas de bruit. »

Trop tard ! Pelage de Lion grogna en voyant sa proie dresser l'oreille. Le rongeur grimpa à un arbre, s'arrêta sur une branche où il couina comme pour les insulter, puis disparut plus haut.

« Je m'appelle Avalanche, dit-elle encore sans se rendre compte de ce qu'elle avait fait. Le roux, c'est Séville, et le tigré, Puzzle. Merci d'avoir laissé les lapins tranquilles. C'est vrai, ce qui est arrivé à l'autre chat, celui qui a mangé les lapins de ses maisonniers… »

Pelage de Lion inspira profondément avant de se tourner vers elle.

« C'est gentil de vouloir bavarder, mais je suis occupé, tu vois », cracha-t-il.

Il avait gaspillé sa salive. Avalanche était visiblement trop bête pour comprendre des sous-entendus.

« Qu'est-ce que vous faites ici ? s'enquit-elle en scrutant au loin les autres chasseurs qui, eux, pouvaient traquer leur gibier en paix. Vous vous êtes enfuis de votre nid de Bipèdes ? Vous vous êtes perdus ? Vous cherchez à rentrer chez vous ? »

Pelage de Lion leva la queue dans l'espoir de faire cesser le flot de questions.

« Non, nous ne sommes pas des chats domestiques, expliqua-t-il en tâchant de ne pas se sentir offensé. Nous vivons dans des Clans, près d'un lac, en contrebas.

— Des Clans ? reprit-elle, médusée.

— Des groupes de chats qui vivent ensemble. Nous avons un chef qui...

— Qu'est-ce que c'est que ce raffut ? »

Les fougères s'écartèrent au passage de Patte de Crapaud, dont le pelage s'était hérissé. Il déposa la souris qu'il tenait dans la gueule et ajouta :

« Pour l'amour du Clan des Étoiles, vous faites assez de bruit pour faire fuir tout le gibier.

— Bonjour, miaula Avalanche, pas le moins du monde impressionnée par la mauvaise humeur du guerrier du Clan de l'Ombre. Je m'appelle Avalanche. Et toi ? »

Patte de Crapaud adressa un regard surpris à Pelage de Lion.

« Peu importe, fit ce dernier. Nous sommes en mission et tu ne peux pas nous aider, alors, s'il te plaît, laisse-nous tranquilles.

— Une mission ? Ouaouh !

— Nous cherchons où est partie toute l'eau », expliqua Pelage de Lion tandis que le reste de la patrouille approchait, curieux de voir ce qui se passait. Nuage de Colombe déposa une grive et Pelage d'Écume ajouta fièrement un campagnol. « Nous pensons que d'étranges animaux marron ont bloqué la rivière.

— Vraiment ? Je me suis souvent demandé ce qui s'était produit, répondit Avalanche de sa voix fluette. Je l'aimais bien, moi, la rivière. C'était si agréable de s'allonger dans l'herbe et de regarder les insectes vrombir au-dessus de l'eau ! »

Patte de Crapaud leva les yeux au ciel.

« Est-ce que je peux venir avec vous ? miaula-t-elle soudain. Ce serait chouette ! Ces animaux marron sont peut-être des chiens... qu'est-ce que vous en dites ? Ou des lapins géants !

— Non, désolé, tu ne peux pas nous accompagner, rétorqua Pelage d'Écume. Tu ne serais pas capable de te débrouiller. »

Avalanche examina les proies que la patrouille avait réussi à capturer.

« Vous n'êtes pas très doués vous-mêmes, apparemment, marmonna-t-elle.

— On s'en contente très bien, répliqua le guerrier de la Rivière. Maintenant, file voir tes maisonniers. »

D'un mouvement de la queue, Patte de Crapaud signala le départ de la patrouille.

« Nous mangerons plus tard », gronda-t-il.

Aile Rousse prit la grive de Nuage de Colombe, Bouton de Rose se chargea de la souris et Pelage de Lion du campagnol. Avant de redescendre dans le lit de la rivière, il jeta un coup d'œil en arrière et vit Avalanche, assise là où ils l'avaient laissée, qui les regardait s'éloigner. Elle baissait piteusement la tête.

Pelage de Lion, se sentit coupable de l'abandonner ainsi et rebroussa chemin.

« Hé, tu veux goûter un bout de campagnol ? proposa-t-il en lâchant le rongeur devant elle.

— Avec la fourrure et le reste ? se récria-t-elle, horrifiée. Non merci ! »

Pelage de Lion entendit les reniflements moqueurs et les ronrons amusés de ses compagnons de route.

« Très bien, au revoir », lança-t-il.

Il pensa de justesse à reprendre le campagnol et rejoignit les autres.

Le soleil avait décliné. Au crépuscule, ils atteignirent une vallée encaissée aux arbres centenaires, bien plus vieux que tous ceux qu'ils avaient vus jusque-là. Aile Rousse, qui était partie en éclaireuse, trouva un tronc fendu et creux dont le fond était tapissé d'une épaisse couche de feuilles mortes et assez large pour qu'ils s'y tiennent tous.

« Bravo ! bâilla Pelage de Lion. Ici, nous ne craignons rien. »

Il insista tout de même pour qu'ils montent la garde à tour de rôle. Épuisé par la nuit précédente où il avait pris le tour de Nuage de Colombe, il ne protesta pas lorsque Pelage d'Écume se porta volontaire pour prendre le premier quart. Il se glissa à l'intérieur du tronc et remarqua que, cette fois-ci, personne ne semblait se soucier de savoir contre qui il s'allongeait. Le guerrier s'installa avec délices au côté de son apprentie. Il s'endormit presque aussitôt.

Peu de temps après, Pelage de Lion fut réveillé par une patte plantée dans ses côtes. Le clair de lune s'infiltrait par la fissure et il vit Nuage de Colombe qui l'observait, les yeux brillants.

« Qu'y a-t-il ? marmonna-t-il.

— Les animaux marron ! Je les entends ! lui annonça-t-elle en remuant le bout de la queue. Nous y sommes presque. »

CHAPITRE 17

⚜

ŒIL DE GEAI LEVA LA TÊTE, la truffe au vent. À mesure que le crépuscule approchait, la chaleur se dissipait. Une douce brise faisait frémir les feuilles des arbres qui surplombaient la combe rocheuse et soulevait la poussière du sol de sa tanière. Quelques guerriers étaient rassemblés autour du petit tas de gibier. Leurs murmures lui parvenaient vaguement à travers le rideau de ronces.

Il soupira en se disant qu'il aurait bien aimé avoir les sens surdéveloppés de Nuage de Colombe pour pouvoir suivre la progression de la patrouille. Pelage de Lion et les autres étaient partis depuis deux jours et Œil de Geai ignorait s'ils cherchaient toujours les animaux marron ou s'ils les avaient trouvés, eux et l'eau prisonnière. La nuit passée, il avait tenté de pénétrer les rêves de Pelage de Lion et s'était retrouvé à fouler le lit sec de la rivière, entouré d'arbres étranges dont les branches courbes formaient une voûte au-dessus de sa tête. Il avait repéré l'odeur de son frère et avait même cru apercevoir le bout d'une queue dorée avant qu'elle disparaisse derrière un rocher. Mais il eut beau courir et appeler, il ne parvint pas à le rattraper et Pelage de Lion ne se retourna pas.

Il est trop loin, avait conclu Œil de Geai à regret en s'éveillant, les pattes endolories comme s'il avait vraiment pourchassé son frère toute la nuit. *Tu ne peux plus le rattraper, maintenant.*

Il mourait d'impatience de parler à son frère : il avait besoin de lui raconter son altercation de la veille avec Pelage de Brume au bord du lac. Il était toujours ébranlé par la haine qui avait émané du guerrier du Vent et il avait l'impression d'entendre les voix du Clan des temps révolus lui souffler des mises en garde qu'il ne comprenait pas tout à fait.

Je n'arrive pas à croire que ce sac à puces galeux soit mon demi-frère !

Le rideau de ronces frémit sur le passage d'un chat. Œil de Geai reconnut Pelage de Poussière à son odeur.

« Je suis venu te demander d'autres remèdes, expliqua le guerrier avant d'ajouter à contrecœur : Je n'ai presque plus mal au dos, aujourd'hui, alors ils ont dû faire effet.

— Je suis content de l'apprendre, répondit Œil de Geai. Attends, je vais te les chercher. »

Tandis qu'il se dirigeait vers la réserve au fond de la tanière, Pelage de Poussière lança :

« Et si un autre en a besoin ?

— Non, c'est bon, le rassura le guérisseur en prenant quelques feuilles de tanaisie et de pâquerette avant de revenir. Mange ça », ordonna-t-il en posant la tanaisie devant lui.

Pendant ce temps, il mâcha les feuilles de pâquerette pour en faire un cataplasme qu'il étala à la base de la colonne vertébrale de son camarade, où la douleur était le plus vive.

« Merci. » Alors que le guerrier était sur le point de sortir, il ajouta, un peu gêné : « Fleur de Bruyère m'a dit de te transmettre ses remerciements. Elle prétend que j'étais invivable, à me plaindre sans cesse d'avoir mal au dos et à ne rien faire pour que ça s'améliore.

— J'ai peine à le croire », murmura Œil de Geai, un peu amusé, lorsque le malade ressortit.

Le bruit des pas de Pelage de Poussière venait à peine de mourir au loin qu'un nouveau félin franchit le rideau de ronces.

« Bonjour, Cœur Cendré, miaula Œil de Geai, qui ressentit aussitôt l'angoisse de la jeune guerrière. Quelque chose ne va pas ?

— Je vais bien, mais je me fais du souci pour Pavot Gelé, répondit-elle en se glissant dans la tanière.

— Qu'est-ce qu'elle a ? s'inquiéta aussitôt le guérisseur. Ce sont ses petits ?

— Oh, non, physiquement, tout va bien. Son ventre a la bonne taille, elle n'a pas de fièvre et ne vomit pas.

— Tant mieux. »

Et tu es bien placée pour en juger, Museau Cendré. Seuls Feuille de Lune et lui savaient l'étrange vérité concernant Cœur Cendré, la réincarnation de Museau Cendré, la guérisseuse qui avait péri en protégeant Poil de Châtaigne d'un blaireau au moment où Cœur Cendré naissait. Celle-ci ne se doutait pas de la raison pour laquelle elle connaissait tant de choses sur les remèdes ni pourquoi des images de l'ancien camp du Clan du Tonnerre hantaient ses rêves. Feuille de Lune et Œil de Geai s'étaient mis d'accord pour ne rien lui dire. C'était une guerrière, à présent, et si le Clan des Étoiles avait choisi de donner une seconde chance à Museau Cendré, ils ne devaient pas s'en mêler.

« C'est juste que je la trouve triste et renfermée, poursuivit Cœur Cendré. Tu peux faire quelque chose pour elle ? »

Sa question dérouta Œil de Geai. *Qu'est-ce qu'elle attend de moi ?*

« Je préfère ne pas lui donner de remèdes pendant sa grossesse, expliqua-t-il. Sauf en cas d'urgence.

— Oui, mais…

— Tu m'as dit qu'elle n'était pas malade, poursuivit-il. Si tout va bien…

— Justement, *tout* ne va pas bien, le coupa-t-elle à son tour. Au contraire, *rien ne va* ! Oh, Œil de Geai, Feuille de Houx me manque tellement ! »

Le guérisseur eut l'impression de recevoir une pierre dans le ventre. Chaque jour, il s'efforçait de ne pas penser à sa sœur. Chaque jour, il y échouait.

« À moi aussi, murmura-t-il.

— Oui, j'imagine, répondit-elle d'un ton compatissant. Il n'y a rien de pire que de perdre un frère ou une sœur. C'est peut-être pour ça que Pavot Gelé est si triste… Parce que Pelage de Miel n'est plus là. » Elle soupira avant de reprendre : « Désolée de t'avoir dérangé pour rien, Œil de Geai. »

Elle sortit de la tanière et l'aveugle l'imagina sans mal, tête basse, le bout de la queue traînant dans la poussière. Il retourna ensuite dans la réserve et passa en revue son stock de remèdes. Graines de pavot… tanaisie… bourrache… *Non, il n'y a là rien qui permette de guérir la tristesse.* Comme il n'y avait rien qu'il puisse dire ou faire pour que Pavot Gelé cesse de pleurer sa défunte sœur.

Roulé en boule dans son nid de mousse et de fougère, Œil de Geai se laissa dériver vers le sommeil et déploya son esprit vers les rêves de Pavot Gelé. À sa grande surprise, il se retrouva sur le sentier escarpé qui menait à la Source de Lune. L'astre de la nuit projetait sa pâle lumière sur les rochers et la lande qui bordaient le chemin, et faisait luire la fourrure écaille et blanc de la chatte qui avançait devant lui en silence.

« Pavot Gelé ! » lança-t-il.

La jeune reine sursauta avant de se tourner doucement vers lui, les yeux exposés à la lumière des étoiles.

« Qu'est-ce que tu fais là ? » lui demanda-t-il.

Elle ne parut guère surprise de le trouver là.

« J'ai tant rêvé de ce sentier rocheux depuis que Pelage de Miel est morte ! s'exclama-t-elle. Je veux tellement la revoir… Et je l'entends qui m'appelle, de là-haut, quelque part… »

D'un signe de la tête, elle lui désigna la crête qui se découpait sur le ciel étoilé.

Œil de Geai dressa l'oreille, guettant la voix de la jeune guerrière disparue. Mais il ne perçut rien que le souffle discret du vent sur la lande.

« Je ne l'entends pas, miaula-t-il.

— Moi, si. »

Si Pavot Gelé parlait avec calme, et le regard clair, sa voix trahissait sa tristesse.

Des fourmis coururent sous la fourrure d'Œil de Geai. Pavot Gelé suivait un sentier réservé aux guérisseurs.

« Tu devrais rentrer au camp », lui conseilla-t-il.

Il se souvenait de la façon dont il lui avait sauvé la vie, quand elle était chaton. Elle avait attrapé le mal vert et il était allé la chercher dans le Clan des Étoiles. Elle l'avait suivi avec joie car elle n'était pas prête à quitter les camarades dont elle venait à peine de faire la connaissance.

« Cet endroit n'est pas pour toi.

— Non, je dois poursuivre ! » Pavot Gelé fit volte-face et s'élança dans la montée, de plus en plus vite, jusqu'à ce qu'elle disparaisse dans une volute de brume. Elle ajouta d'une voix qui semblait venir de très loin : « Je dois voir Pelage de Miel ! »

Œil de Geai se réveilla en sursaut, les griffes grattant la mousse. À la brise tiède qui lui soufflait sur le museau, il sut que le soleil était déjà levé. Il avait les pattes meurtries comme s'il avait passé la nuit à marcher sur des cailloux. Il se traîna hors de son nid en bâillant et gagna la clairière, où le soleil chauffait le sol nu. Œil de Geai tenta de s'imaginer la combe telle qu'elle était naguère, verdoyante et fraîche, sachant que tout devait être à présent bruni et désséché. Le ventre noué par l'angoisse, il s'approcha de la pouponnière et glissa la tête à l'intérieur. Il entendit les respirations douces de chattes endormies et flaira les odeurs de Fleur de Bruyère, Chipie et Pavot Gelé, blotties les unes contre les autres. Un peu rassuré, il ressortit sans les déranger.

Je garderai un œil sur Pavot Gelé, se promit-il.

« Ça, c'est une feuille de patience, annonça-t-il en la coinçant entre deux griffes pour la montrer à tous les apprentis.

— Comme si on ne savait pas », marmonna Nuage de Lis.

Œil de Geai ravala une repartie cinglante. La jeune novice était toujours de mauvaise humeur parce que

Nuage de Colombe avait été envoyée en mission sans elle, ce qu'il pouvait comprendre. Cependant, Étoile de Feu voulait qu'il enseigne à tous les apprentis les utilisations de base des plantes et Nuage de Lis devait les apprendre comme les autres.

« Les feuilles de patience, frottées contre des coussinets douloureux, soulagent les irritations, poursuivit-il. Et on en trouve presque partout, ce qui en fait un remède bien pratique.

— Si j'ai bien compris, quand on fait un long voyage, on a intérêt à en chercher en chemin, c'est ça ? » lança Nuage de Bourdon.

Oups, jeune mâle tu n'aurais pas dû dire ça, songea Œil de Geai tandis que Nuage de Lis crachait sur son camarade de tanière.

« Effectivement, confirma-t-il. Ou si on marche sur un caillou pointu, ajouta-t-il pour éviter de parler de voyage.

— Il ne faudrait pas plutôt des toiles d'araignée ? s'enquit Nuage d'Églantine.

— Seulement en cas de saignement important. Sinon, pour les écorchures, des feuilles de souci ou de prêle suffisent. D'ailleurs, voici des feuilles de souci, poursuivit-il en leur en montrant une. Je n'ai pas de prêle pour le moment. Vous pourrez demander à vos mentors d'en chercher quand vous irez vous entraîner. Ce serait bien que vous puissiez m'en rapporter.

— Et si un chat mange de la chair à corbeau ou un truc dangereux de Bipèdes ? Notre mère nous a raconté que c'était arrivé dans le Clan de la Rivière, miaula Nuage de Pétales de sa voix aiguë. Qu'est-ce que tu leur donnes ?

— C'est un peu compliqué à expliquer, déclara Œil de Geai. Aujourd'hui, nous abordons les douleurs et les blessures bénignes. Ça, ça arrive tous les jours, alors que les cas d'empoisonnement ne se voient qu'une fois par saison, et encore.

— Mais on devrait quand même savoir que faire, non ? insista Nuage de Bourdon.

— Vous ne comptez pas devenir guérisseurs, pas vrai ? Les cas les plus sérieux… »

À son grand soulagement, il entendit des bruits de pas et reconnut l'odeur de Cœur d'Épines, qui passa la tête derrière le rideau de ronces.

« Tu as fini ? s'enquit le guerrier. Les autres mentors et moi voulons les emmener chasser.

— Oui, on va chasser ! se réjouit Nuage de Pétales en se levant d'un bond. Je vais attraper le plus gros lapin de toute la forêt !

— Ne fais pas de promesse que tu ne pourras pas tenir, rétorqua Cœur d'Épines sèchement. Alors je peux te les prendre, Œil de Geai ?

— Avec plaisir, répondit l'aveugle. Et n'oubliez pas la prêle ! » lança-t-il aux apprentis qui détalaient vers la clairière.

Après leur départ, le guérisseur gagna la tanière des anciens. Lorsqu'il se glissa dans le noisetier, Poil de Souris et Isidore dormaient encore, roulés en boule l'un contre l'autre près du tronc. Longue Plume, déjà réveillé, s'étirait longuement.

« Bonjour ! miaula-t-il. J'espérais bien que tu passerais. »

La voix affaiblie de l'ancien alarma aussitôt Œil de Geai. Il considérait toujours Longue Plume comme un matou vigoureux qui avait rejoint les anciens simplement à cause de sa cécité, mais il se rendait compte à présent qu'il vieillissait, lui aussi.

« Qu'est-ce que je peux faire pour toi ?

— Je me demandais si tu avais des nouvelles de la patrouille partie explorer la rivière.

— Non, lui apprit Œil de Geai. Nous n'en savons pas plus que toi.

— C'est malheureux, soupira le matou. Tout le monde continuera à s'inquiéter tant qu'ils ne seront pas tous rentrés sains et saufs.

— Je sais. Nous ne pouvons rien…

— Œil de Geai ! »

Le guérisseur se tourna vers Fleur de Bruyère, qui l'avait hélé depuis le seuil de la tanière des anciens.

« Que se passe-t-il ? Quelqu'un est malade ?

— Non, mais Pavot Gelé est introuvable. Tu l'as vue ? »

Œil de Geai ne prit pas la peine de lui rappeler qu'il ne voyait *rien*.

« Elle dormait dans la pouponnière, tout à l'heure.

— Eh bien, elle n'y est plus, lui apprit la reine en entrant dans la tanière, plus troublée qu'inquiète.

— Elle n'est pas ici non plus, lui apprit Longue Plume.

— Je ne la trouve nulle part ! » s'écria Chipie en entrant à son tour. Dans sa hâte, elle faillit pousser Œil de Geai sur Poil de Souris, qui dormait toujours. « Elle n'est pas dans la tanière des apprentis, ni au petit coin et…

— Nous sommes trop à l'étroit, ici, la coupa le guérisseur avant de l'entraîner gentiment vers l'extérieur. Si nous réveillons Poil de Souris et Isidore, ils nous arracheront les oreilles. » Tout en poussant Chipie et Fleur de Bruyère dehors, il jeta un dernier coup d'œil à Longue Plume. « Dès que j'ai des nouvelles, je te le ferai savoir, promis.

— Merci, Œil de Geai. »

Dehors, le guérisseur se planta devant les deux reines.

« Bon, racontez-moi tout depuis le début.

— Quand je me suis réveillée, Pavot Gelé n'était pas dans la pouponnière, expliqua Chipie. Fleur de Bruyère ignorait où elle était partie. Au début, nous ne nous sommes pas inquiétées, mais comme elle tardait à rentrer, nous sommes parties à sa recherche.

— Elle n'est plus dans le camp », ajouta Fleur de Bruyère.

Œil de Geai se demanda s'il y avait vraiment lieu de paniquer. Pavot Gelé ne mettrait pas bas avant une lune encore, elle ne risquait donc rien à partir se promener.

« Il faut prévenir quelqu'un, suggéra Chipie.

— Mais qui ? reprit Fleur de Bruyère. Étoile de Feu a emmené une patrouille pour rapporter de l'eau du lac. Poil de Fougère et Poil de Châtaigne sont partis chasser avec Griffe de Ronce…

— Cœur Cendré entraîne son apprentie », compléta Œil de Geai. *Et il vaudrait mieux éviter de prévenir Truffe de Sureau,* songea-t-il en se rappelant que le guerrier avait traité durement sa compagne lorsqu'ils s'étaient croisés près du lac. « Je ne pense pas qu'il faille s'inquiéter, poursuivit-il. Pavot Gelé est sans doute partie se dégourdir les pattes, ou boire au lac.

— Tu dois avoir raison », répondit Fleur de Bruyère, soulagée.

Cependant, l'angoisse de Chipie parvenait toujours par vagues à Œil de Geai. Mais la reine au pelage crème ne protesta pas quand sa camarade l'entraîna vers la pouponnière.

Le guérisseur regagna son antre, où il prépara des remèdes pour Pelage de Poussière. Il ne s'était pas montré tout à fait franc avec le guerrier en lui assurant qu'il avait largement de quoi le traiter. Il n'avait pas voulu admettre que ses réserves de tanaisie étaient au plus bas, de peur que le vétéran refuse de se soigner.

Alors qu'il avait la tête dans la réserve, il sentit plus qu'il n'entendit la présence de quelqu'un à l'extérieur. En reculant, il reconnut l'odeur de Chipie.

« Entre », lui lança-t-il en se retenant de soupirer, guère surpris qu'elle soit revenue le voir.

La chatte s'arrêta devant lui et de mit à griffer le sol.

« Je m'inquiète horriblement pour Pavot Gelé ! Elle va vraiment mal, ces derniers temps.

— Qu'est-ce qui te fait dire ça ? lui demanda-t-il en repensant aux paroles de Cœur Cendré. Ses petits vont très bien. Ils se portent au mieux, je les ai entendus gigoter dans tous les sens. Et les guerriers s'assurent qu'elle ait toujours à boire et à manger.

— Ce n'est pas la question, s'impatienta la chatte. C'est Truffe de Sureau. Pavot Gelé pense qu'il ne l'aime pas. »

Œil de Geai se retint de grogner. *Je n'ai pas de temps à perdre avec ce genre d'histoires !*

« Eh bien, il est vrai qu'il était amoureux de Pelage de Miel, avant.

— Comment peux-tu dire une chose pareille ! s'indigna-t-elle. Peu importe qui il a aimé avant. Maintenant, c'est Pavot Gelé, sa compagne.

— Détrompe-toi, ça peut avoir son importance. »

Pour moi, c'est logique. Tout le monde sait que Truffe de Sureau voulait que Pelage de Miel devienne sa compagne, avant qu'elle se fasse tuer par le serpent.

« Pavot Gelé a peur que Truffe de Sureau les rejette, elle et les chatons, poursuivit Chipie. Elle pense qu'il veut retrouver Pelage de Miel.

— Ça, ça ne risque pas d'arriver.

— Je le sais ! Mais, pour Pavot Gelé, ça ne suffit pas. Elle n'est plus du tout logique. Et si elle avait décidé de quitter le Clan pour toujours ?

— Elle ne ferait jamais une chose pareille », la rassura-t-il. *Ah, les chattes, elles paniquent toujours pour un rien !* « Mais j'en toucherai un mot à Étoile de Feu lorsqu'il reviendra du lac. Peut-être qu'il enverra quelques guerriers à sa recherche. »

Par contre, je ne sais pas de qui nous pourrons nous passer, il y a tant à faire entre la chasse, l'entraînement et les patrouilles pour aller chercher de l'eau...

Il raccompagna gentiment Chipie dehors et lui fit traverser la clairière jusqu'à la pouponnière. Il devinait qu'elle était toujours inquiète, mais il ne pouvait rien faire de plus.

Il s'approcha ensuite de la paroi rocheuse pour vérifier que le serpent n'était pas repassé par l'un des trous bouchés par ses soins. Il était midi tout juste passé et le sol lui brûlait les pattes. Par cette chaleur, aucun risque que les anciens viennent prendre le soleil sur le rocher plat.

Tant mieux, je n'aurai pas à écouter les histoires d'Isidore !

Pendant qu'il délogeait chaque pierre pour renifler l'intérieur des trous, Œil de Geai repensa au jour où Pelage de Miel s'était fait mordre par le serpent. Il grimaça soudain en ressentant l'horreur qu'avait éprouvée Truffe de Sureau en voyant la jeune chatte se tordre sous les effets du venin. La douleur fulgurante du guerrier avait laissé comme des lambeaux de souvenir au pied de la paroi rocheuse.

Son chagrin était tel que Truffe de Sureau aurait préféré que le serpent le morde lui, plutôt que Pelage de Miel. Si Pavot Gelé le sait, elle a de bonnes raisons de vouloir s'enfuir.

Œil de Geai s'arrêta un instant de faire rouler le caillou qu'il poussait du bout du museau. Il eut un horrible pressentiment – et sut aussitôt où Pavot Gelé était partie.

Il quitta le camp à toute allure et retrouva avec soulagement l'ombre fraîche des arbres. L'air y était si humide qu'il sortit la langue comme pour le lécher, ce qui ne lui donna que plus soif encore.

Cervelle de souris ! Tu te prends pour un chaton ?

Il s'ébroua et fila jusqu'à la crête qui dominait le lac. Là, l'air était chaud et sec, poussé par un vent brûlant qui portait les odeurs et les miaulements des chats se trouvant au bord de l'eau. Grâce à ses rêves, il savait à quoi le lac ressemblait habituellement. Il essaya de l'imaginer tel qu'il était maintenant, beaucoup plus petit, cerné de bourbe et de pierres.

Même les tunnels inondés ont dû sécher, depuis le temps.

Sur la crête, Œil de Geai s'arrêtait tous les deux pas, la truffe au sol. Il finit par débusquer la trace de Pavot Gelé sur une touffe d'herbe. *Oui! J'avais raison!* Il remonta la piste sur la crête, jusqu'à la frontière du Clan du Vent. Le parfum de sa camarade était à peine perceptible, si près du marquage de leurs voisins.

Le cœur serré, Œil de Geai comprit que ses doutes étaient fondés. Pavot Gelé essayait de retrouver l'itinéraire qu'elle avait suivi en rêve, jusqu'à la Source de Lune.

Cervelle de souris!

À la poursuite de la reine, Œil de Geai s'engagea sur le sentier longeant le torrent qu'il connaissait si bien. Cependant, au bout de quelques pas il flaira une autre odeur, un peu plus fraîche que celle de Pavot Gelé, et qui la recouvrait presque. Comme si cet autre chat la suivait.

Pelage de Brume! Que fait-il ici?

Chapitre 18

♣

Tout excitée, Nuage de Colombe sentit ses poils se dresser tandis qu'elle regardait son mentor, les yeux levés vers le clair de lune qui filtrait à l'intérieur du tronc.

« Qu'est-ce que tu détectes ? lui murmura-t-il tout bas pour ne pas réveiller les autres ni alerter Bouton de Rose, qui montait la garde au-dehors.

— Des grattements qui résonnent dans le sol, répondit-elle après avoir fermé les yeux. Du bois que l'on grignote... et le bruit sourd d'arbres abattus heurtant le sol ! Les animaux marron tirent ces arbres dans la rivière et les empilent pour former une espèce de barrière. » Elle inspira profondément et ajouta : « Oh ! Je sens aussi l'eau ! Elle est prise au piège derrière les arbres... Quelles sont ces créatures ? »

Elle rouvrit les yeux et surprit l'air alarmé de son mentor. Voyant qu'elle le fixait, celui-ci adopta aussitôt un comportement déterminé.

« Combien sont ces animaux ?

— Je ne sais pas trop... » Elle tenta de se concentrer sur les bêtes qui se déplaçaient entre les arbres, mais l'image n'était pas assez précise pour qu'elle puisse les compter. « Moins que nous, je pense. »

Du bout de la queue, il lui caressa l'épaule.

« Tout ira bien », promit-il.

Nuage de Colombe en doutait. Car ce qu'elle n'avait pas dit à son mentor, c'est que ces animaux seraient difficiles à battre. Ils étaient bien plus lourds que des chats, très musclés et trapus – les guerriers auraient du mal à les déséquilibrer. Ils possédaient de longues incisives puissantes et acérées, et des pattes griffues. Elle frémit en pensant aux blessures qu'ils pouvaient infliger. La peur de conduire la patrouille vers un combat perdu d'avance pesait aussi lourd qu'une pierre dans son ventre.

Pelage de Lion sortit de l'arbre creux pour remplacer Bouton de Rose. Nuage de Colombe avait déjà pris son quart, si bien qu'elle essaya de se rendormir, mais elle ne parvint pas à repousser les bruits venus de plus loin. Elle sursautait chaque fois qu'un arbre s'effondrait ou qu'une branche grinçait contre une autre. Elle tentait toujours de trouver le sommeil, lorsque les pâles lueurs de l'aube filtrèrent jusqu'à elle et réveillèrent les autres.

« Par le Clan des Étoiles ! pesta Cœur de Tigre en s'ébrouant pour faire tomber les feuilles mortes collées à son pelage. Nuage de Colombe, tu gigotes plus qu'un tas de vers de terre !

— Désolée », marmonna-t-elle.

Cœur de Tigre enfouit un instant sa truffe dans la fourrure de la novice pour lui montrer qu'il ne lui en tenait pas rigueur, puis sortit au grand air. Nuage de Colombe et les autres le suivirent et ils terminèrent les restes de leurs prises de la veille. Nuage de

Colombe remarqua que Pelage d'Écume et Bouton de Rose avaient déjà l'air en meilleure forme.

Ils devaient vraiment mourir de faim, dans le Clan de la Rivière, si le peu que nous avons attrapé jusqu'ici a suffi à les remplumer un peu !

Au-dessus des arbres, le ciel était d'un blanc laiteux. Une froide bourrasque charriait des nuages et ébouriffait le pelage des chats.

« Il y a des lunes qu'il n'a pas fait si frais, miaula Bouton de Rose en frémissant. Le temps va peut-être enfin changer.

— Ce ne serait pas un mal », grogna Patte de Crapaud.

Après le repas, Pelage de Lion prit la tête de la patrouille et fit signe aux autres de le suivre.

« Ce n'est plus très loin, les encouragea-t-il. Nous sommes tout près de ces animaux, maintenant.

— Comment le sais-tu ? demanda Patte de Crapaud, méfiant, les yeux réduits à deux fentes.

— Dans la vision envoyée par le Clan des Étoiles, ils étaient juste après le territoire des Bipèdes », expliqua Pelage de Lion avec un hochement de tête discret à l'intention de Nuage de Colombe.

Elle avait beau craindre la réaction des autres s'ils découvraient ses aptitudes spéciales, les dissimulations de son mentor la contrariaient. *Ça ne le dérange pas de se servir de mes pouvoirs, alors pourquoi me traite-t-il comme si j'étais un fardeau pour le Clan du Tonnerre ?*

« N'oubliez pas de faire attention aux arbres qui tombent, les mit-elle en garde. Et, quand nous serons arrivés, l'eau sera très profonde, alors faites attention à ne pas tomber dedans.

— Tout ça aussi, c'était dans ton rêve ? s'enquit Patte de Crapaud, incrédule.

— Tout à fait. » Pelage de Lion se tut un instant pour se donner un coup de langue sur le poitrail, comme s'il réfléchissait à toute vitesse. « Elle a vu les animaux marron renverser les arbres et... le Clan des Étoiles l'a prévenue, pour la profondeur de l'eau. N'est-ce pas, Nuage de Colombe ? »

La novice hocha la tête à contrecœur.

« C'était une sacrée vision ! s'écria Pelage d'Écume. Étoile de Feu n'a rien dit de tel lors de l'Assemblée.

— Eh bien, il n'avait pas besoin de tout raconter », se défendit-il, mal à l'aise, en foudroyant Nuage de Colombe du regard.

Celle-ci le dévisagea innocemment. *Tu t'es mis dans ce pétrin tout seul, débrouille-toi pour t'en sortir !*

Tandis que la patrouille progressait dans le ravin qui remontait doucement dans la vallée, le bruissement des arbres malmenés par le vent empêchait Nuage de Colombe d'entendre ce qui se passait plus loin. Elle tendait l'oreille pour guetter les animaux marron, et sursauta lorsque Cœur de Tigre miaula tout près d'elle

« C'est trop chouette, non ? On va trouver ces bestioles et ensuite... paf ! Rendez-nous notre eau ! Elles ne pourront pas refuser. Dans le cas contraire... eh bien... »

Il se ramassa sur lui-même, puis bondit en donnant de puissants coups de patte avant dans l'air.

Nuage de Colombe, qui avait du mal à croire que ce serait si facile, aurait préféré que son compagnon de voyage se taise un peu. Elle réprima un soupir quand Fleur d'Ajoncs s'approcha d'elle, de l'autre côté.

« Quel vantard ! Comme tous les membres du Clan de l'Ombre, miaula la guerrière du Clan du Vent. Regarde ça. »

La jeune chatte se tourna brusquement vers Cœur de Tigre, qui faillit la percuter. Elle sauta en poussant un cri terrible, se retourna en l'air et retomba derrière lui.

« Ah ! raté ! s'écria-t-il.

— Je n'essayais pas de te sauter dessus, rétorqua Fleur d'Ajoncs. Heureusement pour toi.

— Ah oui ? Essaie donc, alors, et on verra ! »

Nuage de Colombe s'écarta lorsque Cœur de Tigre se jeta sur la guerrière du Clan du Vent et lui donna un coup de patte sur la nuque, sans sortir les griffes. La chatte se laissa tomber sur le flanc et faucha son adversaire pour lui faire perdre l'équilibre. Les deux jeunes félins roulèrent au sol et, comme le ravin était étroit, Bouton de Rose dut grimper sur la berge pour ne pas se faire écraser.

« Arrêtez tout de suite ! gronda Pelage de Lion en s'interposant entre les deux combattants. Cervelles de souris ! Vous voulez vous blesser avant même qu'on arrive à destination ? »

Cœur de Tigre et Fleur d'Ajoncs se séparèrent aussitôt et se relevèrent, la fourrure en bataille et pleine de poussière.

« J'aurais gagné à la phase suivante, marmonna Cœur de Tigre.

— Dans tes rêves ! »

Comme pour clore le combat, la jeune chatte, du bout de la queue, lui asséna une pichenette sur l'oreille avant de s'éloigner.

Nuage de Colombe remarqua le regard inquiet que Pelage de Lion portait sur Fleur d'Ajoncs. Elle semblait boitiller, comme si elle s'était de nouveau fait mal à l'épaule. Puis le matou se tourna vers Cœur de Tigre et le fixa avec une expression indéchiffrable.

À quoi pense-t-il, encore? se demanda Nuage de Colombe.

Au sommet de la montée, le terrain s'aplanit et les arbres se firent plus rares. Le vent était tombé et Nuage de Colombe distinguait plus clairement encore le vacarme des animaux marron. Comme si la patrouille l'avait entendu aussi et venait de comprendre l'urgence de la situation, tous pressèrent le pas, Patte de Crapaud en tête, au point qu'ils se mirent presque à courir.

Pelage de Lion sauta sur la berge pour savoir ce qui les attendait plus loin et s'arrêta net, la queue dressée.

«Venez voir ça!

— Qu'est-ce qu'il y a?» s'inquiéta Aile Rousse.

Le guerrier du Clan du Tonnerre ne répondit pas. Il se contenta d'agiter la queue pour les inciter à le rejoindre.

Lorsqu'elle eut grimpé au côté de son mentor, Nuage de Colombe sentit son cœur s'emballer. Elle savait depuis le début ce qu'ils découvriraient, pourtant le voir en vrai était plus effrayant encore.

Droit devant eux, le ravin serpentait dans une zone boisée irrégulière. Sur les berges, de nombreux arbres avaient été coupés proprement à environ deux longueurs de queue du sol, laissant des moignons pointus dressés vers le ciel. On aurait dit qu'un animal gigantesque s'était écrasé au bord du ravin en aplatissant les arbres de chaque côté.

Mais les dégâts ne sembleraient pas si… systématiques.

Clairement visible par-delà les troncs abattus, une énorme barrière de branches s'étendait en travers du lit de la rivière. Elle avait un aspect bombé, comme une colline, et semblait presque aussi haute qu'un nid de Bipède.

Nuage de Colombe se recroquevilla, les yeux fermés, le ventre pressé contre le sol. Les bruits qui lui parvenaient étaient assourdissants : grognements, grattements, coups de dent et de griffe, martèlements sourds de grosses pattes claquant sur le bois. Elle dut puiser dans toutes ses forces pour les bloquer, les contrôler afin de rester concentrée sur son environnement proche.

« C'est donc ça qui retient la rivière », murmura Pelage d'Écume.

Un silence abasourdi suivit ses paroles. Bouton de Rose le brisa :

« Nous devrons pousser ces branches pour les écarter.

— Non, mieux vaut les enlever carrément du ravin, contra Patte de Crapaud. Sinon, qui sait où elles pourraient finir ?

— Peu importe, tant que l'eau est libérée, ajouta Pelage de Lion.

— Et nous devrons nous reculer le plus possible lorsque la barrière cédera, conseilla Aile Rousse.

— Attendez. » Nuage de Colombe se releva péniblement et parla d'une voix enrouée. « Ces animaux sont encore là. Ils ont *construit* cette barrière pour piéger l'eau. »

Un autre silence choqué. Patte de Crapaud finit par hausser les épaules.

« Nous devrons les chasser, c'est tout », déclara-t-il.

Nuage de Colombe était certaine que ce ne serait pas si facile mais elle ne trouva rien d'utile à dire.

« N'aie pas peur, lui glissa Cœur de Tigre à l'oreille. Je veillerai sur toi. »

Cette fois-ci, elle était trop perturbée pour protester. Elle suivit Pelage de Lion tandis qu'il entraînait le reste de la patrouille à couvert, dans le ravin.

« Je propose que nous attendions qu'il fasse nuit pour attaquer. Nous devons d'abord inspecter les deux côtés de la barrière, parce que, pour l'instant, ces bêtes ont l'avantage de connaître le terrain bien mieux que nous.

— Bonne idée, répondit Aile Rousse.

— Et nous ne devons pas oublier que chaque Clan devra se battre à la mesure de sa force, ajouta Pelage de Lion. Nous…

— J'ai confiance en ma force, Pelage de Lion, le coupa Patte de Crapaud. Occupe-toi donc de la tienne. »

Le guerrier du Clan du Tonnerre soutint le regard du matou brun sombre mais ne releva pas le défi à peine voilé. Nuage de Colombe fut déstabilisée par la tension palpable entre les deux combattants, ainsi que par l'angoisse qu'elle percevait chez les autres membres de la patrouille. Ce n'était pas le moment de se disputer ! Plus que jamais, ils avaient besoin de s'entraider pour libérer l'eau.

Aile Rousse prit la tête du groupe et le fit sortir du ravin pour l'entraîner dans les bois en contournant le tas de bûches qui dépassait sur la berge. Elle s'arrêta au pied du premier arbre abattu et le renifla prudemment.

« Grandes dents ! » murmura-t-elle à Pelage de Lion, les oreilles dressées vers le sommet pointu des souches, où des traces d'incisives étaient clairement visibles.

Pelage de Lion répondit par un hochement de tête prudent, et le ventre de Nuage de Colombe se serra à l'idée que ces grosses dents transpercent sa fourrure. L'odeur des animaux était partout. Nuage de Colombe l'avait repérée depuis longtemps, mais à présent la pestilence était bien plus forte, mélange de musc et de poisson.

« Hé, ils sentent un peu comme le Clan de la Rivière, murmura Cœur de Tigre, une lueur taquine dans le regard.

— Ne le répète pas à Pelage d'Écume ou Bouton de Rose », lui conseilla Nuage de Colombe, qui n'était guère d'humeur à plaisanter.

Suivant Aile Rousse entre les arbres, elle prit peu à peu conscience d'une autre présence, un peu plus loin. *Des Bipèdes !* Elle faillit donner l'alerte, avant de juger que cela lui attirerait encore des ennuis. *Il y a des nids de peaux verts identiques à ceux qu'on a vus sur le territoire du Clan de l'Ombre.*

Elle piqua un sprint et rejoignit Aile Rousse.

« Je crois que j'ai flairé une odeur de Bipèdes, chuchota-t-elle.

— Ah oui ? » La chatte blanche marqua une halte et entrouvrit la gueule pour mieux détecter les odeurs. « Oui, je crois que tu as raison. » Elle se tourna vers les autres et lança : « Il y a des Bipèdes droit devant. Faites attention. »

Les chats ralentirent l'allure, se servant des troncs et des souches pour se camoufler. Devant eux, Aile

Rousse leur fit signe de se tapir, et ils parcoururent les dernières longueurs de queue en rampant. Nuage de Colombe sortit la tête de la touffe d'herbe où elle s'était réfugiée et vit plusieurs nids de fourrure dans la clairière. Un Bipède adulte était assis sur le seuil de l'un d'eux tandis que deux autres examinaient quelque chose sur le sol, à quelques longueurs de renard de là. Ils ne ressemblaient pas aux jeunes Bipèdes qu'ils avaient vus jouer dans l'autre clairière.

Tant mieux, soupira Nuage de Colombe.

«À ton avis, que font-ils ici? s'enquit Pelage d'Écume en s'approchant un peu. Tu crois qu'ils ont un rapport avec les animaux marron?

— Ils sont peut-être venus pour les observer», hasarda Bouton de Rose.

À la lisière de la clairière, les Bipèdes avaient installé d'étranges choses noires, pourvues de longues tiges étalées sur le sol. Des Bipèdes étaient rassemblés près de ces choses et, quand ils les touchaient, on entendait des déclics aigus. Nuage de Colombe se pencha pour lécher une des tiges qui passait près de ses pattes et fit un bond en arrière en sentant le goût amer qui lui rappela la puanteur du Chemin du Tonnerre.

«Hé, regarde! lança Cœur de Tigre en s'approchant d'elle. Certains de ces Bipèdes ont de la fourrure sur le visage! Ils ont l'air bizarre.

— Tous les Bipèdes sont bizarres, rétorqua Patte de Crapaud en arrivant derrière lui. Ce n'est pas nouveau.

— Je me demande ce qu'il y a dans cette tanière verte, murmura Fleur d'Ajoncs en sortant la tête de derrière un arbre. Je sens une odeur alléchante!»

Nuage de Colombe inspira longuement et remua la truffe en percevant le fumet qui s'échappait du nid le plus éloigné. On aurait dit une odeur de gibier, mélangée à celle des Bipèdes. Son estomac gargouilla. Elle avait si faim qu'elle aurait mangé n'importe quoi.

« Je vais voir de quoi il retourne », annonça Fleur d'Ajoncs. Elle bondit dans la clairière, vers la tanière verte.

« Hé, attends ! la héla Aile Rousse, mais sa camarade ne revint pas.

— Je vais la chercher, annonça Bouton de Rose.

— Et maintenant, elles sont toutes les deux en danger », fulmina Aile Rousse, dont la queue fouettait rageusement l'air.

Nuage de Colombe retint son souffle. Fleur d'Ajoncs se dirigeait droit sur la tanière. Bouton de Rose la suivait, si concentrée sur sa compagne de voyage qu'elle ne vit pas qu'un Bipède s'approchait d'elle.

« Oh, non ! » murmura Nuage de Colombe.

D'un côté, elle ne voulait pas voir la suite, de l'autre, elle était incapable de se détourner de la scène.

Le Bipède cria quelque chose, se pencha et prit Bouton de Rose dans ses grosses pattes. Celle-ci poussa un feulement surpris et se mit à se tortiller, mais le Bipède la tint fermement. Il lui murmurait quelque chose d'une voix douce. Nuage de Colombe devina qu'il ne se montrait pas hostile.

« Je vais lui arracher les oreilles ! pesta Patte de Crapaud en se préparant à bondir dans la clairière.

— Non, attends, le retint Pelage de Lion en levant la queue pour lui barrer le passage. Regarde. »

Bouton de Rose avait cessé de se débattre. Au lieu de quoi, elle tendit le cou vers le visage du Bipède et, du bout de ses coussinets, elle lui tapota doucement l'oreille. Nuage de Colombe l'entendit même ronronner lorsque le Bipède la caressa de sa grosse patte.

« Je n'en crois pas mes yeux, miaula Cœur de Tigre, ravi. Quand je vais raconter ça aux copains... »

Le Bipède reposa Bouton de Rose et agita la patte comme s'il lui indiquait de ne pas bouger. La guerrière du Clan de la Rivière s'assit sans cesser de ronronner. Le Bipède se dirigea vers la tanière et passa sans la voir devant Fleur d'Ajoncs, qui regardait la scène depuis le seuil, figée.

Il disparut un instant à l'intérieur et ressortit en tenant quelque chose qu'il alla poser devant Bouton de Rose. Celle-ci prit l'offrande dans sa gueule, se frotta à la patte arrière du Bipède puis fila vers ses camarades, à l'orée de la clairière.

« Pourquoi vous me fixez tous comme ça ? s'étonna-t-elle en lâchant sa prise.

— Euh... parce que tu t'es montrée très amicale avec ce Bipède, répliqua Patte de Crapaud.

— Et alors ? Ça nous a évité des ennuis, non ? Oh, berk ! ajouta-t-elle en se frottant à un arbre. Je vais puer le Bipède pendant au moins une lune !

— Je suis terriblement désolée ! lança Fleur d'Ajoncs, qui venait de les rejoindre par les taillis. Je ne pensais pas qu'ils s'intéresseraient à nous.

— Tout est bien qui finit bien, murmura Pelage de Lion tandis que Bouton de Rose tentait de se débarrasser de l'odeur du Bipède. Efforçons-nous d'être plus prudents, à l'avenir. »

Curieuse, Nuage de Colombe renifla le gibier de Bipèdes, qui ressemblait à une brindille dodue et molle. Cette chose sentait la viande, le Bipède et les herbes.

« Je n'ai jamais vu un animal qui ressemble à ça, s'étonna-t-elle.

— Ça doit être du gibier de Bipèdes, suggéra Cœur de Tigre. Hé, Bouton de Rose, je peux goûter ?

— Vous pouvez tous goûter. Je ne sais pas ce que c'est, mais ça a l'air bon. »

Nuage de Colombe se tapit au sol pour prendre une bouchée. Bouton de Rose avait raison, c'était bon et cela lui réchauffa le ventre après les restes dévorés le matin.

« Dommage qu'il n'y en ait plus, annonça Cœur de Tigre en se léchant le museau, les yeux tournés avec envie vers la clairière.

— Si tu vas là-bas, Cœur de Tigre, menaça Patte de Crapaud, je m'occuperai personnellement de t'arracher les oreilles et de les donner à manger à ces bêtes marron.

— Je n'ai jamais dit…

— C'était inutile, le coupa Aile Rousse, l'air inquiet. Les Bipèdes savent déjà que nous sommes là et c'est suffisamment grave pour ne pas en rajouter. »

Une voix inconnue retentit soudain derrière eux :

« À votre place, je ne m'inquiéterais pas. Les Bipèdes s'intéressent surtout aux castors. »

Tous se retournèrent brusquement. Nuage de Colombe découvrit un matou haut sur pattes, les poils longs et bruns. Ses yeux jaunes se déplacèrent lentement sur eux.

« Alors, qui êtes-vous ? miaula-t-il enfin.

— On pourrait te demander la même chose, rétorqua Patte de Crapaud, le poil hérissé. Et que sais-tu à propos de ces Bipèdes ? »

L'agressivité du guerrier n'impressionna guère le matou qui répondit :

« Je m'appelle Copeau. Ces Bipèdes me nourrissent depuis quelques mois. »

D'un regard, Pelage de Lion mit Patte de Crapaud en garde avant de s'approcher et de saluer l'inconnu :

« Nous ne sommes pas venus voler de la nourriture, ni à toi ni aux Bipèdes. Nous sommes là à cause de la rivière bloquée.

— À cause des castors, tu veux dire ? s'étonna Copeau.

— Les castors ? répéta Aile Rousse. C'est le nom de ces animaux marron ? »

Le solitaire acquiesça.

« Ce sont de grosses bêtes méchantes aux dents acérées, expliqua-t-il, confirmant au passage les impressions de Nuage de Colombe. J'en avais déjà vu une fois, au cours de mes voyages.

— Tu t'es déjà battu contre eux ? » voulut savoir Patte de Crapaud.

L'autre ouvrit de grands yeux.

« Jamais de la vie ! Pourquoi je ferais ça ? Qu'importe, s'ils coupent des arbres ?

— Nous devons libérer l'eau pour qu'elle alimente à nouveau notre lac, expliqua Pelage d'Écume.

— Un lac ? Quel lac ?

— Le lac près duquel nous vivons, poursuivit Pelage de Lion. À deux jours de marche, en aval.

— Et vous avez fait tout ce chemin pour ça ? Pourquoi ne pas chercher un autre lac ? »

Nuage de Colombe scruta ce matou avec intérêt. Il ne sentait pas le chat domestique et ne possédait pas non plus le pelage doux et brillant des félins croisés en territoire de Bipèdes. Était-ce un solitaire ? Il semblait à l'aise, dans ces bois, seul face à une patrouille de huit félins. Il paraissait aussi en savoir beaucoup sur ces animaux marron. *Il pourra peut-être nous aider.*

«Tu ne comprends pas», insista Pelage de Lion. D'un mouvement de la queue, il invita les autres à s'enfoncer dans les broussailles, loin des Bipèdes. «Nous sommes très nombreux, à vivre près de ce lac – trop nombreux pour renoncer à notre territoire.

— Et le Clan des Étoiles nous a dit de venir ici pour découvrir ce qui bloquait la rivière !» ajouta Cœur de Tigre.

Cervelle de souris ! se dit Nuage de Colombe. *Copeau ne connaît pas le Clan des Étoiles.* Pourtant, elle fut surprise de voir que le matou hochait la tête, comme s'il avait très bien compris. *Il avait peut-être entendu parler des chats sauvages avant…*

«Nous devons chasser ces… ces castors, conclut Aile Rousse avec détermination. Ensuite, nous pourrons détruire la barrière et nous retrouverons notre eau.

— Vous avez vraiment des abeilles dans la tête, marmonna Copeau.

— Alors tu ne vas pas nous aider ? s'enquit Pelage de Lion.

— Je n'ai pas dit ça. Je vais vous conduire jusqu'à la rivière et vous montrer le barrage – c'est ce qu'ils construisent pour bloquer le cours d'eau et constituer un bassin assez profond pour abriter leur tanière. Vous changerez peut-être d'avis une fois que vous aurez vu tout ça de plus près.

— Merci, ronronna Pelage d'Écume qui labourait l'humus comme s'il avait hâte de retrouver l'odeur et la sensation de l'eau.

— Il y aura des Bipèdes tout près, les prévint Copeau avant de descendre la colline. Vous n'avez pas à vous en faire. Ils ne s'intéressent qu'aux castors. D'ailleurs, ce sont eux qui les ont amenés ici.

— Quoi ? s'étrangla Patte de Crapaud. Ce sont les Bipèdes qui les ont amenés ? Au nom du Clan des Étoiles, mais pourquoi ?

— Comment le saurais-je ? Ils voulaient peut-être que les arbres des rives soient abattus. »

Le matou brun leur fit contourner d'autres choses noires de Bipèdes avec leurs tiges qui couraient sur le sol et les ramena au lit asséché de la rivière, juste en dessous de la barrière de bois. C'était donc le barrage des castors qui retenait la rivière et l'empêchait d'alimenter le lac. Nuage de Colombe leva la tête vers le sommet du tas de troncs et de branches. *Il est si haut ! Pouvons-nous vraiment faire bouger une chose de cette ampleur ?*

Une fois sur l'autre rive, Copeau leur fit contourner une partie du bois puis les fit revenir vers la rivière.

« Il n'y a pas de Bipèdes de ce côté, expliqua-t-il. Méfiez-vous juste des castors. Vous ne serez pas les bienvenus ici, vous savez. »

Il fit halte à mi-pente, dans une zone déboisée, et les félins se placèrent sur une ligne de part et d'autre de lui pour observer la rivière piégée. Elle avait inondé cette rive-ci pour former un large bassin lisse qui reflétait le ciel gris. Çà et là, on apercevait des ronds dans l'eau, comme si des poissons étaient remontés à la surface pour gober quelques mouches.

À l'extrémité du bassin, en amont sur la rivière, s'élevait un autre monticule de branches, de brindilles et de boue. S'il dominait l'eau, il ne bloquait pas son cours, au contraire du barrage. Une forte odeur s'en échappait.

« Qu'est-ce que c'est? demanda Aile Rousse à Copeau, la queue tendue vers cette deuxième construction.

— La tanière des castors. C'est leur "hutte" et ils…

— Oh, regardez! le coupa Bouton de Rose d'une voix pépiante de chaton excité. Tant d'eau… c'est merveilleux! »

Elle dévala si vite la pente, suivie de Pelage d'Écume, que personne n'eut le temps de les retenir. Bouton de Rose se jeta à l'eau avec délices, pataugeant de bonheur, plongeant même la tête sous l'eau.

« Ils se comportent comme des poissons à fourrure, grommela Cœur de Tigre, qui s'était rapproché de Nuage de Colombe et Fleur d'Ajoncs. On dira ce qu'on voudra, ce n'est pas normal, pour des chats.

— Ils ont l'air de bien s'amuser », répondit Nuage de Colombe, un peu envieuse.

Elle était si concentrée sur les nageurs qu'elle en oublia son environnement. Tout à coup, elle perçut un mouvement au sommet du barrage. Elle pivota et remarqua deux formes trapues sur les troncs. Leurs corps étaient lisses et arrondis comme des œufs, leurs yeux petits et noirs, et leurs oreilles semblables à des feuilles poilues. Leur queue se déployait derrière eux, large et plate comme une aile dure. Ils étaient bien plus gros que des chats et semblaient aussi larges et robustes que les troncs sur lesquels ils étaient perchés.

« Des castors! lança-t-elle. Là!

— Oh, par le Clan des Étoiles! » marmonna Cœur de Tigre. Ses poils se hérissèrent et sa queue doubla de volume. « Quels animaux bizarres! »

Les deux guerriers du Clan de la Rivière nageaient toujours joyeusement sans voir les animaux qui plongèrent dans l'eau en projetant des gerbes d'éclaboussures.

« Pelage d'Écume! Bouton de Rose! hurla Nuage de Colombe en se précipitant sur la berge. Les castors arrivent! Sortez! »

Les bêtes marron glissaient sur le bassin en ridant à peine la surface de l'eau. Nuage de Colombe entendait leurs pattes s'agiter dans l'eau et devinait leur queue massive qui les guidait vers les chats.

Pelage d'Écume et Bouton de Rose les aperçurent enfin et se mirent à nager à toute vitesse vers la rive en s'éclaboussant l'un l'autre. Les castors les suivirent sans effort, la tête relevée pour éviter les vagues formées par les félins. Nuage de Colombe planta ses griffes dans le sol lorsqu'elle vit que l'avance des chats diminuait un peu plus à chaque instant.

Oh, guerriers de jadis, aidez-les!

Les deux nageurs grimpèrent sur la rive de justesse, sous le nez des castors. Leur fourrure, plaquée, dégoulinait sur le sol et leurs yeux trahissaient leur peur.

« Courez! » cria Pelage de Lion.

Tous filèrent vers les arbres au sommet de la colline. Nuage de Colombe osa un regard en arrière et vit les castors se hisser péniblement hors de l'eau, le museau levé, leurs longues incisives jaunes découvertes. Sur la terre ferme, ils étaient bien plus patauds que dans l'eau. Nuage de Colombe comprit qu'ils les sèmeraient sans problème si les castors se lançaient à leur poursuite.

Toutefois, leurs ennemis restèrent sur la berge du bassin et les fixèrent sans même tenter de les suivre. La patrouille se rassembla sous les arbres. Tremblant de froid, Bouton de Rose et Pelage d'Écume s'ébrouèrent pour se sécher.

« C'était moins une, marmonna Pelage d'Écume. Merci de nous avoir alertés.

— Par le Clan des Étoiles… souffla Patte de Crapaud. Ça ne va pas être aussi facile que prévu. »

Nuage de Colombe sentit le regard de Pelage de Lion posé sur elle. Même s'il ne dit rien, elle devinait aisément ses pensées.

Pourquoi ne nous as-tu pas dit que ce serait si difficile ?

Chapitre 19

Pelage de Lion conduisit la patrouille dans un sous-bois plus dense. Ses compagnons semblaient tout aussi choqués que lui. Les deux membres du Clan de la Rivière tremblaient toujours, blottis l'un contre l'autre, et ne cessaient de jeter des coups d'œil vers le pied de la colline comme s'ils craignaient que les castors surgissent à tout instant.

Copeau les suivit en silence et s'assit près d'eux, la queue enroulée autour des pattes.

« Ne dites pas que je ne vous avais pas prévenus », déclara-t-il dans un bâillement.

Sachant que si personne ne trouvait un plan ils échoueraient dans leur mission, Pelage de Lion inspira profondément et se lança :

« Copeau, est-ce que les castors dorment, la nuit ?

— Je ne sais pas. Moi, en tout cas, je dors. Les Bipèdes, eux, le sauraient.

— Ça nous avance bien ! Ce n'est pas comme si on pouvait les interroger ! s'impatienta Patte de Crapaud.

— Au moins, les Bipèdes ne seront plus là, la nuit, poursuivit Pelage de Lion. Et il y a quand même une chance que les castors dorment, eux aussi. Je crois que ce serait le meilleur moment pour attaquer. »

Les guerriers s'entre-regardèrent dans un climat de tension grandissante. Bouton de Rose et Pelage d'Écume fixaient le bassin à travers les arbres.

« Cette eau est à nous, murmura Pelage d'Écume.

— Venez voir, miaula Pelage de Lion en amassant un tas de brindilles du bout de la patte. Ça, c'est le barrage. Ça, le bassin, et ça... » Il traça une longue ligne dans la terre et ajouta : « ... C'est la rivière asséchée de l'autre côté.

— On devrait se séparer en deux groupes, ajouta Patte de Crapaud en plaçant ses pattes avant de chaque côté du tas de brindilles. Pour attaquer à deux endroits en même temps.

— Bonne idée, reconnut Pelage de Lion. Une fois que nous serons en haut du barrage, nous commencerons à le détruire jusqu'à ce que l'eau puisse passer au travers. Copeau, sais-tu si le barrage est creux ? Est-ce que des castors seront cachés à l'intérieur ?

— Aucune idée. Et ne comptez surtout pas sur moi pour participer à cette attaque. C'est votre combat, pas le mien.

— On ne t'aurait jamais demandé une chose pareille, répondit Pelage de Lion avec quelque regret car Copeau aurait fait un valeureux allié.

— Bon, et si on chassait, pour l'instant ? suggéra Patte de Crapaud. Ensuite, nous nous reposerons jusqu'au crépuscule.

— D'accord mais ne vous éloignez pas, ordonna Pelage de Lion. Et si vous voyez un castor, miaulez pour prévenir les autres. »

Il s'enfonça dans les bois, Nuage de Colombe à son côté, et s'arrêta quelques longueurs de queue plus loin en levant la truffe.

« Je ne sens rien à part cette sale odeur de castor, se plaignit-il.

— Pareil, ronchonna Nuage de Colombe. Regarde ça. » Elle s'arrêta devant un monticule de boue séchée mêlée de brindilles et d'herbe. De larges empreintes étaient visibles dans la boue. « Je me demande à quoi ça sert... »

Pelage de Lion s'approcha pour renifler la chose et recula aussitôt, écœuré par le fumet musqué et poissonneux.

« C'est peut-être un marquage pour délimiter leur territoire, hasarda-t-il. Si nous nous en éloignons, nous pourrons peut-être flairer du gibier. »

À son grand soulagement, la puanteur diminuait à mesure qu'ils s'enfonçaient dans les bois, loin des arbres abattus. Pelage de Lion reconnut enfin des odeurs alléchantes de souris et d'écureuil. Dès qu'il entendit un petit animal frétiller sous un buisson, il tourna la tête, avisa une souris et rampa vers elle en prenant soin de poser doucement ses pattes à chaque pas. Lorsque le rongeur tenta de s'enfuir, Pelage de Lion le piégea sous sa patte et le tua d'un coup de croc dans la nuque.

« J'en ai attrapé une, moi aussi ! » annonça son apprentie en trottant vers lui avec sa prise dans la gueule.

Pelage de Lion couvrit leurs proies de terre.

« La chasse est bien meilleure par ici, déclara-t-il, content d'avoir trouvé du gibier si vite. J'imagine que cela s'explique par la proximité de l'eau. »

En peu de temps, il attrapa un écureuil et Nuage de Colombe deux autres souris.

« Je ne m'étais jamais doutée que chasser pouvait être si facile », marmonna Nuage de Colombe, tandis qu'ils rapportaient leur butin près de la rive.

Son mentor comprit soudain que Nuage de Colombe était encore un chaton lorsque la sécheresse avait commencé. Elle n'avait jamais connu la chasse lorsque la forêt était giboyeuse.

« Ce sera comme ça, dans notre forêt, lorsque l'eau sera revenue », promit-il.

Quand ils rejoignirent les autres dans les sous-bois qui dominaient le bassin, ils virent que tous avaient bien chassé. Pour une fois, la patrouille put dormir le ventre plein.

« Je vais monter la garde, proposa Nuage de Colombe, les yeux écarquillés, les moustaches frémissantes.

— Non. Tu dois te reposer. *Moi,* je monterai la garde, répliqua Pelage de Lion.

— Je sais que je n'arriverai pas à dormir, protesta-t-elle dans un souffle après s'être assurée que les autres n'entendaient pas. J'entends encore les castors, qui rongent et qui grattent…

— Tu dois bloquer tes sens, comme tu le faisais avant, lui répondit son mentor. Nous savons tous que les castors sont là, maintenant. Tu n'as donc pas besoin d'être sans arrêt en alerte. » Comme elle ne semblait toujours pas convaincue, il se pencha pour lui donner un coup de langue encourageant sur l'oreille. « Tu as bien travaillé, Nuage de Colombe. Tu avais raison ! La rivière était bloquée par des animaux marron – et nous pouvons y remédier. Lorsque nous vaincrons les castors et libérerons l'eau, les Clans te devront tout.

— J'espère que cela se passera comme ça », soupira-t-elle.

Sans plus protester, elle se roula en boule et, quelques instants plus tard, Pelage de Lion s'aperçut qu'elle dormait.

Le vent ridait la surface du bassin et des nuages passaient devant la lune, créant un jeu d'ombres et de lumières dans les bois tandis que la patrouille approchait en silence de la berge.

Pelage de Lion s'arrêta au bord de l'eau. Dans l'obscurité, le barrage semblait plus grand et plus menaçant encore. Les branches à son sommet masquaient les étoiles. Son ventre se noua. *Clan des Étoiles, es-tu là, avec nous ? Nous as-tu seulement suivis en ces cieux ?* Il scruta prudemment la rive dans chaque direction et huma l'air. Rien ne bougeait et, comme la puanteur des castors était omniprésente, ils ne pouvaient en déduire s'ils étaient tout près ou ailleurs. *Avec un peu de chance, ils dorment tous dans le tas de boue séchée, là-bas.*

« Bien... murmura-t-il une fois que les autres se furent installés autour de lui. Nuage de Colombe et moi, nous traverserons le cours d'eau avec Aile Rousse et Fleur d'Ajoncs. Vous autres resterez ici. »

Patte de Crapaud hocha la tête d'un mouvement sec.

« Nous montons sur le barrage et faisons tomber les branches. Si les castors essaient de nous en empêcher, nous nous battons.

— Oui ! cracha Cœur de Tigre, les yeux illuminés par la lumière pâle du clair de lune.

— D'accord, allons-y. »

Pelage de Lion descendit dans le lit asséché de la rivière et remonta de l'autre côté, suivi par la moitié de la patrouille. Maintenant que l'attente avait pris fin, ses soucis avaient disparu, remplacés par une résolution à toute épreuve. *Cette nuit, nous récupérons notre eau !*

Une fois au sommet, Aile Rousse poussa un miaulement aigu. La voix de Patte de Crapaud, sur la berge opposée, lui répondit.

« Maintenant ! » feula Pelage de Lion.

Il dévala la pente et bondit sur le barrage. Aussitôt, ses pattes se dérobèrent sous lui ; il dégringola sur les bûches et évita de justesse de tomber dans l'eau en se raccrochant à une branche. Nuage de Colombe, qui avait glissé aussi, se retrouvait suspendue à la branche du dessous. Il se pencha, l'attrapa par la peau du cou et la hissa près de lui.

« Fais attention ! hoqueta-t-il dès qu'il eut retrouvé son équilibre. Ces branches sont glissantes. »

Il se rendit alors compte que les castors avaient arraché toute l'écorce des branches, laissant apparaître un bois clair et lisse. Aile Rousse progressait sur un long tronc, posant une patte devant l'autre en plantant ses griffes à chaque pas. Fleur d'Ajoncs tenta de sauter en avant mais ne parvint qu'à déloger une bûche, qu'elle eut tout juste le temps d'esquiver avant qu'elle ne la pousse dans l'eau.

Des cris et des miaulements leur parvenaient de l'autre rive, preuve que leurs compagnons rencontraient les mêmes difficultés. *Comment pouvons-nous détruire le barrage si nous sommes incapables de nous déplacer dessus ?*

Nuage de Colombe et lui s'efforçaient de déloger l'une des branches du dessus lorsque le guerrier entendit un « splash » retentissant, suivi de bruits de pas lourds. Ses poils se hérissèrent lorsqu'il vit les têtes de deux castors apparaître devant lui, leurs petits yeux noirs et leurs dents incurvées luisant sous la lune.

« On, non… » marmonna Nuage de Colombe.

Pelage de Lion fonça sur l'ennemi le plus proche en poussant un cri de rage et lui donna un coup de griffe. À son grand désarroi, ses griffes ripèrent sur la fourrure épaisse et grasse comme de la boue. En pivotant, il s'aperçut que les deux bêtes se ruaient sur Nuage de Colombe. L'apprentie leur fit face avec courage. Elle sauta et atterrit sur les épaules du plus gros avant de lui griffer le front et les oreilles, mais le castor l'ignora. Il la chassa en secouant violemment la tête, comme si elle n'était qu'une mouche, et elle s'effondra lourdement sur les bûches.

Les castors grimpèrent sans effort jusqu'au sommet du barrage, où Aile Rousse et Fleur d'Ajoncs attendaient, silhouettes découpées sur le ciel. Les deux chattes firent le gros dos et feulèrent en voyant leurs ennemis arriver.

Pelage de Lion s'assura que Nuage de Colombe n'était pas blessée et la laissa se relever seule tandis qu'il se jetait de nouveau dans le combat. Lorsqu'il atteignit à son tour le haut du barrage, il vit l'un des castors prendre appui sur ses pattes avant et pivoter pour asséner à Fleur d'Ajoncs un coup de queue puissant. La guerrière du Clan du Vent tomba à la renverse en poussant un cri de détresse. Dans sa chute, elle frôla Aile Rousse, qui dut planter ses griffes dans le bois pour ne pas basculer à son tour.

Pelage de Lion tendit le cou et vit Fleur d'Ajoncs en bas, couchée sur le lit à sec de la rivière. Comme elle bougeait, il en déduisit qu'elle était juste sous le choc. Pas le temps de vérifier... Il se tourna vers les castors et Aile Rousse vint se placer près de lui.

« Crotte de renard, je me suis arraché une griffe », marmonna-t-elle.

Si l'un des castors avait disparu, l'autre déboulait vers eux. Il se dressa sur ses pattes arrière et cracha furieusement. Lorsqu'il se jeta en avant, Pelage de Lion et Aile Rousse l'esquivèrent en s'écartant chacun de son côté et les dents de l'animal claquèrent à un poil de moustache de l'oreille de Pelage de Lion. Aile Rousse parvint à lui griffer la tête avant qu'il se tourne vers elle.

« Bien joué ! » hoqueta Pelage de Lion.

Du coin de l'œil, il vit Nuage de Colombe qui fuyait, sautant et glissant sur les bûches, pourchassée par le second castor. Le guerrier voulut descendre vers elle pour l'aider, mais il fut presque renversé par un coup de queue plate.

« Pelage de Lion, au secours ! » cria Aile Rousse.

Elle était couchée sur les branches et le castor tentait de la mordre à la gorge. Pelage de Lion fonça sur l'animal et, en le percutant, il eut l'impression de s'être cogné dans un arbre. Cela suffit pourtant à distraire un instant la bête et Aile Rousse put se libérer en frappant au passage leur adversaire à l'oreille.

C'est sans espoir ! se dit Pelage de Lion. *Ils sont trop forts pour nous ! Où sont les autres ?*

Il s'éloigna du castor pour jeter un coup d'œil sur l'autre rive. Son cœur se serra lorsqu'il vit ses quatre camarades se défendre vaillamment face à deux autres castors au pied du barrage, près du bassin. Bouton de Rose reçut un coup si violent qu'elle fut projetée dans l'eau. Elle refit surface et nagea jusqu'à la rive, où elle peina à grimper sur les bûches.

Patte de Crapaud et Cœur de Tigre se battaient comme une patrouille de guerriers, mais ces castors étaient encore plus gros et plus forts que ceux restés en haut du barrage. *Nous ne pouvons pas gagner,* comprit Pelage de Lion avec amertume. En regardant vers l'arrière, il vit que Nuage de Colombe s'était tapie derrière Aile Rousse, l'air aussi terrifié que déterminé. Les deux castors avançaient vers elles en crachant furieusement.

« Repli ! hurla Pelage de Lion. Retournez sur la rive et grimpez dans un arbre ! Je vais aider les autres !

— Non ! répliqua Nuage de Colombe. On ne peut pas t'abandonner !

— Ne t'inquiète pas pour moi ! » Pelage de Lion fixa son apprentie en espérant qu'elle se souviendrait qu'il ne pouvait pas se faire blesser. « Filez ! »

À son grand soulagement, Aile Rousse fit volte-face et poussa Nuage de Colombe pour qu'elle descende du barrage. Les deux chattes coururent tant bien que mal sur les branches pour regagner la rive. Aile Rousse boitait. Comme Fleur d'Ajoncs n'était pas remontée, Pelage de Lion en déduisit qu'elle était toujours assommée, sur le lit de la rivière.

Pourvu qu'elle reste en bas.

Pelage de Lion se tourna pour gagner l'autre côté du barrage et se retrouva truffe à truffe avec les castors. Ils rampaient vers lui en le fixant de leurs yeux luisants.

«Vous pensez gagner facilement? les défia-t-il en gonflant sa fourrure. Vous vous trompez!»

Il se jeta sur les castors dans l'espoir de passer entre eux. Il parvint à se faufiler dans l'interstice, aidé par le pelage glissant des bêtes, baissant la tête pour éviter leurs dents acérées, esquivant leurs coups de patte. Il sauta par-dessus leur queue lorsqu'ils tournèrent pour le faucher et atterrit enfin sur ses pattes, le souffle court. Il faillit perdre l'équilibre mais parvint de justesse à rester sur le barrage.

«Vous voyez? lança-t-il d'un ton triomphant. Je n'ai pas une égratignure!»

À peine achevait-il sa phrase qu'il reçut un coup par-derrière qui l'envoya au sol. Un autre castor était arrivé. Il se planta au-dessus de lui et fondit vers sa gorge pour le mordre.

Pelage de Lion roula sur le côté et se retrouva à dévaler le flanc du barrage en moulinant des pattes, jusqu'en bas, où Patte de Crapaud et les autres se battaient toujours.

« Repli! hoqueta-t-il. C'est fini!

— Pas tant que je tiens encore debout! feula Patte de Crapaud tout en frappant un castor qui tentait de le faire chuter du barrage.

— Pareil pour moi!» renchérit Cœur de Tigre.

Pourtant, les deux guerriers du Clan de l'Ombre étaient déjà blessés. Un filet de sang coulait dans l'œil de Patte de Crapaud tandis que des griffures profondes zébraient le pelage de Cœur de Tigre.

Ce n'était pas le moment de discuter. Pelage de Lion descendit jusqu'à Bouton de Rose, qui tentait toujours de tenir en équilibre sur les bûches les plus basses, la saisit par la peau du cou et la jeta sur la rive. Il ne la quitta pas des yeux tant qu'elle n'eut pas grimpé à flanc de colline, où elle était en sécurité. Ensuite, il chercha Pelage d'Écume du regard. Sa gorge se noua lorsqu'il le repéra coincé par le plus gros des castors à l'endroit où le barrage rejoignait la rive. Pelage d'Écume affrontait bravement son adversaire, les crocs découverts et les griffes sorties, mais Pelage de Lion voyait bien qu'il n'avait aucune chance.

Au moment même où le guerrier du Clan du Tonnerre se précipitait vers le castor, celui-ci se jeta sur Pelage d'Écume et planta ses incisives cruelles dans son épaule, dont il arracha un lambeau de chair. Le guerrier de la Rivière hurla à la mort. Pelage de Lion sauta sur la tête de l'animal et lui planta ses griffes dans les oreilles. La bête poussa un cri de douleur et recula d'un pas en tentant de donner des coups de queue à Pelage de Lion. Pelage d'Écume en profita pour se glisser près d'eux et, rampant sur la bûche, il se laissa tomber dans l'eau.

« Aidez-le à ressortir ! » ordonna Pelage de Lion à ses camarades en s'accrochant désespérément à la tête du castor tandis que celui-ci essayait de lui griffer les flancs avec ses pattes arrière.

Il vit Bouton de Rose dévaler une nouvelle fois la colline.

« Pelage d'Écume ! Pelage d'Écume ! » cria-t-elle.

Le castor rua et délogea Pelage de Lion, qui tomba lourdement sur les bûches, le souffle coupé. Son adversaire plongea vers lui, les incisives en avant.

Tout à coup, Patte de Crapaud s'interposa entre eux, et la bête, distraite, se tourna pour poursuivre le guerrier du Clan de l'Ombre. Patte de Crapaud resta hors de portée, sans cesser de feuler et d'asséner des coups de patte au castor, jusqu'à ce que Pelage de Lion parvienne à se relever et à s'enfuir.

Patte de Crapaud sauta du barrage à son tour et tous deux coururent jusqu'à la rive, bientôt suivis par Cœur de Tigre.

Bouton de Rose était tapie au bord de l'eau.

« Je vais aider Pelage d'Écume », déclara-t-elle avant de plonger vers son camarade qui agitait inutilement les pattes, un peu plus loin, dans l'eau.

Pelage de Lion repensa malgré lui à la joie des deux guerriers du Clan de la Rivière lorsqu'ils avaient joué dans l'eau la veille.

Les cinq castors s'étaient regroupés en haut du barrage, d'où ils fixaient les chats. Pelage de Lion et Patte de Crapaud se tournèrent vers eux, prêts à se battre s'ils attaquaient Bouton de Rose et Pelage de Brume.

La guerrière de la Rivière atteignit le guerrier blessé, l'attrapa par la peau du cou et le tira jusqu'à la berge. À ce moment, Aile Rousse arriva en boitant depuis l'autre côté du barrage. Sa griffe arrachée saignait abondamment. Nuage de Colombe et Fleur d'Ajoncs apparurent derrière elle – Fleur d'Ajoncs s'appuyait sur la novice. Elle semblait toujours sous le choc, après sa chute du barrage.

Tandis que Bouton de Rose nageait vers eux avec Pelage d'Écume, Pelage de Lion et Patte de Crapaud entrèrent dans l'eau pour l'aider à le hisser sur la berge. Le matou du Clan de la Rivière était à peine conscient. Il ne tenait guère sur ses pattes et sa tête dodelinait. Pelage de Lion et Patte de

Crapaud l'agrippèrent par les épaules, pendant que Nuage de Colombe et Bouton de Rose lui tenaient l'arrière-train. Ensemble, ils le portèrent jusqu'au bosquet de fougères où ils s'étaient reposés plus tôt. Aile Rousse et Fleur d'Ajoncs les suivirent tant bien que mal.

Lorsqu'ils atteignirent leur abri de fortune, Nuage de Colombe arracha des frondes de fougères pour construire un nid où les chats déposèrent le blessé. Son épaule saignait abondamment et sa fourrure était trempée de liquide poisseux. Pelage de Lion fixa la longue entaille et sa gorge se noua.

« Nous devons faire cesser l'hémorragie, miaula Nuage de Colombe. Est-ce que quelqu'un connaît les herbes qu'il faut ? »

Pelage de Lion tenta de réfléchir à toute vitesse. *Œil de Geai m'a sans doute dit quelque chose qui pourrait être utile dans cette situation ?* Mais entre la peur et l'épuisement, il n'était plus capable de penser.

« De nous tous, Pelage d'Écume était celui qui en savait le plus sur les remèdes, balbutia Bouton de Rose, épouvantée. Papillon lui a donné quelques conseils avant notre départ.

— Pelage d'Écume ? appela Pelage de Lion en griffant le sol. Pelage d'Écume, tu m'entends ? »

Mais le guerrier de la Rivière ne répondit pas. Ses yeux étaient fermés et son souffle court.

« Les toiles d'araignée arrêtent les saignements, se rappela Aile Rousse.

— Je vais en chercher », annonça Nuage de Colombe en fonçant dans les taillis.

Bouton de Rose se pencha vers son camarade et lécha doucement sa fourrure humide comme l'aurait fait une reine pour son chaton. Les autres la regardaient en silence. *Oh, guerriers de jadis!* se lamenta Pelage de Lion. *Ne le laissez pas vous rejoindre si tôt!*

Il leva la tête en entendant un bruissement de fougère, pensant que Nuage de Colombe revenait, sauf que ce fut Copeau qui sortit des feuilles, un campagnol dans la gueule. Il lâcha sa prise en voyant l'état de Pelage d'Écume.

« Que s'est-il passé ? s'enquit-il d'une voix rauque.

— Les castors », répondit sèchement Patte de Crapaud.

Copeau s'approcha du blessé et renifla prudemment l'entaille.

« Je n'arrive pas à croire que vous ayez pris tant de risques, miaula-t-il.

— Nous sommes des guerriers, rétorqua Pelage de Lion en se retenant de feuler. Le code du guerrier stipule que nous devons nous battre jusqu'à la mort pour notre Clan.

— Dans ce cas, vous n'êtes que des idiots. »

Cœur de Tigre poussa un cri de rage et se jeta sur le solitaire.

« Tu ne vois donc pas à quel point ce guerrier s'est montré courageux ? »

Copeau se tourna vers lui, toutes griffes dehors, mais avant que le jeune matou ait eu le temps de le toucher, Aile Rousse s'interposa et repoussa Cœur de Tigre.

« Vous battre n'aidera pas Pelage d'Écume ! » les gronda-t-elle.

Tandis que Cœur de Tigre se rasseyait, le souffle court, son regard ardent braqué sur Copeau, les fougères s'écartèrent de nouveau et Nuage de Colombe réapparut en trottant sur trois pattes pour ne pas abîmer les toiles d'araignée qu'elle tenait dans la quatrième.

« Merci, Nuage de Colombe », miaula Bouton de Rose en les prenant pour les placer sur la blessure de son camarade. Malheureusement elles furent bientôt trempées de sang. Le souffle du blessé était de plus en plus court. « Sa fourrure est brûlante. »

La lune s'était couchée et le ciel s'éclaircissait à l'approche de l'aube. Tous les félins, y compris Copeau, se placèrent autour du blessé et le veillèrent en silence pendant que sa respiration s'amenuisait un peu plus à chaque instant. Pour finir, alors qu'une ligne dorée apparaissait à l'horizon, il cessa de respirer.

Pelage de Lion baissa la tête. Pelage d'Écume était un jeune guerrier qui aurait pu apporter beaucoup à son Clan. Et, au cours de leur voyage, il avait commencé à le considérer comme un ami. Le castor avait détruit tout cela.

« Il chasse au côté du Clan des Étoiles, à présent », murmura Patte de Crapaud avant de poser la queue sur l'épaule de Bouton de Rose.

Celle-ci s'effondra sur le sol et poussa un cri déchirant. Aile Rousse et Fleur d'Ajoncs se plaquèrent contre elle, de chaque côté, et les trois chattes restèrent pelotonnées près du corps du défunt. Cœur de Tigre semblait révolté, comme s'il n'arrivait pas à croire qu'une vie de guerrier puisse prendre fin si vite.

Nuage de Colombe se leva d'un bond et fonça dans les taillis à l'aveuglette. De crainte que, dans son chagrin, elle oublie le danger, Pelage de Lion la suivit et la rattrapa en haut de la pente, d'où ils dominaient le barrage imposant. Les castors avaient disparu. Mis à part quelques bûches éparpillées, il n'y avait déjà plus aucune trace de la bataille qui venait tout juste d'avoir lieu.

Nuage de Colombe jeta un coup d'œil vers le barrage et murmura :

« Nous n'aurions jamais dû venir ici ! »

CHAPITRE 20

AU NOM DU CLAN DES ÉTOILES, que va-t-elle chercher si loin ?

Œil de Geai grimpait le long du sentier rocailleux vers la Source de Lune en remontant la piste de Pavot Gelé et Pelage de Brume. Il frémit, bien conscient que ces deux-là n'avaient guère de raison de se retrouver en ce lieu.

Que pourrait-il bien lui vouloir ?

Le soleil avait décliné et le vent s'était levé, chargé d'une bonne odeur de pluie. La sécheresse touchait peut-être à sa fin. *Ce n'est pas trop tôt,* songea Œil de Geai.

Au prix d'un dernier effort, il atteignit la barrière végétale qui dominait la Source de Lune. Il s'y faufila et descendit le sentier sinueux en sentant comme toujours sous ses pattes les empreintes du Clan des temps révolus. Leurs murmures avaient beau l'envelopper, Œil de Geai était trop concentré sur sa traque pour les écouter.

Il atteignit enfin la source, un peu assourdi par son gazouillis continu. En s'approchant de l'eau, il repéra l'odeur de sa camarade. La reine était assise sur la berge, un peu plus loin. Elle était seule. Il n'y avait aucun signe de Pelage de Brume. *Il est là, quelque part, mais où ?*

« Pavot Gelé ? murmura-t-il.

— Œil de Geai ! hoqueta-t-elle, surprise. Tu m'as suivie ?

— Oui. » *Je garderai pour moi qu'un autre chat l'a suivie aussi.* « Tes camarades s'inquiètent pour toi. Tu n'aurais pas dû monter seule jusqu'ici.

— Mes petits se portent bien, répondit-elle d'une voix blanche. Est-ce que Truffe de Sureau s'inquiète aussi ? »

Œil de Geai ne sut que dire. Il n'avait pas croisé le guerrier dernièrement et, pour ce qu'il en savait, le matou crème n'avait peut-être pas encore remarqué la disparition de sa compagne.

« Inutile de mentir, reprit-elle, amère. Je sais qu'il ne s'inquiète pas ! Il se fiche bien de moi. Il aime encore Pelage de Miel. »

Avant qu'Œil de Geai puisse lui dire quelques paroles réconfortantes, elle reprit :

« Je voulais tellement revoir Pelage de Miel... Elle me manque au-delà des mots. Je ne lui en veux pas, si Truffe de Sureau ne m'aime pas. » Elle poussa un soupir avant de continuer : « Je l'ai toujours aimé, même quand il était avec ma sœur. Pourtant, je n'aurais jamais essayé de le lui prendre ! Quand elle est morte, je me suis dit qu'il pourrait peut-être m'aimer moi aussi... mais je me trompais.

— Tu n'en sais rien...

— Oh que si ! Il n'y a qu'à voir la façon dont il me traite ! Pourquoi m'aurait-il envoyée si vite dans la pouponnière ? Il ne supportait plus de me voir dans la tanière des guerriers ! »

Œil de Geai ne savait quoi dire. Personne ne pouvait contraindre Truffe de Sureau à aimer Pavot Gelé s'il pensait toujours à sa sœur défunte, et grimper jusqu'à la Source de Lune n'y changerait rien.

« Je vais te ramener au camp, miaula-t-il. Te souviens-tu que je t'ai déjà ramenée une fois, alors que tu visitais une forêt inconnue dans tes rêves ? »

Pavot Gelé resta un instant silencieuse. Œil de Geai devinait les remous dans les souvenirs de la reine.

« Oui, je me souviens, murmura-t-elle d'une voix à peine audible, si près du tumulte de la source. J'étais malade, n'est-ce pas ? Et je n'ai jamais vraiment quitté la combe rocheuse. Alors où se trouvait cette forêt ? » Elle retint son souffle avant de poursuivre d'une voix plus assurée. « C'était le Clan des Étoiles, pas vrai ? J'étais mourante, et toi, tu m'as sauvé la vie !

— Oui, c'est bien ce qui s'est passé. Et je suis venu pour t'aider à nouveau. »

Il l'entendit se lever et contourner le bassin pour venir se placer devant lui.

« Si j'ai déjà vu une fois le Clan des Étoiles mais que j'en suis revenue, je peux y retourner ! Je t'en prie ! » Œil de Geai la sentait trembler d'angoisse. « Je veux revoir Pelage de Miel. Je veux lui dire que jamais je ne lui aurais pris Truffe de Sureau. Oh, Œil de Geai, et si elle me haïssait, elle aussi ?

— Ce n'est pas possible, répondit-il en ravalant un soupir. Les guerriers ne peuvent pas aller et venir comme bon leur semble entre ici et le Clan des Étoiles. Il faudrait que je te blesse, ou que je te rende malade, or les guérisseurs... »

Il s'interrompit en entendant des pas légers tout près. La voix de Pelage de Brume résonna froidement sur les pierres.

« Qu'est-ce donc ? Un autre dilemme pour le Clan du Tonnerre ? Vous autres, vous devriez vraiment apprendre à vous contrôler. Voilà encore une portée de chatons qui n'aurait jamais dû être conçue.

— Pelage de Brume ! s'écria Pavot Gelé. Que fais-tu là ?

— Quel accueil peu amical. La Source de Lune n'est pas sur le territoire du Clan du Tonnerre, tu sais.

— Laisse-nous seuls, feula Œil de Geai en tentant de réprimer les frissons de peur qui s'insinuaient dans sa fourrure comme de la neige fondue. Nous n'avons pas besoin de toi.

— Oh, je crois que si. » La voix douce se rapprochait d'eux. « Je suis volontaire pour aider Pavot Gelé à rejoindre le Clan des Étoiles, si tu t'y refuses. »

Œil de Geai flaira la peur et l'incompréhension de sa camarade, qui ne comprenait pas pourquoi le guerrier du Clan du Vent la menaçait.

« Ne dis pas n'importe quoi, déclara-t-il. Je ne te laisserai pas la tuer.

— Tiens donc ? feula Pelage de Brume, qui n'était plus qu'à une longueur de queue. Toi, un guérisseur aveugle, tu crois que tu peux m'en empêcher ? Quand on retrouvera son corps noyé dans votre précieuse source, ce sera ta parole contre la mienne. Je dirai que je ne suis jamais venu ici. Mes camarades me couvriront. Ils peuvent mentir tout aussi bien que les tiens, Œil de Geai. »

Pavot Gelé hoqueta, Œil de Geai se glissa devant elle pour la protéger. Le torrent de haine qui émanait de son demi-frère faillit le renverser – il comprit alors que Pelage de Brume était prêt à tout pour le punir d'avoir vu le jour.

« C'est à moi que tu en veux, Pelage de Brume, gronda-t-il. Laisse-la partir. »

Pelage de Brume renifla avec mépris.

« T'envoyer au Clan des Étoiles n'est pas une punition suffisante. Tu dois savoir ce que ça fait, quand tous tes camarades te fixent en murmurant. Tu dois savoir ce que ça fait d'être entouré de mensonges et de haine, à cause de ce qui n'aurait jamais dû avoir lieu.

— Tu crois qu'on ne le sait pas déjà ? riposta Œil de Geai. C'est nous qui avons baigné dans les pires mensonges. Nous ne savions même pas qui étaient nos vrais parents. »

Pendant un instant, il sentit la haine de Pelage de Brume diminuer. Mais ce fut bref.

« N'essaie pas de t'en tirer par de belles paroles, cracha l'ennemi. Tu n'es qu'un lâche ! »

Clan des Étoiles, aide-moi ! songea Œil de Geai, sachant qu'il n'avait pas le choix. Les griffes sorties, il se jeta sur le guerrier et perçut sa surprise lorsqu'ils roulèrent au sol. Œil de Geai lui atterrit sur le poitrail et lui asséna une pluie de coups à la gorge et aux oreilles en déchirant sa chair.

Si Pelage de Brume poussa un cri de douleur furieux, Œil de Geai savait qu'il n'avait aucune chance de le vaincre. Le guerrier le repoussa et le fit rouler sur le dos. Le retenant d'une patte, le guerrier du Vent le frappa plusieurs fois au ventre. Alors qu'Œil de Geai se débattait dans le vain espoir de s'échapper, il comprit que son adversaire n'avait pas sorti ses griffes.

Il s'amuse avec moi. Il m'achèvera quand il en aura envie.

Le gémissement terrifié de Pavot Gelé lui parvint comme à travers un brouillard :

« Arrête ! Tu ne peux pas tuer un guérisseur !

— On parie ? » gronda Pelage de Brume.

Œil de Geai sut que Pavot Gelé s'approchait pour frapper le guerrier mais elle était si alourdie par ses petits que son coup n'eut aucun effet.

« Va-t'en d'ici ! hoqueta-t-il tandis qu'une nouvelle attaque lui coupait le souffle. Pense à tes petits ! »

Pavot Gelé s'éloigna en geignant, toutefois elle ne quitta pas la combe.

Soudain, Pelage de Brume fit un bond en arrière et Œil de Geai en profita pour se relever, à moitié assommé. Immobile, il tenta de localiser son adversaire, mais la peur et la douleur l'empêchaient de se concentrer.

Tout à coup, Pelage de Brume sauta juste devant lui et, du bout de la patte, les griffes toujours rentrées, il lui frôla les oreilles et le museau.

« Allez, essaie un peu de me frapper ! » le tourmenta-t-il.

Alors qu'Œil de Geai s'élançait vers son ennemi, un poids énorme surgi de derrière lui atterrit sur le dos et des griffes lui lacérèrent les épaules.

Un autre guerrier ? Par le Clan des Étoiles, non !

Se rappelant son entraînement martial, le guérisseur fit le mort et tomba sur le côté avec son mystérieux agresseur, qu'il tenta de blesser au ventre.

Qui est-ce ? Combien de chats veulent ma peau ?

Œil de Geai ne reconnut pas l'odeur du nouveau venu. Ce mâle ne venait pas du Clan du Vent, ni d'un autre Clan. *Pourtant, ce n'est pas non plus un chat errant ou un solitaire. Je devrais reconnaître ce parfum, mais je n'y arrive pas.*

Le poids disparut soudain. Œil de Geai se releva péniblement pour chanceler aussitôt sous un coup de patte qui l'envoya vers la source. Pelage de Brume le bloqua et le renvoya vers l'arrière. Pendant un moment, ses deux opposant jouèrent avec lui comme deux chatons avec une boule de mousse.

« Pelage de Brume, arrête ! lança Pavot Gelé, non loin. Le Clan des Étoiles t'en voudra si tu tues un guérisseur.

— Comme si j'en avais quelque chose à faire ! »

Dans un feulement rageur, Œil de Geai voulut le frapper mais ses coups étaient trop imprécis pour être efficaces. Son assaillant le griffa à l'épaule et le sang coula.

Ils commencent à se lasser. Ils m'achèveront bientôt.

Il allait s'effondrer d'épuisement lorsqu'un troisième chat sauta près de lui. Il s'était résigné à mourir sur-le-champ lorsqu'il entendit le cri de stupeur de Pelage de Brume et comprit que ce nouvel assaillant s'était jeté sur le guerrier du Clan du Vent pour le faire reculer.

« Salutations, Œil de Geai, miaula le félin inconnu. Tu as des ennuis ?

— Pelage de Miel ! »

Le parfum de la guerrière lui emplit les narines lorsqu'elle recula d'un bond pour se placer près de lui. Le matou massif chargea de nouveau. Cette fois-ci, Œil de Geai parvint à lui griffer plusieurs fois les oreilles tandis que Pelage de Miel frappait Pelage de Brume au ventre.

Œil de Geai entendit le grognement furieux de l'inconnu qui recula.

«Va-t'en! feula Pelage de Miel. On ne veut pas de toi, ici! Quant à toi, Pelage de Brume...» Elle se tourna pour faire face au guerrier du Vent. «Tu as intérêt à déguerpir aussi. À moins que tu veuilles que je t'arrache les oreilles?

— Vous avez peut-être gagné cette fois-ci, cracha Pelage de Brume. Mais ne va pas croire que c'est fini, Œil de Geai. Parce que ce n'est que le début.»

Œil de Geai entendit ses pas s'éloigner vers le sentier sinueux et l'odeur de l'ennemi se dissipa. Le souffle court, il se tourna vers Pelage de Miel et se rendit compte qu'il pouvait la voir. Elle était assise au bord du bassin et la lumière des étoiles faisait scintiller son pelage gris tigré. Rangées après rangées, une multitude de guerriers-étoiles apparurent derrière elle, rassemblés autour de la Source de Lune et sur les versants de la combe. Œil de Geai n'osa pas les regarder trop fixement, de peur de découvrir Feuille de Houx parmi eux. Ou, au contraire, de ne pas l'y trouver – ce qui pourrait signifier qu'elle avait rejoint un endroit bien pire.

Au lieu de quoi, il s'approcha de Pelage de Miel.

«Merci, haleta-t-il. J'ai bien cru que j'étais en route pour le Clan des Étoiles.

— Ton heure n'est pas encore venue, le rassura-t-elle. Il te reste encore beaucoup à faire.» Elle tendit le cou pour lui donner un coup de langue amical sur l'oreille. «Merci d'avoir sauvé ma sœur.

— Est-ce qu'elle peut te voir?» demanda-t-il en jetant un coup d'œil vers Pavot Gelé, qui était restée tapie à l'orée du sentier.

La chatte secoua la tête avec tristesse.

« S'il te plaît, dis-lui qu'elle me manque autant que je lui manque. Et que j'aimerai ses petits comme s'ils étaient les miens. » Une lueur d'amour et de compassion brillait dans ses yeux lorsqu'elle poursuivit : «Truffe de Sureau l'aime vraiment. Il a simplement peur de la perdre comme il m'a perdue. Et je veille sur eux deux. »

Elle baissa la tête et se fondit dans la masse des guerriers scintillants. Une autre silhouette s'approcha, son pelage ébouriffé semblable à un nuage de fumée sous la voûte céleste.

« Croc Jaune, soupira-t-il.

— Je sais qui aidait Pelage de Brume, déclara l'ancienne guérisseuse sans perdre de temps en politesses.

— Vraiment ? De qui s'agit-il ?

— Tu n'as pas encore besoin de le savoir. Mais sa présence me porte à croire qu'une ère de grands troubles se profile à l'horizon.

— Comment ça ? s'inquiéta-t-il, le ventre noué.

— Pelage de Miel s'est battue à tes côtés, aujourd'hui. Et tous les membres du Clan des Étoiles feront de même lorsque leur tour viendra. Cependant, les cœurs vides de nos ennemis se sont remplis de haine et de soif de vengeance, ce qui leur donne une force incommensurable. »

Œil de Geai la dévisagea, horrifié.

« Les forces de la Forêt Sombre se lèvent. » La voix de Croc Jaune résonnait comme un funeste augure. « Je crains qu'il nous faille un pouvoir plus grand que celui du Clan des Étoiles pour les battre. »

Chapitre 21

⚜

Pelage de Lion et Patte de Crapaud déposèrent le corps de Pelage d'Écume dans le trou qu'ils avaient creusé sous un chêne. À travers les taillis, Nuage de Colombe distinguait tout juste le bassin au-delà du barrage, qui scintillait dans la lumière de l'aube. Elle espérait que l'esprit de Pelage d'Écume était là-bas, à présent, nageant et pêchant comme il en avait rêvé.

La rage lui brûlait le ventre. *Pelage d'Écume n'aurait jamais dû mourir au cours de ce voyage!* Elle voulait se venger des castors, à présent, elle le voulait avec la hargne d'un chat affamé convoitant une bouchée de gibier. *Nous devons détruire le barrage! L'eau appartient aux Clans!*

Quand elle fut au bord de la tombe pour jeter de la terre et de l'humus sur le corps de Pelage d'Écume, elle s'immobilisa pour écouter les castors. Ils remuaient tranquillement dans leur hutte et elle imagina sans mal leur joie et leur suffisance d'avoir vaincu si facilement les félins.

La voix de Pelage de Lion la tira de ses pensées:

« Nous ne pouvons pas affronter de nouveau les castors.

— Je vous l'avais bien dit », marmonna Copeau, assis sur l'une des racines noueuses du chêne.

Pelage de Lion remua l'oreille pour lui signifier qu'il l'avait entendu mais ne répondit pas.

« Nous devons trouver un autre moyen de libérer l'eau », poursuivit-il.

Bouton de Rose cessa un instant de projeter de la terre sur la dépouille de son camarade. Son regard trahissait toujours son chagrin. Elle suggéra d'une voix dure et déterminée :

« Nous pourrions essayer de faire diversion en attirant les castors loin du barrage.

— Et ensuite ? s'enquit Patte de Crapaud.

— Ensuite, nous détruisons le barrage.

— Mais il est énorme ! protesta Cœur de Tigre. Il nous faudrait des jours ! La diversion ne durera jamais assez longtemps.

— Nous ne sommes pas obligés de le détruire complètement, le rassura-t-elle d'un ton confiant. Si nous pouvons enlever suffisamment de branches au sommet pour que l'eau passe par-dessus, la force du courant entraînera le reste.

— Je vois », fit Nuage de Colombe.

Pour la novice, il était logique qu'un membre du Clan de la Rivière sache ce genre de choses. Elle déploya ses sens jusqu'au barrage pour avoir une idée de la façon dont les troncs et les branches étaient agencés et elle comprit que l'idée de sa compagne de voyage pourrait marcher.

« Nous devons nous dépêcher d'agir, les pressa Aile Rousse en jetant un coup d'œil vers le ciel. Le temps va bientôt virer à l'orage et, de plus, nous devons rejoindre nos Clans pour les informer de ce qui s'est passé, finit-elle avant de se tourner vers Bouton de Rose.

— C'est vrai, convint Pelage de Lion.

— Je sais ce que nous pouvons faire ! lança Cœur de Tigre tout en balayant la clairière du regard. Entraînons-nous à nous déplacer sur ces branches, là. Si nous y arrivons sans perdre l'équilibre, nous pourrons détruire le barrage bien plus vite.

— Bonne idée », répondit Patte de Crapaud.

Nuage de Colombe était impressionnée. Cœur de Tigre pouvait être agaçant, parfois, mais elle devait admettre qu'il n'était pas stupide.

Lorsqu'ils eurent fini de combler la tombe de Pelage d'Écume, ils se dispersèrent dans la clairière pour rassembler des branches. Nuage de Colombe fut surprise de voir que Copeau aidait Bouton de Rose.

« Je n'aurais pas dû vous laisser attaquer les castors, marmonna-t-il tout en faisant rouler une bûche pleine de mousse. J'aurais dû savoir qu'ils étaient trop forts pour vous. Je suis désolé.

— Ce n'est pas ta faute, Copeau », lança Aile Rousse.

Bouton de Rose, elle, ne dit rien et se concentra sur sa tâche.

Nuage de Colombe suivit Pelage de Lion de l'autre côté de la clairière vers un tronc frappé par la foudre et tombé au sol. Elle s'alarma soudain en voyant son mentor boiter.

« Ça va ? s'inquiéta-t-elle.

— Oui, je ne peux pas me faire blesser, rappelle-toi. Sauf que les autres ne doivent pas le savoir.

— J'aimerais tellement que nous ne soyons pas obligés de garder tant de secrets.

— C'est pour leur propre bien, expliqua le guerrier en plantant son regard ambré dans le sien. Ils ont besoin de notre aide, et ils risquent de nous la refuser s'ils nous pensent trop différents. »

Pelage de Lion et elle commencèrent à faire rouler la bûche. Elle était lourde et l'herbe qui avait poussé tout autour leur compliquait la tâche.

« Essayons de la retourner, suggéra Pelage de Lion. Va de ce côté, moi je tâche de la soulever par ici.

— D'accord. »

Nuage de Colombe contempla la bûche d'un air sceptique. *Elle est trop grosse ! Et certains troncs sur le barrage le sont plus encore !*

Au premier essai, ses griffes glissèrent sur l'écorce et elle ne réussit qu'à se cogner le menton.

« Désolée, ahana-t-elle. Recommençons. »

Le deuxième essai ne fut guère plus concluant.

Un miaulement venu de derrière eux fit sursauter la novice.

« Ça ne va pas marcher, pas vrai ? demanda Patte de Crapaud. Il faudrait au moins trois chats pour éloigner les castors du barrage, soupira-t-il en se laissant choir près de la bûche. Ce qui n'en laisse que cinq pour détruire le barrage, si toutefois Copeau nous aide. Nous n'y arriverons jamais. »

Nuage de Colombe observa les autres, qui avaient tous abandonné leurs efforts pour soulever des bûches et des branches. Ils semblaient épuisés, surtout Bouton de Rose, dont le regard gardait un voile de tristesse.

C'est sans espoir ! Que va-t-on faire ?

Pelage de Lion se leva soudain.

«Nous ne pouvons pas abandonner, gronda-t-il. Nous avons besoin d'aide.

— Alors? protesta Aile Rousse. On ne peut pas retourner jusqu'au lac pour aller chercher des renforts. C'est trop loin. Nous devons récupérer l'eau tout de suite!

— D'autres chats, bien plus près de nous, pourraient nous aider, leur rappela Pelage de Lion.

— Les chats domestiques? s'étonna Patte de Crapaud, qui ouvrait de grands yeux.

— Ça vaut le coup d'essayer. Le nid de Bipèdes avec les lapins n'est pas très loin.

— Oui, mais ce sont des chats domestiques... insista Cœur de Tigre.

— Si jamais ils refusent de nous aider, nous aurons perdu du temps inutilement à aller les chercher, renchérit Aile Rousse.

— C'est un risque à prendre», convint Pelage de Lion.

Si le reste de la patrouille n'est pas d'accord, que peut faire Pelage de Lion? se demanda Nuage de Colombe.

Après un court silence, Fleur d'Ajoncs déclara:

«Je pense que nous devons tenter le coup. Nous le devons à Pelage d'Écume.

— Oui, ajouta Bouton de Rose. Je ne veux pas croire qu'il est mort pour rien.

— Dans ce cas, allons-y, miaula Patte de Crapaud. Je n'ai pas de meilleure idée.

— Entendu, répondit Pelage de Lion, les oreilles dressées. Nuage de Colombe, tu m'accompagnes. Les autres, continuez à vous entraîner. Nous reviendrons le plus vite possible.»

L'apprentie suivit son mentor qui dévala la pente vers le bassin et sauta dans le lit à sec de la rivière au pied du barrage. Tandis qu'elle cheminait derrière lui dans le ravin caillouteux, elle se rendit compte que ses coussinets s'étaient durcis au cours de leur long voyage. Elle n'avait même plus mal lorsqu'elle marchait sur des pierres aux arêtes pointues.

Il était presque midi quand ils parvinrent au bosquet où ils s'étaient arrêtés pour chasser. Pelage de Lion ralentit l'allure.

« Avalanche nous avait suivis jusqu'ici, miaula-t-il. Elle y vient peut-être souvent. Est-ce que tu perçois sa présence ? »

Les sens de Nuage de Colombe étaient déjà perturbés par les bruits du territoire des Bipèdes, les grognements des monstres, les cris des Bipèdes et l'étrange brouhaha qui les entourait. Elle n'avait qu'une envie, tout bloquer comme elle l'avait fait auparavant afin de se concentrer sur l'endroit où elle mettait les pattes et le bruissement des feuilles toutes proches. Sauf que, cette fois-ci, elle savait qu'elle ne le pouvait pas. Elle devait tout écouter, absorber toutes les informations que captaient son ouïe, son odorat et sa vision, jusqu'à ce qu'elle localise les trois chats domestiques. Elle focalisa son attention sur Avalanche, mais elle ne trouva aucune trace de la chatte blanche.

« Tant pis, miaula Pelage de Lion. Elle doit être à côté des lapins, ou à l'intérieur du nid de Bipèdes. »

Ils reprirent leur progression dans le ravin et Nuage de Colombe flaira bientôt l'odeur des lapins. Son mentor et elle grimpèrent sur la berge et virent que les rongeurs grignotaient toujours l'herbe derrière leur clôture brillante. En revanche, leurs gardiens n'étaient nulle part en vue. Nuage de Colombe ne percevait rien qu'une vague trace de l'odeur de Puzzle.

« Où sont-ils partis ? gémit-elle. Je pensais qu'ils vivaient ici.

— Dire que je croyais que le plus facile serait de les retrouver », répondit le guerrier, tout aussi inquiet. Il hésita un instant avant d'ajouter : « Ils considèrent sans doute tout ce territoire Bipède comme leur domaine. Tu crois que tu peux les localiser ? »

Le ventre de Nuage de Colombe se noua. *Trois chats domestiques ?* Puis elle se dit que, puisqu'elle avait bien trouvé les castors, elle pourrait les localiser, eux aussi. Elle devait se servir de nouveau de ses pouvoirs pour que la perte de Pelage d'Écume ait un sens.

« Je vais essayer. »

Tapie dans l'herbe, elle ferma les yeux et laissa ses sens se déployer sur le territoire Bipède. Cet endroit était si différent de tout ce qu'elle avait connu qu'elle n'eut au début qu'une très vague idée de ce qui se trouvait entre les nids. Peu à peu, elle se fit une image mentale plus nette des rangées de tanières aux murs rouges et durs séparées par des Chemins du Tonnerre, où résonnait le rugissement des monstres. Des Bipèdes y couraient, criaient, portaient des choses dans leurs pattes…

« Les chats domestiques ! la pressa Pelage de Lion. Tu cherches les chats domestiques. »

Nuage de Colombe se plongea derechef dans le chaos sensoriel du territoire des Bipèdes. Cette fois-ci, elle ralentit son exploration, tendant l'oreille à chaque intersection, laissant les images remplir son esprit jusqu'à ce qu'elle puisse voir le moindre détail des ombres sur les feuilles des buissons vert sombre, les larges têtes des petits Bipèdes, l'éclat des monstres assoupis.

Des chats. Tu cherches des chats… Là ! Il y en a un !

Nuage de Colombe repéra le balancement d'une queue, le bruit de pattes escaladant un mur puis sautant sur de l'herbe. Concentrée, appliquée, elle suivit ces traces et huma l'air.

Non, ce n'est pas l'un de ceux que nous cherchons. Trop jeune et frivole.

Alors que ses sens poursuivaient leur exploration, un faible miaulement retint son attention. *Cette voix me dit quelque chose…* Elle remonta à la source du bruit et repéra Séville, le grand matou roux, en train de prendre le soleil dans l'herbe. Il appelait Puzzle qui était… *Là !* Nuage de Colombe entendit des griffes gratter du bois et elle sut que le gros chat noir et blanc s'était perché sur une clôture, au-dessus de Séville.

« Je les ai trouvés ! s'écria-t-elle gaiement. Viens ! »

Elle passa devant lui, et ils suivirent la berge, laissant derrière eux les lapins, jusqu'à un étroit sentier qui séparait deux nids de Bipèdes. Les poils de Nuage de Colombe se hérissèrent lorsqu'elle constata qu'elle se trouvait sur un Chemin du Tonnerre. La puanteur des monstres et le bruit des Bipèdes dans leurs nids lui donnèrent le tournis au point qu'elle dut se retenir pour ne pas rejoindre la forêt en courant et se fourrer des feuilles dans les oreilles et sur la truffe.

Un monstre gronda non loin, sur le Chemin du Tonnerre. Nuage de Colombe fit un bond en arrière et percuta Pelage de Lion.

« Désolée, hoqueta-t-elle alors que le monstre de couleur vive et brillante filait devant elle. Je ne sais pas si je vais y arriver.

— Mais si, l'encouragea le matou en frottant sa truffe contre l'épaule de la novice. Tu vas y arriver, pour le bien des Clans. Maintenant, dis-moi si nous devons traverser ce Chemin du Tonnerre. »

Nuage de Colombe hocha la tête. Lorsque son mentor la poussa du bout du museau vers la surface noire, son cœur battait si fort qu'elle crut qu'il allait jaillir de son poitrail.

« Quand je dis "cours !", tu cours », lui ordonna-t-il. Il regarda prudemment d'un côté et de l'autre, les oreilles à l'affût d'un rugissement de monstre, puis il leva la queue. « Cours ! »

Ravalant un cri de terreur, Nuage de Colombe se jeta en avant. Ses pattes effleurèrent à peine le Chemin du Tonnerre et elle se retrouva de l'autre côté, saine et sauve, blottie sous une haie.

« Bravo ! ronronna Pelage de Lion. Et maintenant, par où ? »

Reprends-toi ! se gronda-t-elle.

« Par ici. » Elle conduisit Pelage de Lion le long du Chemin du Tonnerre puis se cacha derrière un arbre quand un monstre passa près d'eux au ralenti. « Tu crois qu'il nous cherche ? murmura-t-elle.

— J'en doute. Mais personne ne sait ce que pensent les monstres. »

Elle tourna le dos au Chemin du Tonnerre pour suivre la piste de Séville et de Puzzle et se retrouva dans un labyrinthe d'allées étroites séparant des murs de pierre rouge et de hautes clôtures de bois. En tournant à un croisement, elle faillit marcher sur un chat domestique endormi. Le matou noir se leva d'un bond en crachant avant de sauter sur la clôture et de disparaître dans le jardin.

Nuage de Colombe poussa un soupir de soulagement puis sursauta, effrayée par l'aboiement d'un chien derrière la clôture.

«Tout va bien, tenta de la rassurer Pelage de Lion, le poil hérissé par la peur. Il ne peut pas nous atteindre.

— J'espère que tu as raison.»

Les sentiers qui s'entrecroisaient à l'infini semblaient ne mener nulle part. *Est-ce que je nous ai perdus?* s'inquiéta-t-elle. Puis, à une autre intersection, elle flaira une odeur d'herbe coupée et aperçut un buisson aux fleurs rouges très parfumées. *Oui! Je reconnais cette fragrance… et les dessins que l'ombre du buisson trace sur le sentier.*

«Nous devons tourner ici, expliqua-t-elle à Pelage de Lion tout en pressant le pas. Maintenant, pardessus ce mur…»

Elle bondit, attendit que son mentor l'ait rejointe, puis ils redescendirent sur un carré d'herbe tendre. Séville prenait le soleil au pied de la clôture.

«Bonjour, Séville! lança-t-elle en courant vers lui.

— Les chats voyageurs! s'étonna le grand matou roux. Que faites-vous là? Vous avez trouvé les animaux que vous cherchiez? Vous avez pu libérer l'eau?

— Oui, nous avons trouvé les bêtes, lui apprit Pelage de Lion. Mais nous ne pouvons rien faire pour l'eau. Nous… avons besoin d'aide.

— De *notre* aide, tu veux dire? lança une voix venue d'en haut. Ouaouh!»

Nuage de Colombe leva la tête vers le sommet de la clôture où Puzzle était perché, son pelage noir tigré de brun presque invisible dans l'ombre d'un grand buisson de houx. Il sauta sur l'herbe et vint les saluer.

Séville cligna des yeux; son regard inquiet papillonna entre Pelage de Lion et Nuage de Colombe.

« Qu'attendez-vous de nous, exactement ? miaula-t-il.

— Vous savez où est Avalanche ? demanda Pelage de Lion pour éluder la question. Nous vous avons cherchés près des lapins, en vain.

— Je suis le seul à vivre là-bas, expliqua Puzzle. Les maisonniers d'Avalanche habitent de l'autre côté de ce bouleau. » La queue tendue, il leur désigna un grand arbre qui dépassait d'une clôture en bois. « Comment nous avez-vous retrouvés ?

— Oh, facile ! lança Pelage de Lion. Nous sommes des guerriers des Clans, non ? »

Il jeta un coup d'œil amusé vers Nuage de Colombe.

« Ouaouh ! fit Puzzle, les yeux brillants. Je vais chercher Avalanche. Elle nous tuerait si on lui faisait rater une occasion d'aider de vrais chats sauvages. »

Sans attendre de réponse, il grimpa sur la clôture et disparut de leur vue.

Séville s'étira et, du bout de la queue, leur désigna l'étendue d'herbe chauffée par le soleil près de lui.

« Reposez-vous un peu, les invita-t-il. Il fait bon, ici.

— On a eu notre dose de soleil, ces derniers temps, merci », répondit Pelage de Lion.

Il inspecta le jardin, guettant à l'évidence le moindre signe de chien ou de Bipède, tandis que Nuage de Colombe griffait l'herbe. Une éternité s'écoula avant que Puzzle revienne avec Avalanche.

«Coucou! lança la chatte blanche en venant coller sa truffe à l'oreille de Pelage de Lion. Je suis contente de vous revoir.» Tout à coup, elle recula d'un pas et fronça le nez comme si elle avait flairé une mauvaise odeur. «Tu ne vas pas me faire manger des os et de la fourrure, au moins?

— Non. Nous sommes venus vous demander de l'aide.

— Génial! s'emballa-t-elle. Qu'est-ce qu'on doit faire?

— On sait se battre, regarde!» ajouta Puzzle.

Il bondit sur son amie et tenta de passer ses pattes avant autour de son cou. Avalanche voulut se dresser sur ses pattes arrière mais elle perdit l'équilibre en voulant frapper son adversaire. Ils tombèrent tous les deux dans l'herbe comme un tas de fourrure inerte.

Séville leva les yeux au ciel.

«Euh... c'est super, mentit Pelage de Lion. Sauf que nous n'avons pas besoin que vous vous battiez, en fait. Mais que vous détruisiez un barrage.»

Les deux bagarreurs se redressèrent en se secouant pour faire tomber les brins d'herbe de leur fourrure.

«C'est quoi, un barrage?»

Pelage de Lion décrivit la haute barrière de bûches qui bloquait le cours d'eau.

«Nous avons affronté les castors, ils étaient trop forts pour nous, expliqua-t-il. Cette fois, certains d'entre nous feront diversion afin de les éloigner pendant que les autres démantèleront le barrage pour libérer l'eau.

— Ce sera dangereux? s'enquit Puzzle.

— Oui.»

Les yeux du matou brun et noir brillèrent davantage.

« Tant mieux ! On s'ennuie à mourir, ici. »

Nuage de Colombe avait trop mauvaise conscience pour ne pas les mettre en garde :

« Ce ne sera pas drôle. L'un… l'un des nôtres a déjà perdu la vie. »

Avalanche étouffa un cri et les poils de Puzzle se dressèrent sur son encolure.

« Mais nous ne nous battrons plus contre les castors, les rassura Pelage de Lion en foudroyant son apprentie du regard.

— Nous ne pouvons pas leur demander de nous aider sans leur préciser les risques qu'ils courront », rétorqua-t-elle sans ciller.

Mais s'ils refusent de venir ? se demanda-t-elle, tourmentée. *Que ferons-nous ?*

« Nous les suivrons, pas vrai, Puzzle ? » miaula Avalanche.

Puzzle hocha la tête, même s'il avait perdu son bel enthousiasme.

Séville se leva en grommelant et s'étira longuement, le dos arrondi.

« Je ne peux pas vous laisser y aller tout seuls, les jeunes, maugréa-t-il. Qui sait dans quel guêpier vous allez vous fourrer ? Je viens aussi.

— Merci, miaula Nuage de Colombe. Nos Clans vous seront reconnaissants.

— Suivez-nous, miaula Puzzle en se levant d'un bond. Nous connaissons un raccourci jusqu'à la rivière. »

Nuage de Colombe fut impressionnée par l'assurance avec laquelle les chats domestiques se déplaçaient sur le territoire des Bipèdes. Lorsqu'ils arrivèrent au Chemin du Tonnerre, Puzzle sauta par-dessus un monstre endormi, laissant sur son mufle brillant des traces de pattes poussiéreuses. Séville et Avalanche l'imitèrent et s'arrêtèrent de l'autre côté du Chemin pour attendre les chats des Clans.

« Dépêchez-vous ! lança Séville. Je croyais que vous étiez pressés ! »

Du coin de l'œil, Pelage de Lion regarda Nuage de Colombe.

« Est-ce qu'on va laisser ces chats domestiques croire que nous avons peur des monstres ?

— Hors de question », répondit Nuage de Colombe.

Même si c'est bien le cas !

Pelage de Lion banda ses muscles et bondit sur l'arrière-train du monstre. Nuage de Colombe l'imita en se forçant à ne pas se crisper quand ses coussinets touchèrent la surface lisse et chaude. Elle sauta sur le dos de la créature puis sur son museau. En un instant, elle se retrouva au sol et soupira de soulagement. Une fois de l'autre côté du Chemin du Tonnerre, elle jeta un regard derrière elle et se rendit compte que le monstre ne s'était pas réveillé, même après que cinq chats lui furent passés sur le corps.

Peut-être que les monstres sont stupides.

Nuage de Colombe ne savait plus du tout où elle était mais elle n'avait pas le temps de s'arrêter pour s'orienter. Puis elle repéra une rangée d'arbres et aperçut derrière eux la rivière. Les félins sortirent du labyrinthe du territoire des Bipèdes à quelques longueurs de renard avant le jardin qui abritait les lapins.

« Et maintenant, c'est par où ? demanda Séville.

— On suit juste la rivière », expliqua Pelage de Lion.

Il prit la tête de cette drôle de patrouille et s'élança si vite qu'il se retrouva à courir dans le canyon.

« Hé, on se calme ! protesta Puzzle, qui grimaça en levant une patte. Ces cailloux sont pointus.

— D'accord, désolé. »

Pelage de Lion ralentit pour adopter un trot régulier.

Nuage de Colombe fermait la marche pour s'assurer qu'aucun des chats domestiques ne se laissait distancer. À mesure qu'ils approchaient du barrage, elle sentait la tension monter, comme si quelque chose de crucial allait se passer. Dans le ciel, les nuages s'amoncelaient au point de masquer le soleil et un éclair déchira l'horizon, tel un coup de griffe lumineux. Lorsqu'ils traversèrent le bosquet, Nuage de Colombe vit à quel point les chats domestiques avaient peur – ils sursautaient chaque fois que les branches claquaient sous les assauts du vent qui forcissait.

Nuage de Colombe piqua un sprint et rattrapa Puzzle.

« Tout va bien ? »

Le matou se contenta de répondre par un hochement de tête.

J'espère que c'est vrai, songea-t-elle. Dans son for intérieur, la peur le disputait à la culpabilité.

Oh, Clan des Étoiles, est-ce que j'entraîne d'autres chats dans un combat d'où ils ne reviendront pas ?

Chapitre 22

⚜

Pelage de Lion sauta sur la berge de la rivière asséchée et tourna la tête pour regarder sa patrouille dépareillée. Au fond du ravin, Séville, Avalanche et Puzzle contemplaient le barrage, la gueule béante.

« C'est réellement énorme ! hoqueta Puzzle.

— Tu crois vraiment qu'on peut bouger un truc pareil ? » lança Avalanche à Pelage de Lion.

Tentant de dissimuler ses propres doutes, ce dernier hocha la tête pour donner confiance aux chats domestiques.

« Si nous y travaillons tous ensemble, oui, j'en suis persuadé.

— Dépêchez-vous ! les pressa Nuage de Colombe en sautant pour rejoindre Pelage de Lion sur la rive. Allons retrouver les autres. »

Le guerrier les entraîna jusqu'à la clairière où les chats des Clans les attendaient. Lorsqu'il sortit des broussailles, il s'immobilisa, fasciné, car un tas de bûches avait été dressé au milieu de la zone dégagée. Fleur d'Ajoncs était en train d'ajouter une autre branche à son sommet. Une fois sa tâche accomplie, elle sauta au sol d'un pas léger.

«Tiens, vous êtes revenus ! miaula-t-elle.

— Je me suis dit que, pour comprendre comment nous devions nous y prendre pour détruire la barrière, le mieux était de commencer par en construire une», expliqua Patte de Crapaud en s'approchant de Pelage de Lion.

La robe du guerrier de l'Ombre était couverte de bouts de brindilles et d'écorce, et il était hors d'haleine.

« Bonne idée, le complimenta Pelage de Lion. Vous avez fait du bon travail. »

De l'autre côté de la clairière, Bouton de Rose tirait une branche bien plus grande qu'elle. Elle ne s'arrêta pas avant de l'avoir apportée au pied de l'amas de bois. Puis, d'un pas claudicant mais déterminé, elle vint rejoindre Pelage de Lion et les autres. Elle semblait avoir vieilli prématurément.

Alors que Cœur de Tigre et Aile Rousse s'approchaient à leur tour, Pelage de Lion commença à présenter les chats domestiques.

«Je ne suis pas un chat de Clan, expliqua Copeau. Je ne fais que passer.

— Je t'ai déjà vu, dans les bois, répondit Séville, soulagé de retrouver un félin au museau vaguement familier.

— Nous devons définir notre plan, annonça Patte de Crapaud à la fin des présentations. Il faut décider si…

— Chassons d'abord, le coupa Aile Rousse. Nous n'arriverons à rien si nous ne prenons pas le temps de manger et de nous reposer. »

Même s'il parut un peu vexé qu'on l'interrompe, Patte de Crapaud finit par hocher la tête.

« D'accord. Allons-y sans traîner. »

Pelage de Lion se réjouit de constater que les bois étaient toujours aussi giboyeux et il ne leur fallut pas longtemps pour se retrouver dans la clairière, installés devant leurs prises.

« Nous avons déjà mangé, merci », répondit Séville quand Aile Rousse lui proposa une souris.

Devant le gibier, Avalanche eut un mouvement de recul dégoûté, les yeux exorbités, mais Puzzle parut intéressé, quoique prudent, et se pencha pour renifler l'écureuil de Nuage de Colombe.

« Vas-y, goûte », l'encouragea-t-elle.

Le chat domestique hésita avant de planter ses crocs dans la chair encore chaude et d'en arracher une bouchée.

« Alors ? l'interrogea la novice quand il eut avalé.

— Euh… pas mal, miaula-t-il. Sauf que c'est un peu… poilu. »

La nuit était déjà tombée lorsqu'ils finirent leur repas. La lune brillait par intermittence, au gré des nuages qui passaient devant elle. L'air était lourd et humide.

« Je crois qu'Aile Rousse et Fleur d'Ajoncs devraient se charger d'éloigner les castors, déclara Pelage de Lion quand les autres se furent rassemblés autour de lui sous les arbres.

— Pourquoi ? s'étonna Aile Rousse.

— Nous n'avons pas peur de grimper sur le barrage, renchérit Fleur d'Ajoncs.

— Parce que les guerriers du Clan du Vent sont les plus rapides, expliqua Patte de Crapaud. Nous devons chacun accomplir ce pour quoi nous sommes le plus doués.

— Ah… d'accord, miaula Aile Rousse, rassurée.

— Je viendrai avec vous, ajouta Copeau. Je connais ces bois. Nous attirerons les castors hors de leur hutte puis nous irons par là… » De sa patte, il dessina dans l'humus une ligne représentant la rivière à sec puis une autre serpentant entre les arbres. « Là, les taillis sont denses ; les castors ne verront pas ce qui se passe au barrage, conclut-il en lâchant le bâton.

— Génial, Copeau, le félicita Pelage de Lion.

— Nous les retiendrons aussi longtemps que possible, renchérit Aile Rousse.

— Et s'ils décident de revenir, je partirai en éclaireuse pour vous prévenir », conclut Fleur d'Ajoncs.

Pelage de Lion acquiesça en lançant un coup d'œil à Nuage de Colombe. *Grâce à ses sens, elle aussi pourra nous informer des mouvements des castors.*

« Et pour le barrage ? s'impatienta Cœur de Tigre. Une fois débarrassés des castors, qu'est-ce qu'on fait ?

— Nous devrions l'attaquer depuis l'autre berge, miaula Pelage de Lion. Ainsi, nous serons encore plus loin des castors.

— Bonne idée, reconnut Bouton de Rose. J'ai pensé à une chose. Regardez ça. » Du bout de la patte, elle désigna un petit tas de brindilles. « Les branches du haut sont plus faciles à déloger (elle le prouva en poussant d'une griffe celle au sommet) mais si nous parvenions à rentrer à l'intérieur et à pousser les bûches qui sont vers la base, alors tout l'édifice pourrait s'écrouler. » Délicatement, elle tira une brindille du centre du tas et les autres s'effondrèrent. « Le poids de l'eau emportera tout.

— Génial ! s'écria Cœur de Tigre.

— Attendez un peu, intervint Séville. Vous voulez pénétrer dans le barrage pour le faire s'effondrer... alors que nous serons encore dedans, c'est ça ?

— Oui, c'est risqué, convint Pelage de Lion, mais c'est la seule solution. » Il passa en revue les mines inquiètes de ses amis. « Nous verrons bien une fois sur place », soupira-t-il en haussant les épaules.

Après un dernier regard pour leurs compagnons, Aile Rousse, Fleur d'Ajoncs et Copeau se dirigèrent vers la hutte des castors, tandis que Pelage de Lion entraînait le reste de la patrouille dans l'autre direction. Ils descendirent dans le ravin, au pied du barrage, puis remontèrent sur la rive opposée. Plus haut, dans la montée, les nids de peaux brillaient, des murmures de Bipèdes leur parvinrent.

« Et pour eux, qu'est-ce qu'on fait ? s'enquit Patte de Crapaud, la queue pointée vers les lumières.

— Rien. Nous ne sommes pas assez nombreux pour faire diversion ici aussi. Avec un peu de chance, ils ne nous gêneront pas.

— L'espoir fait vivre », rétorqua Patte de Crapaud, caustique.

Pelage de Lion attendit, crispé, le signal d'Aile Rousse. Il sentait que les autres étaient tout aussi tendus que lui. Nuage de Colombe grattait le sol et la queue de Cœur de Tigre se balançait d'un côté puis de l'autre. Les trois chats domestiques semblaient terrifiés, avec leurs yeux ronds et leurs oreilles rabattues.

Allez, Aile Rousse, la pressa mentalement Pelage de Lion. *Dépêche-toi avant que l'un de nous ne commence à paniquer.*

« Rappelez-vous que personne ne doit se battre, lança-t-il soudain. Si les castors reviennent et vous provoquent, ne jouez pas les héros. Nous avons déjà essayé et nous avons payé le prix fort.

— Tout à fait, renchérit Patte de Crapaud. Si les castors attaquent, fuyez. Grimpez à un arbre. Je ne pense pas qu'ils... »

Un miaulement strident leur parvint de l'autre rive.

« Il se passe quelque chose, murmura Pelage de Lion qui regarda Nuage de Colombe en coin.

— Oui. Les castors remuent dans la hutte », confirma l'apprentie, si bas que les autres ne l'entendirent pas.

Pelage de Lion scruta la nuit. Au début, il faisait si sombre qu'il ne vit rien. Puis la lune apparut derrière un nuage et il aperçut des silhouettes qui se déplaçaient près de la hutte. Les têtes des castors surgirent à la surface du bassin et ils grimpèrent sur leur tanière en bois, leurs corps glissant sur les branches telles des ombres massives.

Pelage de Lion reconnut la fourrure pâle d'Aile Rousse sur la rive, et près d'elle les pelages plus sombres de Copeau et de Fleur d'Ajoncs. Il percevait tout juste leurs feulements railleurs tandis qu'ils cherchaient à attirer les castors hors de leur hutte pour les éloigner du bassin. L'un des animaux marron grogna puis dévala le tas de branches pour gagner la berge. Il fonça vers les chats, aussitôt imité par ses congénères. Malgré leur démarche gauche, ils étaient étonnamment rapides. D'un bond, Fleur d'Ajoncs s'élança vers leur chef, lui griffa la truffe d'un geste vif et fit volte-face pour détaler ventre à terre.

« Par le Clan des Étoiles ! cracha Patte de Crapaud. Elle est folle ? »

Les castors se lancèrent à la poursuite d'Aile Rousse et des deux autres qui les entraînaient dans les sous-bois. Bientôt Pelage de Lion les perdit de vue.

« On y va ! » cracha Patte de Crapaud.

Au moment où les chats grimpaient sur le barrage, un éclair aveuglant déchira le ciel et le tonnerre gronda au-dessus de leur tête. Avalanche se recroquevilla un instant sur la bûche où elle s'était perchée puis se força à reprendre sa montée.

« On devrait se séparer, suggéra Bouton de Rose, le souffle court. Certains devraient venir avec moi pour chercher une petite ouverture dans le barrage. Les autres, vous pouvez commencer à pousser les troncs du haut.

— Je viens avec toi », déclara Patte de Crapaud.

Il suivit donc Bouton de Rose, qui traversa le barrage, en restant au plus près de l'eau, et s'arrêta au milieu pour tenter du bout de la patte de faire bouger une branche. Pelage de Lion les observa un instant puis grimpa au sommet de la construction. Un nouvel éclair zébra le ciel et le guerrier fut presque assourdi par le coup de tonnerre qui le suivit, si violent que ses oreilles se mirent à siffler. Agacé, il secoua la tête et de grosses gouttes de pluie se mirent à tomber, éclaboussant les bûches et la fourrure des félins.

« Il ne manquait plus que ça, grommela Cœur de Tigre.

— On aurait été bien contents qu'il pleuve, si on était restés au lac, répliqua Nuage de Colombe. J'espère qu'il pleut là-bas aussi. »

Quand Pelage de Lion atteignit le sommet du barrage et contempla le bassin, ce fut comme si les nuages explosaient. Une averse d'une force inouïe déferla sur eux, écran opaque qui dissimulait tout autour de lui à l'exception des branches sous ses pattes. Sa fourrure fut aussitôt trempée. Il frémit en sentant le contact de la pluie froide sur sa peau.

« Bon ! lança-t-il en haussant le ton pour que les autres l'entendent malgré le crépitement de la pluie. Essayez de dégager certaines de ces bûches. Faites-les tomber dans la rivière asséchée. »

Il saisit de sa gueule une longue branche fine et la jeta par-dessus bord, puis il s'attaqua à un bout de bois plus gros. Puzzle l'aida à le pousser et le bout de bois dévala le barrage avant de s'écraser dans le ravin avec un bruit sec réjouissant.

« Ouais ! » se félicita Puzzle.

Plus loin sur le barrage, Cœur de Tigre et Avalanche se débattaient avec un tronc d'arbre, tandis que Séville projetait des brindilles et autres branches plus petites dans le ravin. Tapie près de Pelage de Lion, Nuage de Colombe avait fermé les yeux. Le guerrier devina qu'elle tentait de savoir où étaient les castors.

« Tout va bien ? s'enquit-il.

— Oui, miaula-t-elle en rouvrant les yeux. Aile Rousse et les autres les occupent.

— Tant mieux, répondit-il, les oreilles frétillantes. Maintenant, viens m'aider à pousser ça. Sinon, tout le monde va se demander ce que tu fabriques. »

L'apprentie s'avança en glissant un peu sur les branchages trempés et poussa avec son épaule la bûche qu'il essayait de faire bouger. Pelage de Lion y mit toutes ses forces et il la sentit s'ébranler, puis commencer à rouler, de plus en plus vite, jusqu'à ce qu'elle tombe dans le ravin.

« Bravo ! ahana-t-il. Nous... »

Il s'interrompit, car le cri d'un chat terrifié transperça le crépitement de la pluie. À deux longueurs de queue de lui, Pelage de Lion vit Cœur de Tigre glisser sur le barrage et dégringoler dans le ravin où il s'écrasa dans une flaque.

Avant que Pelage de Lion n'ait trouvé un moyen de l'aider, son ami reparut sur le flanc du barrage et planta ses griffes dans les bûches avec détermination pour remonter au sommet. Sa fourrure encroûtée de boue formait des pointes, mais une lueur décidée brillait dans ses yeux.

« Tout va bien ? lui lança Pelage de Lion.

— Non ! Je suis en colère ! pesta le jeune guerrier de l'Ombre en se hissant en haut de la construction. J'ai une furieuse envie de transformer ces castors en chair à corbeau !

— Il va bien », traduisit Nuage de Colombe.

Rassuré, Pelage de Lion tâta les bûches autour de lui pour trouver la plus facile à enlever. Elles semblaient toutes bien coincées, collées les unes aux autres par de la boue et des brindilles.

C'est alors qu'il entendit l'appel de Bouton de Rose, surgi d'un peu plus bas.

« Hé ! On a besoin d'aide ! »

Pelage de Lion se dirigea au son de la voix de la guerrière, suivi par les trois chats domestiques. Malgré leur fourrure dégoulinante et leurs yeux écarquillés qui trahissaient la peur, ils ne montrèrent pas le moindre signe d'hésitation et se déplacèrent tant bien que mal sur les bûches pour répondre à l'appel de Bouton de Rose.

Je ne verrai plus jamais les chats domestiques de la même façon.

Bouton de Rose et Patte de Crapaud étaient agrippés au barrage, à peine deux ou trois longueurs de queue au-dessus de l'eau. La pluie criblait la surface du bassin dont les eaux sombres léchaient les bûches les plus basses. Un trou noir avait été ouvert dans le flanc de la barrière, par où sortait un épais tronc d'arbre.

« Nous avons retiré plein de boue et de brindilles, expliqua Bouton de Rose. Si nous pouvons bouger ce tronc, je crois qu'une grande partie du barrage partira avec.

— Ça vaut le coup d'essayer », reconnut Pelage de Lion.

En se tournant, il vit que Nuage de Colombe et Cœur de Tigre les avaient également rejoints.

« Nuage de Colombe, c'est toi la plus petite. Tu peux te glisser dans ce trou pour pousser le tronc de l'intérieur ? »

Nuage de Colombe répondit par un signe de tête sec et disparut dans le barrage. Les autres se plaquèrent contre le tronc et poussèrent de toutes leurs forces. Au début, Pelage de Lion ne le sentit pas bouger d'un poil.

« Plus fort ! ordonna-t-il. Puzzle, mets-y toute ton énergie. Patte de Crapaud, est-ce que tu peux te faufiler dessous pour dégager encore de la boue ? »

Petit à petit, alors qu'ils pantelaient sous l'effort, le tronc bougea. L'extrémité qui sortait du barrage pivota brusquement et Pelage de Lion entendit d'horribles craquements venus de l'intérieur du barrage.

« Nuage de Colombe, sors tout de suite ! » hurla-t-il.

D'un bond, la novice rejoignit ses camarades tandis qu'une coulée de boue s'engouffrait dans l'ouverture et la refermait sous leurs yeux. Le tronc pivota encore, arrachant d'autres bûches au passage, et se libéra complètement pour dévaler la pente. Puzzle fut fauché à son passage, mais Avalanche planta ses crocs dans l'épaule du matou pour le remettre d'aplomb. Cœur de Tigre s'aplatit contre les bûches et le tronc rebondit juste au-dessus de lui, frôlant sa fourrure hirsute. Pelage de Lion se rendit soudain compte que la branche sur laquelle il se tenait glissait. Alors qu'il cherchait du regard un endroit plus stable, il n'eut pas le temps de se mettre à l'abri : le bout de bois se déroba sous ses pattes. Il sauta, désespéré, vers une autre branche et s'y accrocha de justesse, tandis que la bûche tombait dans l'eau. Il resta accroché là pendu par une patte, le bout de la queue plongé dans l'eau, laquelle forçait de plus en plus contre le barrage.

Au prix d'un terrible effort, Pelage de Lion parvint à grimper sur une bûche plus grosse, qu'il sentit aussitôt bouger sous son poids. Toute la structure commençait à trembler.

« Enlève ces brindilles ! ordonnait Bouton de Rose à Séville en agitant la queue. Cœur de Tigre, ôte la boue de ce trou. Patte de Crapaud, toi et Puzzle, aidez-moi à déloger cette bûche. »

Pelage de Lion en eut le souffle coupé. *Comment Bouton de Rose peut-elle prédire le comportement de l'eau ?* Il commença à enlever des pelletées de brindilles et se rendit bientôt compte que le niveau du bassin montait – ou était-ce le barrage qui s'enfonçait ? Une vague s'écrasa par-dessus sa tête et il dut recracher des gorgées d'eau. Du coin de l'œil, il vit que Nuage de Colombe et Avalanche continuaient à travailler côte à côte sous l'eau.

Nous devons être plus rapides! songea-t-il alors qu'Avalanche remontait prendre une goulée d'air. Il avait mal aux pattes à force d'arracher des brindilles et de tracter des branches derrière lui. Tout à coup, son apprentie réapparut près de lui, toute dégoulinante.

« Les castors ! hoqueta-t-elle. Ils reviennent ! »

Un instant plus tard, Pelage de Lion entendit un cri terrifié. Aile Rousse, Fleur d'Ajoncs et Copeau déboulèrent sur le barrage. En plissant les yeux, Pelage de Lion parvint à distinguer les silhouettes menaçantes des castors juste derrière eux.

« Vite ! hurla-t-il. Poussez les bûches ! »

Tous les félins s'efforcèrent de libérer les bouts de bois, mais ils étaient trop imbriqués les uns dans les autres. Pelage de Lion vit rouge en comprenant qu'ils allaient échouer, faute de temps.

Soudain, il entendit un grondement lointain, venu de plus haut, sur la rivière. Le barrage se mit à trembler.

« La rivière entre en crue ! hurla Patte de Crapaud. L'eau vient droit sur nous ! »

Pelage de Lion fit volte-face, manquant au passage de perdre l'équilibre sur les bûches instables, et vit une énorme vague dévaler le cours d'eau vers le bassin, de plus en plus haute à mesure qu'elle approchait.

« Sautez du barrage ! » hurla-t-il.

Comme Avalanche était la plus proche de lui, il l'attrapa par la peau du cou en ignorant ses cris indignés et la jeta vers la rive. Séville et Puzzle la rejoignirent en sautant sur la berge, bientôt imités par Copeau.

Plus haut, sur le flanc de la colline, des faisceaux lumineux brandis par les Bipèdes fendaient l'obscurité entre les arbres. Pelage de Lion en vit plusieurs dévaler la pente vers le cours d'eau en vociférant. Un des rais de lumière éclaira un instant Nuage de Colombe, accrochée de toutes ses griffes à une branche au milieu du barrage.

« Retournez sur la rive ! » ordonna Pelage de Lion.

Trop tard. Le grondement s'amplifia jusqu'à tout engloutir, couvrant les cris des Bipèdes et les feulements des chats. Le barrage tremblait trop pour qu'il soit possible d'en sauter, à présent. La vague les percuta et l'eau de crue s'engouffra dans les oreilles du guerrier.

« Tenez bon ! » s'époumona-t-il.

Il s'accrocha de toutes ses forces à sa branche, au moment même où le barrage cédait dans une explosion de bûches et de brindilles. L'eau du bassin s'engouffra à l'intérieur, se déversa dans le lit à sec de la rivière et inonda les rives. Pelage de Lion eut tout juste le temps d'apercevoir Copeau et les trois chats domestiques blottis les uns contre les autres à mi-pente, la gueule béante, tandis que le mur d'eau l'emportait.

CHAPITRE 23

ŒIL DE GEAI GROGNA lorsqu'il ouvrit les yeux sur ses ténèbres habituelles. Le parfum de Pavot Gelé l'enveloppait et il sentit bientôt qu'elle léchait ses égratignures.

« Œil de Geai, je t'en prie, réveille-toi ! l'implorait-elle. Pitié ! Je ne peux pas te porter seule jusqu'au camp.

— Qu... ? »

Un instant, il fut incapable de se rappeler où il était ni pourquoi sa camarade paniquait.

« Oh, le Clan des Étoiles soit loué ! s'écria-t-elle. Tu n'es pas à l'agonie ! Je suis désolée d'avoir causé tout ça, ajouta-t-elle en ponctuant ses phrases de coups de langue rapides. J'ignorais que Pelage de Brume m'avait suivie jusque-là. »

Pelage de Brume... jusque-là... Œil de Geai reconnut alors le gazouillis de la Source de Lune. Il se souvint tout à coup de son combat contre Pelage de Brume et le mystérieux guerrier qui s'était battu aux côtés de son demi-frère. Ainsi que de l'arrivée de sa sauveuse. *Sans Pelage de Miel, j'aurais fini en chair à corbeau.*

Le guérisseur se remit tant bien que mal sur ses pattes.

« Je vais bien, Pavot Gelé. Arrête de pleurnicher. »

Que sait-elle ? A-t-elle vu les autres chats dans la bataille ?

« Mais non, tu es blessé ! protesta-t-elle. Tu as une griffure profonde sur le flanc.

— Oui, ça c'est un cadeau de Pelage de Brume. Heureusement qu'il n'était pas venu avec des amis, ajouta-t-il en se demandant si elle mentionnerait l'allié de leur assaillant.

— Ne m'en parle pas. Je n'arrive pas à croire qu'il ait osé attaquer un guérisseur. Tu as été très courageux, Œil de Geai. Seul face à lui, tu as réussi à le faire fuir. »

Œil de Geai poussa un soupir de soulagement. *Elle n'a rien vu. Mais il faut tout de même que je lui dise quelque chose.*

« Pelage de Miel m'est apparue », lui apprit-il.

Il fut aussitôt submergé par les émotions de sa camarade, mélange d'espoir et de peur.

« Est-ce... qu'elle t'a parlé ? s'enquit Pavot Gelé, nerveuse.

— Oui. Elle m'a appris qu'elle était ravie que tu sois la nouvelle compagne de Truffe de Sureau. Et qu'elle veillerait sur tes petits.

— Vraiment ? ronronna la guerrière, rassurée. Oh, je suis si contente !

— Oh, et elle a ajouté que de Truffe de Sureau t'aime sincèrement. »

Le ronronnement de la reine s'interrompit aussitôt.

« J'aimerais le croire... soupira-t-elle. Mais je ne vois pas comment Pelage de Miel pourrait le savoir.

— C'est un membre du Clan des Étoiles, lui rappela-t-il en ravalant un feulement impatient. Elle sait beaucoup de choses que tu ignores. »

Il dut se retenir d'ajouter : « Cervelle de souris ! »

« J'imagine qu'on ferait mieux de rentrer au camp, miaula-t-elle. Je vais t'aider.

— Ça ira, merci. »

Cependant, lorsqu'il commença à grimper le sentier sinueux, sa douleur au flanc s'aviva. Ses pattes lui semblaient aussi frêles que celles d'un nouveau-né et, lorsqu'ils atteignirent la barrière végétale au sommet de la source, il dut s'appuyer sur l'épaule de Pavot Gelé.

D'un pas lent, ils redescendirent le long du torrent en s'arrêtant souvent pour se reposer. Œil de Geai avait beau être épuisé et souffrir le martyre, son esprit fonctionnait parfaitement et mille questions tourbillonnaient dans sa tête.

Pourquoi Pelage de Brume a-t-il suivi Pavot Gelé ? Elle n'a jamais franchi la frontière du territoire du Clan du Vent et, même dans le cas inverse, la seule punition adaptée aurait été de la chasser. Pourquoi voulait-il donc la tuer ? Il n'a rien à lui reprocher. Ce n'est pas une Clan-mêlée et elle n'a rien à voir avec les mensonges de Feuille de Lune et Poil d'Écureuil.

Il y avait tant de choses qu'il ignorait... et qu'il devait découvrir, et vite. L'apparition de ce chat qu'il n'avait pas reconnu le troublait au plus haut point.

« Ça va ? Tu veux qu'on se repose encore ? s'inquiéta sa camarade.

— Non, je peux continuer. »

En sentant de chauds rayons sur son dos, le guérisseur comprit que le soleil s'était levé. Pourtant, une brise moite balayait la lande, accompagnée par moments d'une brève averse. L'air était lourd. Des fourmillements envahirent les pattes d'Œil de Geai. *Un orage arrive.* Lorsqu'ils commencèrent à longer la frontière du Clan du Vent, Œil de Geai ne cessa de guetter l'odeur de Pelage de Brume, au cas où celui-ci tenterait de leur tendre une embuscade sur le chemin qui les ramènerait chez eux. Mais il ne distingua que le marquage fort et frais de la frontière, comme si une patrouille venait de le renouveler.

Pavot Gelé sursauta, ce qui le tira de ses pensées.

« Quoi ? gronda-t-il, le poil hérissé.

— Désolée, ce n'est rien. J'ai vu un éclair au-dessus des arbres, et ça m'a fait peur. »

Œil de Geai força sa fourrure à retomber en place. *Tu es aussi peureux qu'une souris ?* se tança-t-il. *Bientôt, tu auras peur des feuilles qui chutent des arbres !*

Cependant, le danger était bien réel, même s'il n'était plus imminent. Il dressa l'oreille en se demandant si les guerriers de la Forêt Sombre l'observaient à cet instant. La Forêt Sombre, le Lieu Sans Étoile, où les esprits des chats qui n'avaient pas été acceptés par le Clan des Étoiles erraient dans la solitude…

Le chat inconnu venait-il donc de là ? Ce n'était ni Étoile du Tigre ni Plume de Faucon. Et que voulait dire Croc Jaune ? Me mettait-elle en garde contre une guerre à venir entre les guerriers de la Forêt Sombre et ceux du Clan des Étoiles ? Dans ce cas, les guerriers des Clans devraient-ils se battre aussi ?

Œil de Geai poussa un long soupir.

« Je dois me reposer », marmonna-t-il en se laissant choir dans l'herbe près du torrent à sec. Inquiet, endolori, il se demanda comment il avait pu croire un jour qu'il détenait le pouvoir des étoiles entre ses pattes.

Où sont Pelage de Lion et Nuage de Colombe ? songea-t-il. *J'espère qu'ils sont sains et saufs et qu'ils sont sur le chemin du retour.*

Midi était déjà loin lorsque Œil de Geai et Pavot Gelé regagnèrent le camp cahin-caha. Dès qu'ils sortirent du tunnel de ronces, Œil de Geai entendit un chat quitter le seuil de la pouponnière et se précipiter vers eux. L'odeur de Truffe de Sureau, qui trahissait une angoisse profonde, les enveloppa aussitôt.

« Où étais-tu passée ? voulut savoir le guerrier, qui donna de gros coups de langue sur les oreilles de sa compagne. J'ai cru mourir d'inquiétude !

— Peu importe, ronronna la reine. Je suis revenue.

— Je ne pourrais pas supporter de te perdre, toi aussi, murmura-t-il en se pressant contre la chatte.

— Ne t'inquiète pas, le rassura-t-elle d'une voix un peu tremblante. Je ne vais nulle part.

— Oh que si, tu vas rejoindre la pouponnière, et sur-le-champ ! rétorqua le matou. Je vais t'apporter un peu de gibier, ensuite tu te reposeras. »

Œil de Geai, qui n'avait pas bougé, écouta le bruit de leurs pas s'éloigner. Chipie et Fleur de Bruyère sortirent de la pouponnière pour accueillir Pavot Gelé, et Truffe de Sureau la conduisit à l'intérieur sans cesser de la gronder avec tendresse.

Truffe de Sureau peut être une vraie épine dans la patte et, pourtant, il a réussi à se faire aimer de deux chattes visiblement saines d'esprit, se dit-il en secouant la tête. *Bizarre.*

Il prit la direction de sa tanière mais, dès qu'il fut installé dans son nid, il sut qu'il n'arriverait pas à dormir. Il se sentait aussi agité que les arbres qui secouaient leurs branches au-dessus de la combe. *Un orage approche, lourd d'une menace plus grave qu'un peu de pluie et de tonnerre. Les forces de la Forêt Sombre se lèvent…*

Après s'être tourné et retourné dans son nid sans parvenir à trouver une position confortable ni réussir à chasser ses soucis, Œil de Geai décida d'aller jusqu'au lac à la recherche de son bâton. *Peut-être Pierre saura-t-il quelque chose à propos de la bataille.*

Dans la clairière, il croisa Cœur Cendré, qui s'acheminait elle aussi vers la sortie.

« Merci d'avoir ramené Pavot Gelé, miaula-t-elle en posant sa truffe sur l'oreille du guérisseur. Nous étions tous très inquiets.

— De rien », grommela-t-il, pressé de partir.

La guerrière lui barra soudain le passage.

« Tout va bien ? s'enquit-elle, soucieuse. Tu as l'air… préoccupé. Et… oh ! Tu as une horrible estafilade sur le flanc.

— Ce n'est rien.

— N'importe quoi ! Tu es guérisseur et tu sais très bien que c'est faux. Viens. Toi, tu ne laisserais jamais l'un des nôtres quitter le camp dans cet état sans avoir été soigné. »

Sans tenir compte de ses protestations, elle le raccompagna à sa tanière et alla piocher dans la réserve. Un instant plus tard, elle revint avec quelques feuilles de cerfeuil dans la gueule.

«Voilà qui devrait éviter que ça s'infecte», annonça-t-elle en commençant à mâcher les remèdes.

Lorsque le cataplasme fut prêt, Cœur Cendré l'appliqua à petits coups de patte experts sur la blessure. Œil de Geai poussa un soupir de soulagement en sentant la douleur se résorber.

Cœur Cendré se demande-t-elle seulement pourquoi elle est si à l'aise dans cette tanière de guérisseur? Elle sait exactement quel remède utiliser et comment l'utiliser. Le temps viendra-t-il où il faudra lui révéler qu'elle était jadis Museau Cendré?

Il frémit, en proie à un nouveau mauvais pressentiment. *Si une guerre se profile à l'horizon impliquant tous les guerriers ayant jamais vécu depuis l'aube des temps, alors nous aurons besoin de tous les guérisseurs possibles.*

Une fois Cœur Cendré satisfaite, Œil de Geai put enfin gagner la forêt, le pelage tout poisseux. Des branches claquèrent au-dessus de sa tête et d'énormes gouttes se mirent à tomber, projetées par le vent naissant contre sa fourrure.

«Il commence à pleuvoir!»

C'était la voix de Patte de Renard, venue d'un peu plus loin. Peu après, une patrouille rattrapa le guérisseur.

«Salut, Œil de Geai! se réjouit Patte de Renard. C'est génial, non? Si la pluie continue à tomber, nous n'aurons plus besoin d'aller chercher de l'eau.

— Patte de Renard, regarde ce que tu fais! feula Poil d'Écureuil. Tu as fait tomber ta mousse, et elle est toute sale. Arrête de t'agiter et concentre-toi.

— Désolé, répondit Patte de Renard, qui ne semblait pas le moins du monde contrit. Je la rincerai quand on arrivera au lac.»

Œil de Geai chemina aux côtés de ses camarades jusqu'à la rive du lac. Là, il obliqua vers le sureau où il avait caché son bâton. Il s'accroupit au-dessus et passa sa patte sur les marques.

Les voix des chats des temps révolus étaient lointaines et inaudibles.

« Pierre… ? murmura Œil de Geai. Étais-tu à la Source de Lune, cette nuit ? Sais-tu ce qui se passe dans la Forêt Sombre ?

— Oui, je le sais, lâcha une voix qui le fit frémir des oreilles au bout de la queue. Mais je ne peux pas l'empêcher et, même dans le cas contraire, je ne le ferais pas. Cet orage doit éclater, Œil de Geai.

— Pourquoi ? s'étrangla le guérisseur, sous le choc.

— Parce qu'il y a eu trop de mensonges, expliqua Pierre. Trop de douleur engendrée par les Clans. Des chats se vengeront, et les anciennes querelles seront réglées. »

Œil de Geai tourna la tête vers la voix rauque et vit la silhouette brumeuse du vieux chat, son corps dépourvu de poils et ses yeux aveugles et globuleux.

« Tu le savais ? demanda-t-il. Pour Feuille de Lune et Plume de Jais ? »

Pierre poussa un soupir si profond qu'il fit vibrer la moustache d'Œil de Geai.

« Oui, je le savais. »

Œil de Geai bondit sur ses pattes.

« Alors pourquoi ne pas me l'avoir dit ? s'emporta-t-il. Ne sais-tu pas tout ce que nous avons enduré ?

— Le temps n'était pas encore venu, Œil de Geai, répondit l'autre d'un ton calme, détaché. Tu devais être élevé comme un chat du Clan du Tonnerre, formé comme guérisseur par ta mère, Feuille de Lune. Telle était ta destinée, Œil de Geai.

— Ce n'était pas la destinée que je voulais !

— Il n'était pas envisageable que tu sois considéré comme un Clan-mêlé depuis ta naissance, poursuivit Pierre comme si Œil de Geai n'avait rien dit. Pas envisageable que tu sois rejeté parce que ta mère avait enfreint le code des guérisseurs et le code du guerrier. »

Œil de Geai le dévisagea. Il n'en croyait pas ses oreilles.

« Alors tu m'as menti, comme tous les autres m'ont menti, pour que s'accomplisse la prophétie ? »

Une colère sourde montait en lui au point qu'il se trouva plus furieux qu'il ne l'avait jamais été de sa vie. Il planta ses griffes dans le sol pour se retenir d'arracher les yeux de Pierre.

« Tu crois vraiment que ça en valait la peine ? Hein ? Je croyais que tu étais mon ami !

— Je ne suis l'ami de personne, le détrompa Pierre en secouant la tête. J'en sais trop pour me permettre une quelconque amitié. Réjouis-toi de ne jamais avoir à porter le fardeau de la connaissance qui est le mien. Pour mon malheur, je suis condamné à la vie éternelle, sachant ce qui a été et ce qui sera, incapable d'y changer quoi que ce soit. »

Sa silhouette commença à se dissiper. Lorsqu'elle eut tout à fait disparu, la fureur d'Œil de Geai explosa. Il tâta le sol jusqu'à ce qu'il trouve un caillou pointu puis il saisit le bâton, le posa en équilibre dessus et abattit ses pattes avant sur chaque extrémité. Il entendit le bâton se briser et des échardes se plantèrent dans ses coussinets. Pierre et ceux des temps révolus l'avaient trahi, eux aussi. Personne ne disait donc jamais la vérité ?

Au même instant, le tonnerre gronda au-dessus de lui et son vacarme résonna partout dans le ciel. Des trombes d'eau se déversèrent sur le lac asséché. Œil de Geai se tapit à l'abri de la berge, la gueule entrouverte comme pour pousser un gémissement silencieux, les pattes plaquées sur les oreilles.

CHAPITRE 24

NUAGE DE COLOMBE PLANTA SES GRIFFES dans une branche au moment où la vague allait l'emporter. Des cris de chats terrifiés résonnaient tout autour d'elle mais elle ne voyait rien d'autre que l'eau de crue noire et la cime des arbres qui filaient à toute allure. Son pelage était trempé, elle tremblait de froid et elle était terrorisée comme elle ne l'avait jamais été.

La voix de Pelage de Lion lui parvint malgré le chaos de l'orage :

« Tiens bon !

— Où es-tu ? » gémit-elle.

Pas de réponse. Une vague s'abattit sur elle, submergeant sa gueule et sa truffe. Fermement cramponnée à la bûche, elle tendit le cou pour sortir la tête de l'eau et recracha tout ce qu'elle avait avalé entre deux quintes de toux. Des lumières aveuglantes dansèrent soudain devant ses yeux et elle comprit que le courant l'emportait au milieu du territoire des Bipèdes, entre les nids. *J'espère que les chats domestiques rentreront chez eux sains et saufs,* se dit-elle.

Une forme sombre se dressa soudain droit devant : un saule pleureur dont les branches plongeaient dans l'eau. Nuage de Colombe agita follement les pattes pour les éviter, mais la crue la projeta en plein dedans : elle se fit fouetter le museau et parvint de justesse à ne pas lâcher prise.

Lorsqu'elle se retrouva de nouveau à l'air libre, un tas de fourrure tigrée passa à toute allure devant elle en gémissant.

Cœur de Tigre !

Elle cligna des yeux pour en chasser l'eau et vit avec horreur son compagnon d'infortune disparaître sous la surface.

Par le Clan des Étoiles, non !

Elle inspira profondément, lâcha sa branche et s'élança vers lui en tentant de copier les mouvements de Pelage d'Écume et de Bouton de Rose. C'était difficile. Sa fourrure trempée l'alourdissait et elle ne sentait plus ses pattes endolories. Elle ne cessait de se cogner dans des bouts de bois flottants qui lui faisaient boire la tasse et, quand elle remontait à la surface, des éclaboussures lui piquaient les yeux.

Nuage de Colombe avait presque renoncé à retrouver son ami lorsqu'elle le repéra tout près, avant qu'il ne redisparaisse sous l'eau. Elle nagea vers lui et plongea.

Malgré un éclairage intermittent de la lune, Nuage de Colombe eut l'impression d'être tout aussi aveugle qu'Œil de Geai. Elle déploya ses sens dans l'eau trouble et s'enfonça de plus en profondément jusqu'à ce que ses pattes frôlent la fourrure du jeune guerrier.

Il ne bouge plus ! Est-ce que j'arrive trop tard ?

Elle l'attrapa par la peau du cou et entreprit de le remonter en agitant frénétiquement ses pattes. Lorsqu'elle refit surface, elle agrippa une branche flottante et, malgré le poids de Cœur de Tigre, qui menaçait de les entraîner de nouveau sous l'eau, elle tint bon. À son grand soulagement, elle vit bientôt Bouton de Rose nager vigoureusement vers eux.

« Pelage d'Écume ne sera pas mort en vain, cracha la guerrière de la Rivière à travers ses dents serrées. Le Clan des Étoiles ne nous prendra pas d'autres guerriers. »

Elle se saisit de Cœur de Tigre, ce qui délivra Nuage de Colombe de son fardeau. Allégée, la novice tendit le cou et aperçut un large bout de bois plat qui tourbillonnait vers eux. Luttant contre le courant, elle parvint à l'intercepter et à le faire dévier vers Bouton de Rose.

Ensemble, les deux chattes y hissèrent Cœur de Tigre avant d'y monter à leur tour. Elles se tapirent contre lui et se cramponnèrent tandis que défilaient sous leurs yeux l'étendue d'herbe au bord du territoire des Bipèdes, puis les bois, au-delà.

Peu à peu, Nuage de Colombe constata qu'elle y voyait mieux. Les premières lueurs de l'aube éclaircissaient le ciel chargé de nuages. Le courant avait diminué. L'eau débordait toujours sur les rives, mais la première vague terrifiante était retombée. Des branches flottaient à la surface et, de temps en temps, une tête de chat apparaissait non loin.

« Regarde ! hoqueta-t-elle en tendant la queue pour toucher Bouton de Rose à l'épaule. Patte de Crapaud est là ! Et Pelage de Lion aussi ! Et là, Aile Rousse et Fleur d'Ajoncs, accrochées à la même branche.

— Que le Clan des Étoiles en soit remercié, murmura Bouton de Rose. Ils sont tous sains et saufs ! »

En l'entendant, Cœur de Tigre se mit à s'agiter, et la planche remua tant qu'une petite vague les trempa.

« Tiens-toi tranquille, lui ordonna Nuage de Colombe. Tout va bien. Et nous serons bientôt chez nous. »

Le courant finit par décroître suffisamment et permit aux félins de lâcher leurs branches et de s'aventurer dans l'eau peu profonde près de la berge pour regagner la terre ferme. Les sept guerriers se blottirent les uns contre les autres, le souffle court, et regardèrent l'eau se retirer des berges et retourner sagement dans le creux du ravin.

Il pleuvait toujours à verse mais Nuage de Colombe le remarqua à peine. Elle n'avait jamais été aussi trempée et elle avait avalé tant d'eau qu'elle ne pouvait imaginer avoir de nouveau soif un jour. Après avoir inspiré profondément, elle écouta la rivière gargouiller, clapoter, s'engouffrer dans les bois, à travers le territoire du Clan de l'Ombre, pour finir par se jeter dans le lac où elle recouvrit la boue sèche et les pierres, s'engouffrant dans la moindre fissure et le moindre creux.

On a réussi, songea-t-elle. *On a ressuscité le lac.*

Étalé sur le sol, Cœur de Tigre rendait des gorgées d'eau à n'en plus finir pendant que Bouton de Rose lui frottait le dos.

« Est-ce qu'il va s'en remettre ? s'inquiéta Nuage de Colombe.

— Mais oui, la rassura son amie. C'est comme ça que nous traitons nos chatons lorsqu'ils tombent dans le lac avant de savoir nager. Ça marche à tous les coups.»

Cœur de Tigre rendit encore de l'eau puis braqua son regard vide sur Nuage de Colombe.

«Merci», articula-t-il.

Lorsqu'il fut en état de se remettre sur ses pattes, ils se placèrent tous en cercle, tête basse.

«Clan des Étoiles, nous te remercions, miaula Aile Rousse. Tu nous a aidés à détruire le barrage et tu nous as protégés pendant la crue. Nous te prions d'honorer Pelage d'Écume, le guerrier qui ne rentrera jamais chez lui.»

Nuage de Colombe releva la tête et croisa le regard de Pelage de Lion. Elle se demanda s'il pensait comme elle.

Ce n'est pas le Clan des Étoiles qui nous a sauvés. Nous nous sommes sauvés nous-mêmes.

Chapitre 25

Le ciel s'éclaircit à mesure que les chats progressaient dans la forêt le long des berges. La vague avait semé des branches partout. Ils devaient sans arrêt en enjamber ou se faufiler dessous, au point que Nuage de Colombe ne sentit bientôt plus ses pattes.

J'aimerais tant être déjà dans mon nid! Je pourrais dormir toute une lune…

La pluie se fit moins forte et des coins de ciel bleu apparurent çà et là comme le vent effilochait les nuages. À l'abri sous les arbres, leur fourrure sécha en formant des pointes sèches.

« Au camp, je me ferai une toilette impeccable, marmonna Aile Rousse. Ma fourrure n'a jamais été aussi sale. »

Tout à coup, Patte de Crapaud s'arrêta, la tête relevée, la gueule entrouverte pour mieux détecter les odeurs.

« Je sens le marquage du Clan de l'Ombre ! » annonça-t-il.

Un regain d'énergie irrigua les pattes de Nuage de Colombe et tous pressèrent le pas. Ils franchirent bientôt la frontière.

« Jamais je n'aurais cru qu'un jour je serais content d'être sur le territoire du Clan de l'Ombre », murmura Pelage de Lion à Nuage de Colombe.

Celle-ci acquiesça. *Ce voyage a changé notre façon de voir les autres Clans. Et pour toujours.*

Un peu plus tard, grâce à son flair, elle sut que des guerriers de l'Ombre approchaient et ils apparurent bientôt entre les arbres : c'était une patrouille menée par Pelage d'Or et constituée de son apprenti, Nuage d'Étourneau, de Griffe de Chouette et de Saule Rouge.

« Patte de Crapaud ! Cœur de Tigre ! » s'écria Pelage d'Or en courant vers eux. Les truffes de la guerrière et de Patte de Crapaud se frôlèrent puis elle enfouit son museau dans la fourrure de son fils en murmurant : « Tu es sain et sauf ! »

Nuage de Colombe frémit ; elle ne voulait pas imaginer à quoi aurait ressemblé cette rencontre si Cœur de Tigre n'était pas revenu.

« C'est merveilleux ! poursuivit Pelage d'Or en regardant toute la patrouille. Vous avez ramené l'eau ! Nuage d'Étourneau, file au camp pour avertir Étoile de Jais. »

Son apprenti détala ventre à terre dans la forêt, sa queue flottait derrière lui.

« Venez, les pressa Pelage d'Or. Vous devez nous suivre au camp pour tout nous raconter. »

Nuage de Colombe échangea un coup d'œil avec Pelage de Lion. Si elle voulait rentrer chez elle, dans la combe rocheuse, elle n'était pas pressée de dire au revoir à ses compagnons de voyage.

Après quelques murmures, Aile Rousse et Fleur d'Ajoncs hochèrent la tête.

« Nous serons enchantées de visiter votre camp », miaula Aile Rousse.

Pelage de Lion accepta lui aussi et, même si Bouton de Rose ne semblait guère enthousiaste, elle suivit les autres et leur escorte.

Nuage de Colombe entendit des miaulements excités bien avant qu'ils arrivent au camp. À travers les arbres, elle vit que le terrain montait en pente douce vers une rangée de buissons. Étoile de Jais était campé devant, flanqué de deux guerriers. D'autres félins sortaient des arbustes alentour.

« Bienvenue dans notre camp ! lança Étoile de Jais. Reposez-vous ici et servez-vous dans notre réserve de gibier.

— Qui es-tu, et qu'as-tu fait du vrai Étoile de Jais ? » murmura Pelage de Lion à l'oreille de Nuage de Colombe.

Plume de Flamme et Aube Claire, le frère et la sœur de Cœur de Tigre, se précipitèrent pour coller leur truffe à celle du guerrier au poil sombre.

« Je reviens tout juste du lac ! annonça Aube Claire, tout excitée. Le niveau remonte.

— Il faudra attendre un bon moment pour qu'il soit de nouveau rempli, ajouta Plume de Flamme en frottant son museau contre l'épaule de son frère. Mais les Clans sont sauvés, et c'est grâce à toi !

— Grâce à nous tous », corrigea Cœur de Tigre.

Pour Nuage de Colombe, il était étrange d'être si bien accueillie, surtout vu la réserve et la méfiance que les guerriers du Clan de l'Ombre avaient manifestées par le passé. De plus, elle n'avait guère l'impression de mériter tant d'éloges. *Nous avons perdu Pelage d'Écume, et nous avons failli échouer. Seuls, nous n'y serions pas arrivés : il nous a fallu l'aide d'un solitaire et de chats domestiques.*

« Entrez dans le camp », insista Étoile de Jais en s'approchant de la patrouille.

Bouton de Rose s'inclina avant de répondre :

« Je te remercie, Étoile de Jais, mais je ne peux accepter. J'ai perdu mon camarade, et je dois aller l'annoncer au Clan de la Rivière.

— Nous t'accompagnons, suggéra aussitôt Pelage de Lion, soutenu par Aile Rousse et Fleur d'Ajoncs.

— C'est gentil à vous, miaula Bouton de Rose, la tête bien droite, mais j'irai seule. »

Sans attendre de réponse, elle s'inclina de nouveau devant Étoile de Jais puis devant le reste de la patrouille et s'en fut dans la forêt. Nuage de Colombe la suivit du regard jusqu'à ce qu'elle ait disparu entre les arbres.

« Il est temps pour nous de partir aussi, expliqua Pelage de Lion à Étoile de Jais. Aile Rousse, Fleur d'Ajoncs, vous voulez nous accompagner ?

— Oui, fit la guerrière blanche. Étoile de Jais, merci pour ton invitation, mais nous devons à présent rejoindre nos propres Clans. »

Le cœur un peu serré, Nuage de Colombe se tourna vers Patte de Crapaud et Cœur de Tigre pour leur dire au revoir. Ils semblaient différents, maintenant qu'ils avaient retrouvé leurs camarades. Leur odeur s'accentuait déjà, perdant de sa familiarité, et leur expression était plus difficile à déchiffrer.

Patte de Crapaud, qui s'était assis près de Pelage d'Or, salua Pelage de Lion et les autres d'un signe de tête.

« Je suis fier d'avoir voyagé avec vous. Et plus fier encore que nous ayons accompli notre mission. »

Pour Nuage de Colombe, ces paroles ressemblaient à un discours formel qu'un chef de Clan aurait pu tenir lors d'une Assemblée. Elle se demanda ce que Patte de Crapaud ressentait vraiment et si sa loyauté avait réellement dépassé celle qu'il devait à son Clan pendant le voyage.

Après avoir jeté un coup d'œil vers son chef, Cœur de Tigre se précipita vers Nuage de Colombe et frotta son museau contre celui de la novice.

« Tu vas me manquer, murmura-t-il. On se verra à la prochaine Assemblée, pas vrai ?

— Oui, tu vas me manquer aussi », eut-elle tout juste le temps de répondre avant que Patte de Crapaud ne rappelle le jeune guerrier d'un brusque signe de la tête.

Cœur de Tigre rejoignit ses camarades en quelques bonds.

« Continue à répéter l'enchaînement que je t'ai montré, lui lança Fleur d'Ajoncs. À la prochaine Assemblée, je te battrai ! »

Cœur de Tigre les salua une dernière fois en faisant onduler sa queue tandis que les guerriers des Clans du Tonnerre et du Vent s'en allaient à travers la pinède vers la rivière. Pelage de Lion en tête, ils suivirent la berge en silence jusqu'au lac sans quitter le territoire du Clan de l'Ombre.

Nuage de Colombe s'attendait presque à le voir rempli à ras bord, scintillant comme dans son rêve, mais l'eau était encore loin, au milieu de la bourbe. Le cours d'eau se déversait sur les pierres sèches du fond du lac. *J'imagine que nous ne rechignerons plus à nous mouiller les pattes, maintenant,* songea-t-elle tandis qu'ils traversaient la rivière pour regagner le territoire du Clan du Tonnerre.

Lorsque leurs chemins se séparèrent, Pelage de Lion et elle dirent au revoir aux guerrières du Vent et se dirigèrent vers la combe, au cœur de la forêt.

« Au revoir, miaula Aile Rousse, les yeux pleins de regrets, comme si elle aussi était triste que leur voyage ait pris fin. Que le Clan des Étoiles illumine votre chemin.

— Et le vôtre », miaula Pelage de Lion.

Nuage de Colombe et son mentor restèrent un instant côte à côte pour regarder leurs deux amies s'éloigner d'un pas las le long de la rive du lac. Puis la novice et le guerrier s'engagèrent entre les arbres luisants de pluie. Ils n'avaient pas fait plus de deux pas lorsque Nuage de Colombe entendit un cri derrière eux et repéra Tempête de Sable qui courait sur le fond du lac asséché, suivie de Patte de Renard, Brume de Givre et Œil de Crapaud. Les quatre félins portaient des morceaux de mousse imbibés d'eau.

« Hé, c'est Pelage de Lion et Nuage de Colombe ! » s'écria Patte de Renard en lâchant sa mousse. Il fonça pour doubler Tempête de Sable et être le premier à rejoindre son camarade de Clan. « Vous êtes de retour ! Vous avez retrouvé l'eau ! »

Brume de Givre accourut juste après son frère.

« Qu'est-ce qui s'est passé ? marmonna-t-elle, la gueule pleine de mousse. Vous avez trouvé les animaux ?

— Vous avez eu peur ? demanda Œil de Crapaud, les yeux brillants, en se pressant contre eux avec les autres.

— Laissez-les respirer, miaula Tempête de Sable. Nous aurons tout le temps d'écouter leur récit quand nous aurons regagné la combe. Patte de Renard, pars devant pour avertir Étoile de Feu de leur retour. »

Le jeune guerrier au poil tigré tirant sur le roux s'élança dans les bois avec un mouvement joyeux de la queue, pendant que Pelage de Lion et Nuage de Colombe le suivaient plus doucement, escortés par la patrouille. Lorsqu'ils arrivèrent en vue de la barrière de ronces, des chats surgissaient déjà du tunnel. *Tout comme l'eau brisant le barrage,* songea Nuage de Colombe. Nuage d'Églantine, Nuage de Bourdon et Nuage de Pétales couraient partout, si excités qu'ils jouaient à se battre. Les vétérans avancèrent d'un pas plus mesuré, la queue dressée, les yeux brillants. Pavot Gelé sortit à son tour, le ventre arrondi par ses petits, encadrée par Fleur de Bruyère et Chipie. Même les anciens se montrèrent. Poil de Souris guidait Longue Plume et Isidore fermait la marche de son pas lourd.

Lorsque Étoile de Feu émergea à son tour du tunnel, tous s'écartèrent pour le laisser passer. Le chef du Clan du Tonnerre s'approcha de Pelage de Lion et Nuage de Colombe, et posa un instant la queue sur eux.

« Félicitations, miaula-t-il, une lueur de fierté dans ses yeux verts. Vous avez sauvé la vie de tous les guerriers des Clans. »

D'un mouvement de la queue, il invita les deux jeunes félins à le suivre dans le camp. Leurs camarades s'engouffrèrent à leur suite. Flocon de Neige tira un énorme lapin de la réserve de gibier et le déposa devant les pattes de Pelage de Lion.

« Tenez, mangez, lança-t-il. Vous devez mourir de faim.

— Plus tard, merci, répondit le guerrier au pelage doré en s'inclinant devant le matou blanc. Nous devons d'abord faire notre rapport à Étoile de Feu. »

Cependant, il leur était impossible de bouger car une foule de félins toujours plus grande se pressait autour d'eux.

« Alors, qu'est-ce qui bloquait la rivière ?

— Il y avait vraiment des animaux marron ?

— Est-ce que vous avez eu des problèmes avec les Bipèdes ? »

Nuage de Colombe tenta d'ignorer ces questions pressantes et se dressa sur la pointe des pattes, le cou tendu pour voir par-dessus les têtes de ses camarades.

Où est-elle ?

Elle finit par repérer Nuage de Lis, restée à l'écart de la foule, qui lui jeta un coup d'œil timide avant de baisser la truffe. Nuage de Colombe se fraya un passage entre ses camarades pour aller la retrouver.

« Nuage de Lis ! s'écria-t-elle. Tu m'as tellement manqué !

— C'est vrai ? J'avais peur que non, répondit l'autre en levant vers elle ses yeux tristes.

— Cervelle de souris, murmura Nuage de Colombe avec affection. Nous sommes les meilleures amies du monde, pas vrai ? J'ai pensé à toi tout le temps. »

Enfin, très souvent, du moins.

« Hé, Nuage de Colombe ! »

Reconnaissant la voix de son mentor, Nuage de Colombe se tourna vers Pelage de Lion et Étoile de Feu qui l'attendaient au pied de l'éboulis.

« Nous devons faire notre rapport. Étoile de Feu veut que nous racontions à tout le Clan ce qui s'est passé.

— J'arrive. »

Alors qu'elle s'approchait de son mentor, elle vit qu'il fixait quelqu'un derrière elle.

« Œil de Geai », miaula-t-il avec un hochement de tête.

Nuage de Colombe jeta un coup d'œil en arrière et vit le guérisseur sortir de derrière le rideau de ronces pour s'approcher d'eux. Elle retint un cri de stupeur. L'aveugle avait l'air bien plus vieux que lorsqu'elle était partie avec Pelage de Lion. Son regard était hanté, son corps avait la maigreur de celui d'un ancien et une cicatrice fraîche lui barrait le flanc. Il posait lentement une patte devant l'autre, comme s'il n'était pas sûr de pouvoir rester debout.

« Soyez les bienvenus, lança-t-il d'une voix rauque.

— Merci, Œil de Geai. »

Nuage de Colombe ne parvenait pas à détacher ses yeux de lui. Qu'avait-il pu lui arriver pendant leur absence pour qu'il se retrouve dans cet état ?

Se tournant de nouveau vers Pelage de Lion, elle vit sa propre stupeur se refléter dans les yeux du guerrier. Lorsque Œil de Geai se dirigea vers leur chef, elle le suivit en lançant par-dessus son épaule :

« Je reviens tout de suite, Nuage de Lis. »

« Quelle triste nouvelle pour Pelage d'Écume, déclara Étoile de Feu lorsque Pelage de Lion et Nuage de Colombe eurent fini leur récit. Nous sommes tous des camarades de Clan, face à un tel drame. Nous avons perdu un valeureux guerrier. »

Tous les membres du Clan baissèrent la tête en silence.

Patte d'Araignée fut le premier à le rompre :

« Vous voulez dire que vous avez *vraiment* demandé de l'aide à des chats domestiques ?

— Et vous avez affronté ces… comment déjà ? castors ? ajouta Pelage de Poussière. Vous devrez nous expliquer ce qu'on doit faire face à eux, au cas où ils viendraient ici.

— Ils n'ont pas intérêt, ou bien ils auront affaire à moi », grogna Isidore.

Étoile de Feu leva la queue pour leur intimer le silence.

« Plus tard, les questions, déclara-t-il. Nous aurons tout le temps de leur parler ensuite. Laissez-les d'abord manger et dormir. »

Pelage de Lion se dirigea vers la réserve, où il attaqua le lapin de Flocon de Neige en compagnie d'Œil de Geai et de quelques autres camarades. Même si elle ne se souvenait plus de quand datait son dernier repas, Nuage de Colombe se sentait trop épuisée pour les rejoindre. Elle traversa la clairière d'un pas chancelant et pénétra dans la tanière des apprentis.

Nuage d'Églantine la suivit à l'intérieur.

« Regarde ! miaula fièrement celle-ci en pointant du bout de la queue le nid de Nuage de Colombe. Nous l'avons préparé, rien que pour toi. »

La novice vit que sa litière avait été garnie de petites plumes grises toutes douces.

« Merci, ronronna-t-elle, réchauffée par l'attention des apprentis plus âgés. Ça a l'air super. Vous avez dû y passer un temps fou.

— Tu le mérites ! ajouta Nuage de Bourdon en passant la tête à l'intérieur.

— Oui, tu es une vraie héroïne ! renchérit Nuage de Pétales, apparue près de lui. Les Clans n'oublieront jamais ce que tu as fait. »

Les trois apprentis laissèrent Nuage de Colombe tranquille pour qu'elle se repose. Il lui parut bien étrange de pouvoir se rouler en boule seule dans son nid. *Maintenant que je suis rentrée, je suis de nouveau une simple apprentie, pas vrai ? Ne devrais-je pas plutôt partir en patrouille, ou je ne sais quoi ?*

Alors que son nid ne lui avait jamais paru si chaud et si confortable, elle ne cessait de se tourner et de se retourner dans les plumes, incapable de trouver le sommeil.

Qu'est-ce que j'ai ? Je suis si fatiguée que j'en ai le tournis !

Elle rouvrit les yeux en entendant un bruissement de feuilles et vit que Nuage de Lis avait glissé sa tête entre les branches de la tanière.

« Je pensais que tu dormais, murmura cette dernière.

— Je n'y arrive pas, lui apprit Nuage de Colombe. J'ai l'impression d'avoir une colonie de fourmis dans les pattes.

— Tu veux faire une promenade ? »

Elle avait peut-être besoin de se dépenser davantage pour être plus fatiguée encore. Nuage de Colombe s'extirpa de son nid et suivit sa sœur jusque dans la forêt. C'était toujours mieux que de chercher vainement à dormir, seule, avec ses pensées. Ses pattes la portèrent vers le lac et l'eau qu'elle avait libérée. Le soleil s'était couché, drapant la forêt dans un voile de crépuscule. La pluie avait cessé, le vent était tombé ; l'air, moite et frais, glissait tout doucement sur sa fourrure. L'herbe semblait déjà plus souple et plus juteuse sous ses pattes.

La sécheresse est finie. Les Clans vont survivre! Nuage de Colombe s'arrêta un instant et cligna les yeux, surprise par une idée soudaine. *C'est moi qui ai fait ça,* comprit-elle. *Sans mes sens surdéveloppés, les Clans continueraient à mourir de soif.* Une vague de fierté l'envahit avec la force de la rivière en crue se jetant dans le lac. *Peut-être que ce ne sera pas si mal, d'avoir ces pouvoirs, si je peux les utiliser pour aider mon Clan.*

Arrivées sur la berge, les deux chattes sautèrent au bord de la croûte de boue, les yeux braqués sur le reflet distant de l'eau.

« C'est moi, ou elle se rapproche? murmura Nuage de Colombe.

— Je crois qu'elle se rapproche », confirma Nuage de Lis. Elle fit un petit saut sur place. « J'ai hâte de voir le lac une fois qu'il sera complètement rempli, avec de l'eau jusqu'ici. »

Alors que Nuage de Colombe faisait quelques pas en avant, elle s'arrêta brusquement quand une chose pointue se planta dans ses coussinets.

« Aïe! J'ai marché sur un truc dur. »

En baissant la tête, elle vit un bâton couvert de griffures brisé en deux, ses extrémités pointues et éclatées. D'un mouvement agacé de la queue, elle repoussa les morceaux de bois et examina sa patte.

« Ça va? s'inquiéta Nuage de Lis.

— Oui, merci. » Nuage de Colombe se lécha les coussinets. « Je n'ai même pas une égratignure. »

Elle se releva près de sa sœur; leurs fourrures se touchaient. Nuage de Lis enroula sa queue autour de celle de Nuage de Colombe et ronronna.

«Je suis vraiment contente que tu sois revenue, Nuage de Colombe.

— Moi aussi.» Nuage de Colombe enfouit son museau dans la douce fourrure de sa sœur. «Je ne te laisserai plus jamais seule.»

Chapitre 26

♣

« QU'EST-CE QUI SE PASSE ? lança Truffe de Sureau en fourrant son museau dans la pouponnière. Pourquoi est-ce qu'ils ne sont toujours pas là ? »

Œil de Geai s'immobilisa, la patte sur le gros ventre de Pavot Gelé, et poussa un soupir exaspéré.

« Parce que ce n'est pas encore le moment, Truffe de Sureau, répondit-il en s'efforçant de garder son calme. Tu n'as pas à t'inquiéter. »

Il sentait les contractions puissantes qui secouaient de plus en plus souvent le corps de Pavot Gelé à mesure que la mise bas approchait. La jeune reine était allongée sur le flanc, dans la mousse moelleuse de la pouponnière. Chipie était accroupie près de son museau et lui léchait les oreilles pendant que Fleur de Bruyère lui caressait le dos dans un geste apaisant.

« Oui, Truffe de Sureau, pourquoi n'irais-tu pas attraper une musaraigne ou je ne sais quoi ? suggéra Chipie. Tout va bien, par ici.

— Alors pourquoi est-ce que c'est si long ? » s'impatienta le matou.

Œil de Geai leva les yeux au ciel. Lorsque Chipie était venue le réveiller pour qu'il se rende dans la pouponnière, Truffe de Sureau avait insisté pour rester avec sa compagne. Il s'était montré impossible, à le gêner et à l'interroger sur chacun de ses gestes, à tel point qu'Œil de Geai l'avait envoyé dehors. Cependant, ses allées et venues devant l'entrée étaient presque aussi agaçantes, sans parler des fois où il passait la tête à l'intérieur pour poser des questions stupides.

À l'entendre, on croirait qu'aucune chatte n'a mis bas avant sa compagne !

Truffe de Sureau disparut et Œil de Geai l'entendit recommencer à faire les cent pas. Dehors, la nuit enveloppait la combe rocheuse et une douce brise remuait les arbres en charriant l'odeur de la saison des feuilles mortes. Deux nuits plus tôt, Œil de Geai était allé à la Source de Lune pour retrouver les autres guérisseurs. Il avait espéré en apprendre davantage sur la mise en garde de Croc Jaune, mais personne n'avait évoqué de messages du Clan des Étoiles ou de rêves concernant la Forêt Sombre. Lorsque Œil de Geai s'était installé près de l'eau pour rêver, il s'était retrouvé sur le territoire ensoleillé de leurs ancêtres, mais nul guerrier-étoile n'avait répondu à ses appels.

Un gémissement de douleur venu de Pavot Gelé le tira de ses pensées et une nouvelle contraction secoua le ventre de la reine.

« Ce ne sera plus très long », promit-il.

Chipie cessa un instant de lécher Pavot Gelé pour lui tendre un morceau de mousse imbibé d'eau et la reine se détendit en poussant un profond soupir.

« Personne ne m'avait dit que ce serait si difficile, murmura-t-elle.

— Qu'est-ce qui se passe ? J'ai entendu quelque chose ! Ils sont là ? »

C'était encore Truffe de Sureau, qui avait passé la tête et les épaules dans la pouponnière.

« Truffe de Sureau, tu bloques toute la lumière, lui fit remarquer gentiment Fleur de Bruyère. Tu ne nous aides vraiment pas.

— Ce sont *mes* chatons, tu sais, protesta le guerrier.

— Oui, mais c'est *moi* qui les mets au monde ! répliqua Pavot Gelé. Honnêtement, Truffe de Sureau, je vais bien. »

Au même instant, la voix de Pelage de Lion retentit dehors.

« Est-ce que je peux faire quelque chose ?

— Oui ! répondit Œil de Geai. Empêche Truffe de Sureau de me casser les pattes ! »

Le guerrier au pelage crème recula en poussant un grognement vexé. Œil de Geai entendit son frère lui parler doucement et les deux matous s'éloignèrent de la pouponnière.

« Bon, miaula Œil de Geai. Maintenant, on va pouvoir se concentrer un peu.

— Je crois qu'ils n'arriveront jamais, haleta Pavot Gelé après un autre spasme.

— Bien sûr que si, la rassura-t-il avec calme. Le premier chaton est le plus gros ; voilà pourquoi cela prend du temps. Mais il sera bientôt là. »

La chatte poussa un hoquet et le guérisseur sentit son ventre se contracter comme jamais. Un chaton glissa sur la mousse.

« Oh, regardez ! s'écria Fleur de Bruyère dans un ronron ravi. Un mâle – il est magnifique, Pavot Gelé. »

La jeune maman grommela quelque chose et se tut, en proie à une nouvelle contraction. L'aveugle lui palpa doucement le ventre.

« Plus qu'un », lui annonça-t-il.

Elle fatigue. Allez, petit, dépêche-toi. Ta mère a besoin de repos.

Chipie redonna à boire à Pavot Gelé tandis que Fleur de Bruyère lui murmurait des encouragements à l'oreille. Cependant, Pavot Gelé était à peine consciente lorsque le second chaton, une petite femelle, rejoignit son frère dans la mousse.

« Oh, qu'ils sont beaux ! » s'extasia Chipie.

Fleur de Bruyère et elle léchèrent les petits pour les réveiller.

« Regarde, Pavot Gelé. Tu ne les trouves pas adorables ? »

À bout de forces, Pavot Gelé murmura une réponse inaudible avant de rapprocher ses petits de son giron. Œil de Geai les entendit couiner puis se taire lorsqu'ils commencèrent à téter.

« C'est fini, annonça-t-il, satisfait. Tiens, Pavot Gelé, avale ces feuilles de bourrache. Elles aideront ton lait à monter. »

Tandis qu'il l'écoutait manger le remède, Œil de Geai eut soudain l'impression de sentir une nouvelle présence dans la pouponnière.

« C'est bon, Truffe de Sureau, tu peux venir voir tes petits. »

Il se tourna en s'attendant à flairer l'odeur du guerrier crème. Au lieu de quoi, il se rendit compte qu'il pouvait voir les parois de la pouponnière, calfeutrées avec des tiges de ronces contre les courants d'air.

Est-ce que je rêve ?

Truffe de Sureau n'était nulle part en vue, mais trois autres félins étaient assis contre la paroi de la tanière. Œil de Geai fut pétrifié lorsqu'il reconnut les silhouettes musculeuses d'Étoile du Tigre et de Plume de Faucon, l'un avec des yeux ambrés brillants, l'autre un regard bleu glacier. Le troisième était un matou à la queue tordue. Si Œil de Geai ne l'avait jamais vu dans ses songes, il reconnut aussitôt son odeur : c'était celui qui l'avait attaqué à la Source de Lune pendant qu'il affrontait Pelage de Brume.

Les trois esprits observaient les nouveau-nés d'un air avide.

Trop choqué, Œil de Geai n'avait toujours pas bougé lorsque Pelage de Lion glissa la tête dans la pouponnière.

« Est-ce que Truffe de Sureau peut entrer, maintenant ? » s'enquit-il.

Aussitôt, le guerrier à la fourrure dorée plissa les yeux et tourna la tête vers les intrus venus de la Sombre Forêt.

« Vous n'aurez pas ces chatons ! cracha-t-il.

— Tu peux les voir ? s'étonna Œil de Geai, le cœur battant.

— Oui. Je peux les voir. »

Il montra les crocs et feula rageusement.

« Pelage de Lion ? Qu'est-ce que tu fabriques ? s'impatienta Chipie. Va chercher Truffe de Sureau. »

Au son de la voix de la chatte, les trois esprits malfaisants disparurent et Œil de Geai redevint aveugle. Il se tapit, tout tremblant, pendant que son frère ressortait et se força à se concentrer sur les chatons. Le bruit de succion rythmé l'apaisa et il s'était ressaisi lorsque Truffe de Sureau entra à son tour dans la pouponnière.

Le jeune guerrier frémissait d'excitation.

« Oh ! Un fils et une fille ! » s'exclama-t-il. Il se colla tout contre Pavot Gelé pour lui lécher le museau. «Tu es si belle, si intelligente... ne cessait-il de répéter. Nos chatons seront les meilleurs du Clan ! »

Œil de Geai sentit soudain l'odeur de Pelage de Miel l'envelopper et un léger murmure résonna dans son oreille.

Merci.

L'esprit toujours confus, Œil de Geai sortit dans la clairière. Pelage de Lion l'y attendait.

«Tu sais qui était le troisième ? demanda le guerrier à son frère.

— Je ne connais pas son nom, mais je l'ai déjà croisé. Il m'a attaqué à la Source de Lune pendant que je me battais contre Pelage de Brume.

— QUOI ? »

Pelage de Lion était si horrifié que ses griffes crissèrent contre le sol rocailleux de la combe.

Œil de Geai lui raconta rapidement ce qui s'était passé lorsqu'il avait suivi Pavot Gelé.

« Pelage de Brume a l'air de vouloir se venger de tous les membres du Clan du Tonnerre, conclut-il. À cause de ce qu'ont fait Feuille de Lune et Plume de Jais.

— Je peux le comprendre... d'une certaine manière, répondit Pelage de Lion. Et d'où vient l'autre chat ?

— Croc Jaune m'est apparue en rêve. Elle semble

connaître ce chat – il vient de la Forêt Sombre, comme Étoile du Tigre et Plume de Faucon. En revanche, elle ne m'a pas dit son nom.» Il poussa un soupir frustré. «Je ne comprends pas pourquoi les esprits qui hantent la Forêt Sombre surgissent soudain au sein des Clans. Veulent-ils vraiment déclencher une nouvelle guerre?»

C'est ce que Pierre m'a dit, se rappela-t-il soudain. *Il a évoqué d'anciennes querelles qui doivent être réglées. Était-ce donc l'annonce d'une guerre à venir?*

«Œil de Geai, je dois t'avouer quelque chose», déclara Pelage de Lion en entraînant son frère dans la forêt avant de s'arrêter sur la mousse au pied d'un chêne pour lui faire face.

Agitées par la brise, les branches grinçaient paisiblement au-dessus de leurs têtes.

«J'ai une confession à te faire.»

Œil de Geai l'écouta, épouvanté, la gueule béante, tandis que son frère lui décrivait les visites nocturnes d'Étoile du Tigre et la façon dont le matou assoiffé de vengeance l'avait entraîné à combattre mieux que ses camarades. Pas pour le bien de son Clan, non, mais pour satisfaire sa propre quête de pouvoir.

«Pourquoi ne me l'as-tu pas dit plus tôt? l'interrogea ensuite Œil de Geai, la voix brisée.

— Parce que je pensais que c'était là ma destinée. Étoile du Tigre m'a affirmé qu'il était mon ancêtre, alors qu'il savait depuis le début que c'était faux. Il m'a menti pour que je sois de son côté, au cours d'une guerre entre les Clans.

— Cette guerre approche, murmura Œil de Geai. Un combat entre le Clan des Étoiles et la Forêt Sombre, où tous les guerriers seront appelés à se battre.» Une peur glaçante lui hérissa jusqu'au moindre poil. «Est-ce que ces trois chats sont venus ce soir au cas où l'un des petits de Pavot Gelé mourrait, pour l'emmener dans la Forêt Sombre ?

— Ils n'ont pas besoin de chatons morts pour grossir leurs rangs, répondit Pelage de Lion. Ils peuvent apparaître aux vivants, comme ils l'ont fait avec moi.» Il hésita un instant avant d'ajouter : «Je... je crois qu'ils entraînent Cœur de Tigre, déjà. Quand nous avons affronté les castors, je l'ai vu utiliser une attaque qu'Étoile du Tigre m'avait apprise.»

Œil de Geai repensa à son combat près de la Source de Lune : Pelage de Brume n'avait guère été surpris de livrer bataille au côté du guerrier fantomatique.

«Ils ont recruté Pelage de Brume, aussi, comprit-il. En alimentant sa haine contre nous, et sa soif de vengeance. Mais comment ? Les guerriers de jadis n'ont jamais été capables de toucher les vivants, jusqu'à maintenant.

— Si, le détrompa Pelage de Lion d'un ton grave. Quand je m'entraînais dans mes rêves avec Étoile du Tigre, vers la fin, je me réveillais avec de vraies blessures.»

Œil de Geai sentit le bout de la queue de son frère se poser sur son épaule.

«Ils profitent qu'une brèche se soit ouverte entre leur territoire et le nôtre pour s'y engouffrer, gronda le guerrier. Quand la guerre éclatera, elle sera bien réelle.»

Ouvrage composé par
PCA – 44400 REZÉ

Cet ouvrage a été imprimé
en Espagne par

Industria Grafica Cayfosa
(Impresia Iberica)

Dépôt légal : octobre 2014